谨以此书

献给

我爱的人和爱我的人

因为有爱

潘吉 著

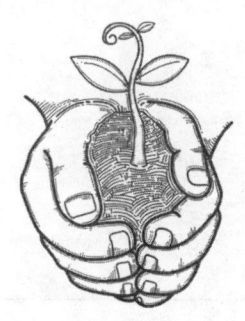

河北出版传媒集团

花山文艺出版社

图书在版编目（CIP）数据

因为有爱/潘吉著． —石家庄：花山文艺出版社，2016.5（2019.1重印）
ISBN 978-7-5511-2819-3

Ⅰ.①因… Ⅱ.①潘… Ⅲ.①长篇小说－中国－当代 Ⅳ.①I247.5

中国版本图书馆CIP数据核字（2016）第095962号

书　　名：	因为有爱
著　　者：	潘　吉

责任编辑： 梁　瑛
责任校对： 杨丽英
美术编辑： 胡彤亮
出版发行： 花山文艺出版社（邮政编码：050061）
（河北省石家庄市友谊北大街330号）
销售热线： 0311-88643221/29/31/32/26
传　　真： 0311-88643225
印　　刷： 三河市华东印刷有限公司
经　　销： 新华书店
开　　本： 710×1000　1/16
印　　张： 19.5
字　　数： 300千字
版　　次： 2016年7月第1版
　　　　　　　2019年1月第2次印刷
书　　号： ISBN 978-7-5511-2819-3
定　　价： 58.00元

（版权所有　翻印必究·印装有误　负责调换）

目录

第一章 …………………… 001

第二章 …………………… 020

第三章 …………………… 037

第四章 …………………… 056

第五章 …………………… 073

第六章 …………………… 090

第七章 …………………… 107

第八章 …………………… 125

第九章 …………………… 142

第十章 …………………… 160

第十一章 ………………… 179

第十二章 ………………… 204

第十三章 ………………… 223

第十四章 ………………… 240

第十五章 ………………… 259

第十六章 ………………… 277

第十七章 ………………… 289

后　记 …………………… 304

第一章

烈日烘烤着大地，火车站广场上的水泥地也被烤得气喘吁吁。远远望去，晕晕的热浪如一团团从地底下逼出来的蒸气，袅袅升腾着，没完没了。

虽然立秋将至，但这脾气暴躁的老天丝毫没有妥协的迹象。不过，即便这样热浪滚滚，偌大的站前广场依然像赶集那样人潮涌动。步伐最快的要数那些拎着大包小包匆匆赶车的人们，而闲庭信步的则是那些身着藏青色警服全副武装的警察。他们似乎不为烈日所困，心平气和地在广场上转悠，大檐帽上的银色警徽和肩膀上的警衔缀钉在阳光下熠熠生辉。

马小坤一手拎着黑色塑料袋，一手拖着灰色拉杆箱，与一位腰间挂着警棍、警绳、手铐、对讲机等警用装备的执勤民警擦身而过。他走了几步，突然停下来，回头望着那位年轻的警察。

那个挺拔的背影也转过身，看了马小坤一眼，然后拢了拢腰间皮带上那些琳琅满目的"家伙"，转身向他走来。

"喂，是不是需要帮忙？"满头冒汗的警察问马小坤。

马小坤愣了一下，忙回答："谢谢！不需要。"

"是赶车的吧？快进站吧，外面热。"警察神情严肃地挥了挥手。

"嗯，这鬼天气真热！"马小坤抹了一把额头上的汗，算是回答。说完，拖上拉杆箱快步向候车大厅的进站口走去。

马小坤将要去一个陌生而充满期盼的城市。

他抬头瞅了一眼进站口上方的电子钟。还好，离发车时间差不多还有一个小时。他从黑色塑料袋里拿出一瓶矿泉水，喝了一大口，随着涌动的人流往进站口挤。

好不容易通过了进站口的安检，想不到候车大厅里人山人海，比外面还拥挤。空调的冷气已被大厅里的热浪击得溃不成军，即便有一点点凉意，也是苟延残喘。

马小坤在候车大厅边上的小卖部买了一份《天府早报》，挑了一个相对安静的角落歇脚。他坐在自己的拉杆箱上，已是汗流浃背。

马小坤喜欢冬天。他最怕夏天了，阳光稍微强烈点，身上的皮肤就会瞪眼红脸地跟他抗议。如果日照时间过长，出汗多，皮肤上会像爬满了虫子那样瘙痒得难受。

夏天是躁动的，只有冬天才是安静的。即便冬天的阳光再炽烈，也不至于令他身上的皮肤瞪着眼红着脸似的跟他过不去。冬天里，可以尽情地享受阳光下的温暖，可以躲在被窝里戴上耳机听听音乐看看书；没有蚊虫骚扰，也没有闷热的烦躁。这便是冬天的好处，也是他喜欢冬天的原因。

不过，冬天再好，也敌不过夏天的强劲，高原的冰川在融化，海平面在升高，南方的气温击败了北方，人的皮肤大面积暴露在空气中的时间越来越长。

马小坤旋开了手中的农夫山泉，还没喝上一口，眼前就出现了一位头发蓬松的老人。

老人一手拄着拐杖，另一手端着一只破瓷碗，里面放着几枚硬币和一些小面值的纸币，显然是乞讨的。他默默把那只缺口的瓷碗伸到马小坤跟前，掂了掂。

马小坤睇望了对方一眼，心里有些排斥。这种人见得多了，尤其在火车站这些客流人多的地方。不过，他最终还是从裤兜里摸出了两个一元硬币放进对方的瓷碗里。

马小坤终于踏上了成都开往上海的 K1158 次列车。

他去的目的地并非是国际大都市上海，而是离上海不到一百公里的江南小城古弦市。对他来说，这个陌生而充满温馨的城市将会影响他以后的人生，甚至会改变他的一生。说陌生，因为从没去过；说温馨，因为他姐姐在那儿打工，还有资助他读完四年大学的龙叔叔也在那座城市生活。

去年冬天，全国各地公安机关来公安大学招人，马小坤放弃了留在北京的机会，毫不犹豫选择了去古弦市公安局工作。原因很简单，那里有他的亲人，也是他梦想中的家。

马小坤望着车窗外稍纵即逝的景致，眼前越来越模糊。他用手指揉了揉眼睛，发现自己的眼眶湿了。他想起了在天之灵的父亲和母亲，两个人的音容笑貌历历在目。

2008 年 5 月 12 日那个刻骨铭心的日子，马小坤终生难忘。

马小坤的父亲是汉旺镇的一名干部，地震发生那一刻他正在自己的办公室里伏案写稿。中午吃饭的时候，还跟离他不远的儿子通过电话，非常兴奋地告诉马小坤，他的一篇稿件被《德阳日报》刊用了。然而仅过了几个小时，父子俩就阴阳相隔。

幸运的是，地震发生时马小坤在东汽中学的操场上，幸免于难。

父亲死了。当救援人员将遗体从废墟中挖出来时，一支钢笔仍攥在他的手里。

然而，祸不单行，当马小坤还没来得及安放父亲的灵魂，却又得到母亲在山花老家被埋的消息。马小坤几乎崩溃了。

汉旺与山花相距四十里左右。马小坤哭喊着一路狂奔。父亲走了，母亲不能再走。

当他赶到山花镇麓棠村老家时,母亲仍在老屋的废墟下,但还有微弱的生命体征。只要有百分之一的希望,就要做百分之百的努力。马小坤趴在废墟上,拼命地呼喊着母亲,要她挺住。正当马小坤喊哑了喉咙马上看到希望的时候,余震发生了……当救援人员将他母亲从废墟中抬出来时,母亲的心脏已经停止了跳动。

马小坤寻找了半天,终于见到了唯一的亲人、比他大两岁的姐姐马小芩,两个人抱头痛哭。

硬座车厢像一个酱菜铺,充塞着各种各样的味儿。最野蛮的恐怕要数方便面的味道了,不管是"康师傅""好劲道",还是"今麦郎",只要一打开那层轻薄的包装就会长驱直入地钻进人的胃里。因此在这个饥肠辘辘的中午时分,这种方便的速食面品就会在列车的各节车厢里粉墨登场,尤其会在硬座车厢里横行霸道。

马小坤硬是被这种强烈刺激的气味从痛苦的深渊里拉回到了现实,觉得自己也饥肠辘辘了。他从头顶处的行李架上拿下那只黑塑料袋,取出一碗"康师傅"红烧牛肉面,向车厢一头走去。

无座票价跟硬座一样,有的可能买不到座位票或卧铺票。从这些人的穿着打扮和身上的气味,不难猜出十有八九是去沿海城市的打工者。

"对不起,请让一让!"马小坤高举着"康师傅",在众目睽睽下挤向车厢之间的连接处。

想不到开水炉前泡面的人奇多,排起了小长队,看来只能耐心等待。马小坤撕开了纸碗上的盖子,拿了几根断面放在嘴里咀嚼起来。

方便面,对于马小坤来说,既爱又恨。不是他喜欢吃,而是不得不吃。当年抗震救灾,就是靠吃方便面渡过难关的。高考前夕的那些难忘岁月里,也是靠方便面支撑着他心中的1、2、3和A、B、C。可以这么说,方便面是帮他战胜困难的贵人。

震后，为了能顺利参加高考，他和东汽中学高三的同学们都寄宿在德阳三中内。这些莘莘学子忍受着失去家园、失去亲人的悲痛，怀揣梦想，勤奋好学。他们都想考出一个好成绩，或许只有这样才能对得起逝去的亲人和那些帮助他们的人。

马小坤清楚地记得，2008年7月3日，四川延期高考的第一天，经历了几天高温闷热的天气后，厚厚的云层像一顶硕大的遮阳伞撑盖着天空，气温降到了二十多摄氏度。天公作美，久违的凉爽让马小坤感觉到这是个好兆头。他一大早就爬起来，做好了考前的准备，把学校发的考试文具又清点了一遍。

绵竹考区有两千多名考生，考试专用大巴把他们从德阳三中拉到四川工程职业技术学院考场。一路上，马小坤看到道路两旁悬挂的"大灾迎大考，再铸辉煌""绵竹的考生，你们辛苦了"等横幅标语，内心一下子热血沸腾起来。这些温暖人心的话语，让马小坤感到无比温馨，信心倍增。

考场如战场，马小坤看到临时搭建的活动板房考场，心里不免有些紧张。不过，比起那些遇难和受重伤不能参加高考的同学，马小坤觉得自己很幸运。是啊，经历过生死的人，还有什么可怕的呢！马小坤挺了挺腰板，整了整精神，满怀信心地走进了那个蓝顶白墙的特殊考场。

多难兴邦，愈挫愈奋。高考成绩张榜公布那天，马小坤获知自己的成绩比模考高出了20分。他第一时间把喜讯告诉了姐姐。姐姐的反应似乎有些平淡。而马小坤兴奋不已，梦想中的大学立刻在他脑海里清晰起来。为此，他失眠了好几夜。

在夕阳的余晖里，列车像一匹不知疲倦的骏马，快速向前奔跑着。

快到安康的时候，马小坤听到对座一个小伙子的呼噜声。也许是受了感染，他也昏昏欲睡起来。

这次从老家出来坐火车，马小坤已经坐了三个小时的汽车。本来从山花镇到成都只需两个小时的车程，但一路堵车堵得他心里慌慌的，好在他有所准备，一大早就出发了。

列车"哐当哐当"地向前行进，马小坤枕着车轮的节奏做了一个梦。他梦见父亲，拿了一支盒装的钢笔满头大汗从汉旺赶来为他送行。父亲一脸的喜悦，平时那张紧绷的脸竟像盛开的太阳花那样灿烂。他告诉马小坤，等过了年他就要回山花工作了，终于可以结束痛苦的牛郎织女生活。父亲说得有些夸张，平时每个周末他都可以回家与母亲团聚，而自己倒一个人寄宿在学校里，一个月才回家一次。母亲在房间里为他准备行李，还特地到镇上买了一只香喷喷的"赵板鸭"，要他带在路上吃。"赵板鸭"是山花的土特产，也是马小坤的最爱。

马小坤梦到"赵板鸭"，咽了一下口水就回到了嘈杂的现实。他伸了个懒腰，看到对座的小伙子还在呼呼大睡。

马小坤坐的是三人座。他坐靠窗的位置，邻座是一对母女。大概是经过了几个小时的相处，母女俩就和他热络起来。

女孩看上去还是个学生，十四五岁的样子，穿一件皱巴巴的花衬衫，梳一对小辫。女孩的母亲一副饱经沧桑的样子，身材瘦小，皮肤黝黑，脸上刻满了皱纹。她告诉马小坤，女儿放暑假，闹着要去上海玩，她丈夫常年在上海的建筑工地上打工，已有好几年没回家了。

想必，女儿想去大上海玩是真，妻子想见丈夫也是真。否则，母女俩千里迢迢从雅安赶去上海，光路上的花费就不是一个小数目。

刚上车的时候，马小坤发现母女俩每人啃了一个变了形的硬邦邦的馒头。看得出来，这个家庭并不富裕。

列车到了安康站，刚停稳，马小坤又闻到了方便面的味儿。一看时间，已是晚饭的时候了。马小坤挤下车，走到站台上的食品小货车，买了一包火腿肠、两碗"康师傅"。他想了想，然后又掏钱买了两碗"康师傅"。

安康站的停车时间有十三分钟。马小坤看看发车时间还早，就在站台上踢踢腿、伸伸腰，舒展舒展身体。长时间坐硬席车有点被囚禁的感觉，那滋味真的不好受。

马小坤站在站台上，远远望去，天边挂满了美丽的晚霞，几乎染红了整个天际。他心中那扇尘封已久的门突然被打开了。

马小坤对安康这座被誉为"东方圣母，女娲故乡"的城市并不陌生，甚至可以说很有感情。初中毕业的那年暑假，他在安康的姑妈家住过好长一段时间。

姑妈是安康水电站的一名干部。马小坤去过那座雄伟的水电站，就矗立在汉江上游的瀛湖风景区境内。那天，同去的还有水电站一位大领导的女儿。或许是同龄，她家与马小坤姑妈家又同住一个小区，两个人很快成了推心置腹的朋友。

女孩叫毛雅妮，土生土长的安康人。十五岁的少女，已出落得亭亭玉立。她落落大方地牵起马小坤的手，像一位开天辟地的长者，边走边自豪地介绍起这座雄伟的水电站的前世今生。马小坤倒有些不自在，掌心里顿时冒出了羞涩的汗。不过，他很快适应了，发现对方的手心也在冒汗，甚至感觉对方温暖的汗液已化作涓涓细流沁入他的心田。

打这以后，两个人就经常一起玩。他们都憧憬着美好的未来，交流起各自的梦想。毛雅妮说，她的梦想是当一名像南丁格尔那样的护理专家。马小坤说，他的梦想是当一名像福尔摩斯那样的神探。毛雅妮仰望着蓝天骄傲地说："我的梦想就要实现啦！"见马小坤呆呆地看着她，就伸手刮了他一个鼻子说，你的梦想还远着呢！毛雅妮告诉他，等到开学，她就要去安康职业技术学院护理系读书了。马小坤一脸惊讶地问，你不考大学了？毛雅妮说，先跨进梦想之门，以后再学习深造也不迟啊。马小坤觉得眼前这么一个聪慧机灵的美丽女孩不考大学有点可惜。

美好的时光总是短暂。不久，马小坤就回了老家。虽然两个人再没见过面，但还是通过几封书信。他还给她寄过一本《老鼠爱大米》的爱情小说，而对方也回寄给他一本夏洛蒂的《简·爱》。当初，要是有一部手机该多好啊，可惜那个时候，他俩都还没有。等后来上了高三，马小坤才拥有了一部父亲淘汰下来的只能打电话不能上网的旧手机。但此时，两个人已断了联系。

安康，在马小坤记忆里有些挥之不去。在北京读大学的那些日子里，马小坤一用到自来水，就会情不自禁地想起安康，想起姑妈和那个叫毛雅妮的女孩。姑妈不止一次地告诉他，他们是南水北调中线工程的核心水源区，承担着"一江清水供北京"的重大责任和神圣使命。这些看似司空见惯、平时不在乎不起眼的水，竟有如此重要的意义和价值。马小坤似乎对水越来越有感情，也越来越珍惜。水是生命之源，只是很多人不懂得珍惜。

再见了，安康！

回到列车上，马小坤就去车厢一头的开水炉那里泡方便面，然后又小心翼翼地捧着"康师傅"回到自己座位上。

他放下手中冒着热气的"康师傅"，看了一眼邻座的女孩，便从马甲袋里掏出两碗方便面递过去："给，和你妈每人一碗。"

女孩的母亲见状，连忙阻止道："谢谢，我们有。"

马小坤还是将"康师傅"塞进女孩的怀里说："拿着，吃这个增加点盐分。"

女孩愣愣地看着马小坤，还是不敢接。她用期许的目光回望了一眼母亲。

"快谢谢叔叔！"女孩的母亲终于发话了，然后从一个灰色布袋里掏出一个扁扁硬硬的包子递给马小坤说："来，尝尝我做的包子。"

马小坤将包子推过去，说："我这里有方便面，这个还是留着你们以后吃吧。"

双方推来搡去。马小坤花了九牛二虎之力总算让那个包子回归到了灰色布袋里。

或许马小坤他们的说话声有些大，对座那个打呼噜的小伙子终于醒了。他揉了揉惺忪的眼睛，嗅了嗅鼻子，开始找东西吃。

他从行李架上拿下一个蛇皮袋，翻出一袋"老四川"牛肉干和一碗"今麦郎"方便面。先去了开水炉那边泡"今麦郎"，然后回到座位又拆了"老四川"

的封口，有滋有味地嚼起牛肉干来。

对座小伙子似乎有些冷漠，一上车就闭目养神，从没主动跟车厢里的人交流过。为了转移女孩母亲的视线，防止刚才包子事件的再次发生，也为了消除与对座沉默尴尬的气氛，马小坤瞄了一眼"老四川"，准备主动出击。

"兄弟，你是四川人吧。"马小坤抬手指着对方手上的"老四川"。

"嗯。"小伙子瞥了马小坤一眼，继续嚼他的牛肉干。

"四川哪里的？"马小坤趁热打铁继续问。

"农村的。"小伙子一副爱理不理的样子，显然不想透露更多的信息。

"去哪？"马小坤审问似的穷追不舍。

"南京。"小伙子从牙缝里挤出两个字。

"走亲戚？"马小坤问得有点累了。

"嗯。"小伙子依然一副爱理不理的样子，低头捞了几根"今麦郎"吃起来。

马小坤见对方如此冷淡，心中不免有些恼火。但转而一想，兴许对方有什么烦心事儿，或遭遇诸如失恋、失财什么的。

这么一想，马小坤内心的不快释然了许多。他无奈地摇了摇头，望着窗外渐渐变深的暮色，不再说话。

"妈，你怎么啦？"突然，邻座的女孩大呼小叫起来。

马小坤一个激灵，扭头张望。只见女孩母亲斜靠在椅背上，脸色苍白，双眼微闭，喘着粗气。

"妈……"女孩扶住母亲瘦弱的身体，哭了起来。

马小坤见状，站起来语无伦次地大声呼喊："医生！乘务员，哪里有医生？"

车厢里的人们顿时骚动起来。

马小坤稍微定了定神，想起母亲曾经也有过类似的症状，便腾出位置对女孩说："快把你妈放平！"

这时，从车厢一头出现了一位女乘务员和一名乘警。

"请大家让一让！"女乘务员扒开围观的人群和乘警一起走过来。

乘警边走边操起对讲机说："7号车厢有位女乘客昏倒了，请广播一下，看看车上有没有医生？"

不一会儿，来了一男一女两位医生，其中一位男医生还带来了血压计和听诊器。

经过医生的一番诊治，女孩母亲的气顺了许多，脸色也差不多恢复了原本的样子。

女医生告诉女孩："你母亲是贫血，有些严重，要注意休息。"

女孩感激地点点头。

男医生收了血压计和听诊器对一旁的女乘务员说："这人很虚弱，最好能安排去卧铺车厢。"

"这……恐怕很难安排。"女乘务员露出为难的神色。

"哦。"男医生似乎有些理解，便对女乘务员说，"有情况再叫我们吧，我们在10号车厢。"

车厢里渐渐恢复了平静，但逼仄的空间里仍然充满了燥热浑浊的空气。

女孩的母亲平躺在座位上，见马小坤站在过道里，有些不好意思，想爬起来。

马小坤做了个按住的手势，对女孩的母亲说："您再躺一会儿，不碍事。"说完，就从行李架上取了毛巾牙膏牙刷去车厢一头的洗漱间。

天色越来越黑。车厢里的呼噜声开始热闹起来，此起彼伏，气吞山河。

马小坤望了望黑乎乎、偶尔出现点点灯火的窗外。他已经盘算好了，把自己的位置让给母女俩，今晚他就睡座位底下。

马小坤发现，不知什么时候对面座位下的地盘已被一个穿条纹T恤的年轻男子占领了，好在他这边座位下面还空着，便从靠窗的桌子上拿了那份还没读完的《天府早报》去铺地。

铺好地，马小坤对女孩母亲说："阿姨，今晚您就在这位置上躺着，我睡底下。"

"不要，不要，你还是坐里边吧。"女孩母亲连忙支撑着身体爬起来。

马小坤指了指对面的座位底下说："您看人家都这么躺着。"

女孩母亲尴尬一笑："怎么好意思让你睡地上呢？"

"底下舒服。"马小坤觉得这一解释还不够，又补充了一句，"我不是故意让您，以前坐火车我也喜欢这样。"

马小坤趴到地上，侧着身子，蚯蚓似的蠕了进去。

底下的空间不是很大，马小坤单手枕着脑袋，侧卧着。他看到对座底下那个男子枕在一只黑皮包上，正呼呼大睡。

不一会儿，马小坤也睡着了。

"椎娃子！椎娃子！"

迷迷糊糊中，马小坤听到有人大声说"椎娃子"，心里猛然一个咯噔。他知道，"椎娃子"是绵竹方言，意思是"小偷"。

这时，整个车厢开始骚动起来。

马小坤仰头一看，是对座那个小伙子在叫喊。

车厢里的人大多被吵醒了，但都面面相觑不知发生了什么事。

马小坤一骨碌从座位底下爬出来，忙问对方："'椎娃子'呢？"

"下车跑了。"小伙子指着窗外站台上一个拎黑皮包的男子说，"就是他！"

"你怎么知道是他？"马小坤问。

"他就睡在我的座位下面，我的钱包被他偷了！"小伙子肯定地说。

马小坤二话没说，扒开车厢过道里的人们，快速跑向站台。

马小坤跑上站台，拎黑皮包的男子已经走远，眼看就要到出站口的向下通道口。

马小坤一路猛追。他心里明白，只要目标不出他的视线，一般情况是逃不脱他的"如来佛"掌心。论速度，他是公安大学的短跑王，100米短跑成绩10秒19；论耐力，他曾获得过北京马拉松赛第十五名的好成绩。想当年，他的一位四川老乡，曾平了当时的100米世界纪录而轰动世界体坛，也让他从小多了一个梦想，只是这梦想比他当警察的梦想更遥远、更难实现罢了。

拎黑皮包的男子可能没发现后面有追兵，走的是电动扶梯，速度较慢。马小坤选择了从固定楼梯下。等到那人走出电动扶梯，马小坤也差不多快到地面了。

好在此时是凌晨四点多钟，过道里的旅客不是很多。马小坤很快追上了那个男子。黑皮包、条纹T恤……不错，就是他！

这时，拎黑皮包的男子也发现了马小坤这个讨厌的陌生人，立即加快了脚步。但他慌不择路走进了一条死通道。眼看前有栅栏，后有追兵，无路可逃，男子一个转身从腰间拔出一个明晃晃的东西。

马小坤定神一看，是一把水果刀。看来这小子早有准备。

"老实点，快放下手中的刀！"马小坤厉声呵斥道。

男子口气很硬："别过来！关你什么事？"

"我是警察，老实点，放下手中的刀！"

"你是警察？别吓唬我，拿证件给我看。"男子边说边寻找逃跑机会。

"证件在车上，不信，你跟我去拿。"马小坤说出这话，自己也感觉好笑。

男子见马小坤边说边逼上来，心里越来越害怕。他知道自己肯定不是对方的对手，便来了一个一百八十度的大转弯，哀求道："大哥，行行好，大恩大德，您就放我一马。"

"放你可以，咱俩PK一下。"说时迟那时快，马小坤刚把话说完就使出了一个空手夺刀的擒拿动作。这回，学校里教的擒敌拳，真派上用场了。

这时，乘警也赶来了，将条纹T恤男上了铐子。

逃跑男子被乘警押回到K1158次列车的餐车里，人赃俱获。

列车一声长鸣，迎着黎明的曙光，继续上路。

马小坤回到车上才知道,刚才停靠的是汉口站。好在这趟车在汉口的停留时间很长,二十一分钟,让他有足够的时间施展身手而不至于赶不上继续赶路的列车。

餐车与马小坤所在的7号车厢就一厢之隔。马小坤叫上对座的小伙子一起来到餐车,让乘警做笔录。

乘警问了小伙子的姓名、年龄、家庭地址等基本情况之后,就详细询问事情的经过。马小坤在一旁听着,这下他终于知道了小伙子叫程二朵,今年十九岁,来自四川绵竹汉旺镇新开村。

新开村离他老家麓棠村不远,就十几公里的路程。看来果真是老乡。马小坤内心微微有些激动。他不敢再往下瞎想,似乎明白了这个叫程二朵的小伙子为何沉默寡言的原因。

在东汽中学读书的时候,马小坤有个同学也是汉旺新开村的。

听那个同学说过,那年地震,他们村差不多百分之九十八的房屋都倒塌了,死了七十多人。由于新开村地处山地和平原接合部,受灾情况特别严重,村里所有产业都遭到破坏,他同学父亲掌管的一家与"剑南春"联营的酒厂也遭到了毁灭性的损失。

马小坤读小学的时候曾与父亲去过一次新开村,那里原本也是一个风光旖旎,山清水秀,瓜果飘香的好地方。可恶的地震却把美好的家园毁得面目全非,满目疮痍。马小坤虽没有看到过新开村的惨状,但他也是一个地震亲历者,能够想象那种惨烈的场面。

给马小坤做笔录的是一位年轻的瘦个儿乘警,手脚麻利,虽然比邻桌给程二朵做笔录的那位年长一点的老乘警晚开工,但很快就完事了。

马小坤本想等程二朵录完了笔录一起回自己的车厢,但转而一想,不知邻座那个女孩的母亲身体怎样了?他这么一牵挂,就决定先回去。

与那位年轻乘警握过手后,马小坤看了一眼程二朵,就径自向7号车厢走去。

马小坤回到7号车厢,见那对母女已经坐起来了。车窗外初升的太阳照在女孩母亲的脸上,像抹了一道金光,感觉气色好了许多。

马小坤走过去坐到自己的座位上,关切地问道:"阿姨,身体好点了吗?"

"谢谢你啊!睡了一觉,好多了。"女孩母亲说着,脸上洋溢起微笑的波纹。

不一会儿,程二朵也录完笔录回来了。他拿着那个失而复得的棕色皮夹,用感激的目光望着马小坤,然后毕恭毕敬向他深深鞠了一躬。这个躬,是为帮他抓获小偷追回失窃的钱包而鞠,也为之前的轻慢深感愧疚而鞠。

马小坤经受不起这样的待遇,连忙起身制止道:"兄弟,别吓我,我们都是绵竹人啊。"

程二朵听马小坤这么一说,脸上露出了惊喜的神色:"大哥,你也是绵竹人,绵竹哪里?"

"山花。你呢?"马小坤顺水推舟。其实刚才在餐车里做笔录的时候,已经知道程二朵是哪里人了,但他希望程二朵亲口表达。

"汉旺。"程二朵回答得很利索,不像上次那样闪烁其词。

"我在汉旺读过书,也算半个汉旺人。"马小坤微笑着向程二朵伸出手,"我叫马小坤。"

"我叫程二朵。"程二朵紧紧握住了马小坤的手。想不到,在同一节车厢里这么近的距离,竟是同喝一壶酒的老乡。

唉,之前十几个小时真是浪费了。程二朵心里有些自责,也有些激动,一股热流涌上心头,眼眶里顿时泪水盈盈。

马小坤见状,关切地问:"兄弟,怎么了?"

程二朵揉了一下眼说:"老乡见老乡……"

"两眼泪汪汪。"马小坤接过话茬。

说完，两个人不约而同地笑了起来。但这笑里似乎掺杂了五味杂陈的况味。

沉默了一会儿。程二朵起身从头顶处的行李架上拿下自己的蛇皮袋，取出一瓶52°剑南春陈坛特曲。

"大哥，要不要喝两口？"程二朵扬了扬手中的白瓷瓶。

"好啊。"马小坤一看，这酒虽不是剑南春中最好的，但也算正宗的家乡酒。

马小坤的家乡，素有"酒乡"之称，剑南春就是绵竹人的最爱。喝酒的人可以不知道绵竹，但不可不知道剑南春。这次去古弦，也给资助他读完四年大学的龙叔叔带了两瓶52°剑南春珍藏级特酿。当然，这要比程二朵的陈坛特曲好一些，价钱也贵很多。

程二朵打开瓶盖，一股浓郁的酒味就扑鼻而来，香飘四溢，沁人心脾。

"大哥，有杯子吗？"程二朵摇了摇白瓷瓶。

"有。"马小坤将旅行杯里还剩不多的水喝了，递给他。

程二朵给马小坤的杯子里斟了半杯酒，然后拿起身边一只空纸杯，也给自己倒了半杯。他回头看了看邻座那对正头靠头偎依在一起的情侣，晃了晃手中的酒瓶问道："两位，要不要也来一点？"

中间那个男的把女友搂进怀里，摇了摇手。

程二朵又朝对座的母女举了举酒瓶说："你们，喝吗？"

母女俩看着程二朵手里的白瓷瓶，头摇得像拨浪鼓。

"那我们哥俩喝。"程二朵放下了酒瓶。

马小坤和程二朵举起杯碰了一下，只见那杯中的酒轻轻荡漾，如水晶般晶莹剔透，又如丝绸般柔顺黏稠。

"兄弟，干！"

"大哥，干！"

两个年轻人喝了一口又一口，好像喝的不是52°的高度酒，而是解渴的白开水，全然不在乎有没有下酒菜。

兴许两个人喝得太投缘，不久，都有些醉了。

马小坤微醉着，脑子还算清醒。见程二朵拿起酒瓶还想倒，立即阻止了他。他知道自己的酒量肯定不如对方。

"兄弟，别喝了。"马小坤抢过白瓷瓶。其实白瓷瓶里的酒所剩无几。

"大哥，别扫兴，今天咱俩喝个够。"程二朵说着就去夺马小坤手上的白瓷瓶。

马小坤高举酒瓶，红着脸说："已经够了，你看我说话都语无伦次了。"

"大哥，酒瓶给我。"程二朵嚷嚷着，有些失态。

马小坤使劲摇了摇手中的白瓷瓶说："兄弟，没酒了。"

程二朵不信，夺过白瓷瓶，倒立着瓶口往自己的纸杯里抖，白色的液体流出了几许。但，真的不多了。

"你看，不骗你吧。"马小坤有些得意。

程二朵倾了倾身子，掏出那只失而复得的棕色皮夹说："我有钱，怕什么，可以买嘛。"

"这车上，有钱也买不到剑南春。"马小坤刺激他。

兴许是酒精作怪，也兴许是马小坤的话刺激了他。程二朵的手颤抖了一下，皮夹乘机挣脱束缚滑到地上。

马小坤立即俯身去捡。地上的皮夹打开着，他看到了透明夹层里一张照片，是一张两个人的合影照。

马小坤把皮夹递给程二朵，指着透明夹层里的照片问："是你父母吧？"

程二朵接过皮夹，兴奋的神色像突然遇上了冰块，凝固了。他呆呆地看着照片，伤感起来。

"二朵，怎么啦？"马小坤似乎意识到了什么，酒喝多了总是没什么好事情，不是酒后吐真言，就是酒醉心上事。

程二朵目光无神地望着窗外飞逝的景物，缓缓地说："他们都走了。"

"走了？"马小坤心头一紧。

"那年地震……"程二朵低下了头。

马小坤也悲伤起来："我的父母和你父母一样。"

程二朵抬起头，强忍住泪水说："怎么？他们也……"

"嗯，都走了。"马小坤仰起头试图不让泪水溢出眼眶，但还是情不自禁夺眶而出。

两个人沉默了许久。

马小坤抹了一把眼泪，心想，这不该是他要的状态，便从阴影里挣扎出来："二朵，你是去哪里？"

此时，程二朵也差不多从阴影中苏醒过来了："南京。你呢？"

"古弦。"马小坤回答道。

"古弦？"程二朵很茫然地摇头说，"没听说过。"

马小坤说："离苏州不远。待会儿我就从苏州下。"

"哦。"

"你去南京……"

"找哥哥，他在一家建筑公司做泥瓦工。"程二朵说起哥哥似乎话又多了起来，"我哥跟吴家芳还是同门师兄弟呢！"

"吴家芳是谁？"马小坤不解地问。

"你不知道？也是我们绵竹人，就是地震那年用摩托车背着亡妻回家的人。"程二朵几乎用自豪和羡慕的口吻说，"网上有他的照片，现在出名了。"

"哦，就是那个要给妻子最后的尊严而感动了无数人的泥瓦工。"马小坤想起来了，在网上还见过那张骑摩托车背着亡妻回家的照片。

"他是兴隆广平村的，离我家不远。听说成了名人后求爱信和慕名而来相亲的人不少，后来他选择了一个在深圳打工的女子，现在结婚了，还建了一座类似于美国、加拿大那样的乡间别墅，那房子可高档了，能防12级台风，9级以上地震。"程二朵说得眉飞色舞，好像也沾了光似的。

南京站到了。

K1158次列车经过整整一昼夜的长途跋涉,又一次停歇下来。这也意味着程二朵和马小坤要说"再见"了。

程二朵有些依依不舍。这次从老家来南京找哥哥,除了见哥哥外,也想在南京找一份工作。如果运气好的话,就想在哥哥的建筑公司里干点什么。

马小坤也依依不舍。可天下没有不散的筵席。他把程二朵送出车厢,一直送到出站口才留住脚步。

程二朵和马小坤在出站的通道口紧紧握住对方的手,觉得还不够,又热泪盈眶地来了一个长长的拥抱。

那些拎着大包小包急匆匆出站的旅客,看到两个大老爷们在光天化日之下做出如此"出格"的举动,都放缓脚步投来各种异样的目光。

马小坤望着程二朵越来越远的背影,直到他消失在出口通道的尽头。这时,他才想起忘了问对方要个电话号码,但此时已晚,列车在南京站的停留时间只有十四分钟,估计马上要开了。车不等人,即便是一位短跑好手,此刻也无能为力了。

望着即将启动的列车,马小坤懊恼极了,但只能转身快速跑回车上。

列车又缓缓开动了。

邻座的女孩见马小坤走到座位上,便问:"叔叔,刚才您去哪儿了?还以为您下车了呢。"

"叔叔刚才送了那个爱喝酒的叔叔,是他下车。"马小坤看了女孩一眼,发现就她一个人,便问,"你妈呢?"

"我妈担心您忘了拿行李,去找列车员了。"女孩忽闪着明亮的大眼睛说。

马小坤听了,一股暖流涌上心头,心里在说,还是好人多啊!

过了一会儿,女孩母亲回来了,后面跟着一位乘务员。

女孩母亲见了马小坤劈头就说:"哎呀,你可回来了,我以为你落下行李下车了呢。"

"不好意思，让您着急了。"马小坤连忙赔不是。

"没事，没事，回来就好。"女孩母亲转身又对身后的乘务员说，"好了，人回来了。"

乘务员沉了一下脸，似乎有些不快，但没说什么话转身走了。

程二朵的座位被一个三十来岁的男子占了。马小坤重重地看了对方一眼，发现那人满身刺青，心里顿时涌起一种说不清的滋味。

马小坤闭上眼睛，默默祝福着程二朵。希望他在南京有个好兆头，找一份好工作，等赚够了钱，将来娶个好老婆，生个大胖儿子，当然女儿也行，一家人过上一个无须太奢侈，但有着幸福感的无忧无虑的好日子。

列车开了好长一会儿，马小坤才想起中饭还没吃。

所谓中饭就是方便面。餐车上的饭菜很贵，虽然那里的环境很好，宽敞明亮的空间，洁白干净的餐台，还有女乘务员微笑周到的服务，但这些不是他能够享受的。

马小坤在美滋滋的羡慕中想象了一番，就起身去开水炉那边泡"康师傅"。

回到座位上，在等待"康师傅"泡熟的间隙，马小坤随手拿起桌上那张被自己压皱了的还未读完的《天府早报》，一篇不起眼的文章让他产生了兴趣。标题是《龙门脚下飘花香》，说的是中国玫瑰谷。

马小坤发呆地看着报纸，那不就是灾后重建时他村里种植的那个玫瑰园吗？想不到如今已成"中国玫瑰谷"了。

"康师傅"已经烂熟，马小坤这才放下报纸。就在他准备开吃的时候，身上的手机响了。

第二章

马小坤从口袋里掏出手机,一看来电显示,不是别人,正是资助他读完四年大学的龙叔叔打来的。本想下了火车再跟他联系,想不到对方先主动打过来了。

"龙叔叔,您好……嗯……刚过南京……大概还有两个多小时……嗯,估计三点到苏州……好的……好的……谢谢!"

马小坤称呼的"龙叔叔",名叫龙海峰,是当年古弦市对口支援四川地震灾后重建指挥组的指挥长,他所负责的对口援建乡镇就是马小坤的家乡绵竹市山花镇。2008年震后不久,龙海峰就带领古弦援建组进驻了山花镇。马小坤就是在那个时候进入龙海峰视线的,并成为他个人一对一的帮扶对象。

此时,龙海峰正赶往苏州参加"帮扶困难群众基金会"联席会议。他是"古弦市帮扶困难群众基金会"的首任理事长。

四川地震灾后援建结束后,龙海峰也从市级领导岗位上退下来,正赶上市里成立"帮扶困难群众基金会",由于之前他长期在市委市政府工作,是这方面的行家里手,因此顺理成章当选为基金会首届理事会的理事长。

龙海峰坐在帕萨特的后座上，看了一下手表，下午一点钟的会议，估计会议时间不超过一个半小时，现在时兴开短会。马小坤三点到苏州，刚好赶上接他的时间。

龙海峰催促驾驶员开快一点。几十年来，他最引以为豪的是开会从不迟到。他要保住这一晚节。

还有半个多小时到会场，龙海峰闭目养神起来。

想起马小坤，想起在四川灾区援建的八百多个日日夜夜，他思绪万千，仿佛又回到了那个充满艰苦、充满挑战、充满美好的激情燃烧的岁月。

四年前，龙海峰第一次见到马小坤是在村里一个临时搭建的帐篷里。

那天，天正下着雨。龙海峰跟随麓棠村村支书走进帐篷时就听到一个哭声，循声而望，哭泣的是一位瘦弱的女孩，旁边站着一个男孩，这个男孩就是马小坤，手里正拿着大学录取通知书在发呆。而在一旁哭泣的是他姐姐马小芩，因为她无力供弟弟上大学。

龙海峰是从山花镇领导和麓棠村村支书那里了解到马小坤的家庭情况的，全村今年就出了他这么一个大学生，本该是一件很高兴的事，但由于地震，让这个失去双亲的家庭一贫如洗。

龙海峰一知道这个情况就想要帮帮这两个没爹没妈的孩子。当时虽有援建资金，但不能随意动用，于是他在没有跟家人商量的情况下，就决定个人出资圆马小坤一个大学梦。四年的大学费用是一个不小的数目，但龙海峰丝毫没有犹豫。

面对这个可怜而幸运的孩子，龙海峰似乎看到了自己儿时的影子。他也来自农村，也是苦孩子出身，虽然有父母，但从小就寄养在外婆家。勤奋好学的他，就因为贫困，只能放弃高考、放弃梦想而选择了早早养家糊口的生活。虽然后来参加了自学考试，通过公开招聘进了政府机关，但没有正式进过大学门一直是他的一个遗憾。

在他的帮助下，马小坤不但以优异的成绩完成了学业，而且要来古弦工作，为古弦的发展做贡献，这让龙海峰非常欣慰。自己的女儿已成家，现如今身边又平添了一个儿子，虽然没有像认亲那样搞什么仪式，但在龙海峰的心里早已经认可了。

前面就是一条横贯在高速公路上方的铁道线。龙海峰睁开眼睛，望着窗外一列飞驰而过的火车，从心底里发出了由衷的期盼。他已经想好，等马小坤下了火车，就接他回家。那间原本堆放杂物的小房间已让老婆清理干净，床都铺好了。

列车过了无锡，下一站就是苏州，差不多还有半个小时的车程就到了。马小坤有些心猿意马起来。他在想，见到龙叔叔该以什么方式行礼，是握手，还是鞠躬，还是拥抱？

正这么想着，对座的刺青男探过脑袋挨近了马小坤，压低嗓门问："兄弟，要不要猪肉？"

"什么猪肉？"马小坤看了对方一眼，愣了一愣。

"新鲜猪肉。"刺青男一副神秘的样子。

马小坤这下似乎有些明白了，对方可能是个贩毒的家伙。

那年暑假在派出所参加社会见习的时候，他的临时师傅就跟他讲过毒贩的一些暗语，什么"海洛因"叫"本科、海白菜"，"冰毒"称"肉、钻石"等等。这家伙说的"猪肉"，会不会就是"冰毒"？

马小坤这么一思忖，倒有些紧张了。

不过，他很快镇定下来。如果对方确是一名毒贩，必须先稳住他，然后再找机会下手。

"怎么卖？"马小坤故意凑上去，装得像个道上的老手。

"三百一包。"

"一包多少？"

"零点二。"

"太贵了吧。"

"兄弟，不贵啊。"

"能不能看看货？"

"不能，现在'条子'查得严。要的话，一手交钱一手交货。"

马小坤故意朝车厢两边望了望，低声问："'本科'有吗？"

刺青男眼睛一亮，笑了笑说："兄弟重口味啊。"

"有没有？"

"现在没有。不过，兄弟要的话，留个联系方式我可以提供。"

马小坤确认对方是个贩毒分子，但问题是如何下手才能人赃俱获，况且还不知道车上有没有其他同伙。但不管怎样，先看到了赃物再说。

马小坤从裤袋里掏了钱，点了六张百元大钞递给刺青男："来两包。"

男子左右顾盼了一下："兄弟等一下，货不在身边，我去拿。"

"怎么，忽悠我啊。"马小坤收回钱，假装不快的样子。

"不好意思，稍等，一会儿就来。"刺青男说完就起身往6号车厢去。

马小坤见刺青男走进了6号车厢，就对邻座的女孩小声而急促地说："快，去餐车那边找乘警叔叔，告诉他们7车50号有情况。"

女孩不解地望了马小坤一眼，不知他说的情况是什么事。

"记住，7车50号。"马小坤生怕女孩没听清楚，又强调了一遍。

女孩睁大了眼睛，点点头，似乎明白又似乎不明白，但她还是站起身去了。

马小坤迅速将六张百元大钞放在桌上整了整，排成阶梯状，拿出手机拍了一张照。

一会儿，刺青男过来了。

他环顾了一下周围，若无其事地坐回到自己的位置上。给马小坤递了个眼色，然后把两小包东西从桌子底下递过来。

马小坤很配合，一手收货，一手将六百元钱递给对方。

这时，女孩带着两个一胖一瘦的乘警过来了，刺青男的位置刚好背向他们。

乘警越走越近。马小坤感觉时机已到,蓦地站起来,一把揪住刺青男的衣领。

刺青男被这突如其来的举动搞蒙了,条件反射地拼命挣扎。

邻座的一对情侣,女的一声尖叫,男的一个鲤鱼打挺,吓得两个人直往过道里躲避。车厢里顿时乱了起来。

两个乘警见状,冲过来迅速把马小坤和刺青男分开。

不过,刺青男手臂上的那条龙,似乎已经告诉乘警,此人不是好种。虽然刺青的人,大多不是坏人,不刺的人也不一定全是好人,但在人们的观念里,刺青还是不太被认可,因此被怀疑的风险很大。这点让马小坤占了上风。两个乘警的动作明显以控制刺青男为主。况且,马小坤有过一次抓小偷的经历,其中那个年轻的瘦子警察就是给他做笔录的,因此乘警很快辨明了方向。

乘警押着刺青男往8号车厢去,马小坤跟在后面也走进了那节餐车车厢。看来这次去古弦市公安局报到,马小坤已为自己工作前的上岗培训提前交上了一份满意的答卷。

面对警察的讯问,刺青男极力抵赖,说是冤枉好人,他根本没有贩卖毒品。

马小坤做完笔录跑过来,刺青男还在负隅顽抗。

不过,中国有句老话:再狡猾的狐狸也斗不过好猎手。刺青男万万没想到,马小坤早就留了一手。不愧为公安大学的高才生。

马小坤指着桌上的两包"冰毒"问刺青男:"这是你卖给我的吧。"

刺青男把头一拧说:"你凭什么说我卖给你的?"

"不是刚才你亲手给我的吗?"马小坤步步紧逼。

"谁看见了?"刺青男两手一摊,又抖了两下说,"啊,谁看见了?"

马小坤气愤道:"人证、物证都在,你还想抵赖!"

"呃呃呃,别血口喷人啊。"刺青男歪列着脑袋,舔着白眼说。

马小坤看了一眼从刺青男身上搜出来的香烟、手机和一大沓钱,指了指问他:"这些钱是不是你的?"

"是啊。"刺青男回答得很爽快。

"你确认?"马小坤很认真地加重了语气问。

"我自己的钱难道还不清楚。"刺青男很自信。

马小坤说:"你确认这些钱刚才一直在你身上没给别人看过?"

"笑话,我的钱干吗要给别人看?"刺青男把嘴一咧,露出一副流氓样。

马小坤觉得前戏已经铺垫好,便开始发力:"那好,我现在告诉你,你的钱里有六张百元面值的钞票是我的。"

"你凭什么说我的钱是你的?"刺青男的话明显有些虚了。

"因为我给自己的钱照过相,况且其中一张有一个用圆珠笔写的数字'13'。"马小坤掏出手机,打开界面上的相册,在刺青男面前晃了晃。

刺青男抬头扫了一眼,其实没看清什么,但他心里已经像吃了萤火虫那样明白。

"要不要把我的六张钞票的编号报给你听?"马小坤加大火力。

刺青男耷拉下脑袋,沉默了。

"说,你的同伙是谁?"那个年长一点的胖乘警开口了。

他不开口还好,一开口就提醒了马小坤。对啊,他一定还有同伙在车上,刚才的果断行动还是欠考虑。

马小坤正为自己的失误而自责的时候,手机响了。

一看,是龙海峰打来的,问他下车了没有。

马小坤这才意识到,可能乘过站了。一问餐车上的人,才知道苏州站早过了。他欲哭无泪地告诉龙海峰,自己乘过站了。下一站就是终点站上海,现在只能补票到上海,然后再坐大巴去古弦市。

龙海峰让他在上海火车站待着,说开车去上海接他。

马小坤说不要了,他一个大男人不会丢的。

龙海峰在电话里有些脾气了,说人生地不熟的,已经在苏州丢了一回,还想在上海再丢一回吗?他把马小坤当作没出过门的小孩子了。

马小坤拗不过龙海峰,只得同意待在上海火车站。

帕萨特在沪宁高速公路上飞奔。

龙海峰坐在从苏州赶往上海的轿车里,焦急地看了下腕上的手表,心里在嘀咕:"这孩子是不是读书读傻了,怎么会坐过站呢?"

龙海峰开完会才两点半,正像他所预测的那样,会议一个半小时就结束了。从会场到火车站差不多半个小时的车程,他在苏州火车站北广场的出站口等了许久,又询问了出站口的检票员确认火车没晚点,但就是不见马小坤的影子,也没接到他的电话。这才主动打电话给他。没想到这孩子过站不下,竟坐到上海去了。

当年,龙海峰结束了灾区援建工作,从绵竹山花带着他姐姐马小芩一起回到古弦。如果这次马小坤也是与他一起坐车回来的话,肯定不会出这低级错误。

龙海峰想起马小坤的姐姐马小芩,心里喜滋滋的。两年前在他的关心下,马小芩来到古弦,进了古弦市老年护理院当了一名护工。护理院的工作虽辛苦繁杂,但小姑娘很敬业,也很聪明,经过近两年的磨炼,那天听他们院长说,准备提拔她当院长助理了。

命运是对手,只要你永不低头,你就是胜者。这或许就是龙海峰喜欢马小芩、马小坤姐弟俩的理由。

龙海峰喜欢生命中的强者,他也要求自己是一位强者。当年他临危受命,克服了常人难以想象的困难,抛儿别妻,忍受着父亲刚刚撒手人寰的悲痛,告别了无人照料的老母亲,肩负起古弦一百多万百姓的重托,带领古弦援建组九名得力干将毅然决然地奔赴地震灾区第一线。

其实，当上级的对口援建方案刚刚下发，作为市领导四套班子成员的他，就已经知道，并默默做好了准备。所以当他第一个被征求意见的时候，他的回答很干脆："我去！"干脆得没有任何附加条件。当组织上告诉他，这次参加前线援建的同志回来后都会提拔一级，而他的职位在古弦市已经到顶、无级可升时，他仍然表示要去。

很多人对他的举动都很不理解，认为一大把年纪的人了，职位也升不上去了，待遇也到顶了，干吗还要冒着生命危险去那么远的地方拼命呢？

然而，对于龙海峰来说，这是一次挑战，也是一次机遇。不是图名，也不是图利，更不是图权。他图的是要再次证明自己仍然是一位生命的强者，再次实现自己的人生价值，创造别人没有的辉煌。这是一种内心的满足，一种灵魂的升华，与利益无关。实在要说与利益的关系，也是为了国家的利益、人民的利益、特别是灾区千千万万百姓的利益。这就是他所谓的机遇。这是一种怎样的情怀！

当然，如果没有家人的理解和支持，让他全身心扑在援建工作上，他的抱负恐怕很难实现，或者说不会有像今天这样的荣誉和骄傲。

山花的老百姓可以不知道镇长是谁，但不会不知道古弦援建组有个龙大爷。在山花，上至官员，下至百姓，人们都亲切地叫龙海峰为"龙大爷"。"大爷"是绵竹人对德高望重者的一种尊称，连绵竹市的领导也这么叫，这让龙海峰受宠若惊，也让他的干劲更足了。

要让灾区人民过上好日子，必须尽快重建新家园。这是龙海峰到灾区要做的第一件事，也是最重要的一件事。

他的战队队员都是经过精挑细选的业务高手，有工业与民用建筑专业高级工程师，有针对性极强的岩土工程专业高级工程师，有市政工程专业高级工程师，有负责资金运筹管理的高级会计师，还有负责综合联络工作的公共关系专家和负责监督检查的纪检干部，而他本身又是分管城建工作多年的市领导。因此，这样的配置在整个灾区众多对口援建组中绝对是凤毛麟角的佼佼者。

龙海峰一踏上灾区的土地，就马不停蹄带上援建组的几位骁将，冒着余震的危险，冒雨来到受灾最严重的罗荣村两个村民组实地察看。这里的村民房屋已全部倒塌。

在满目疮痍的废墟上，龙海峰看到一位恸哭的妇女（后来才知道她是马小坤的姨妈）。她正拼命扒着废墟上的瓦砾，不知想要扒出点什么？同去的村长告诉龙海峰，她的孩子没了，人变得有些疯疯癫癫。

不知是他看到了这样一个场景，还是他的老胃病又犯了，龙海峰的胃突然一阵绞痛。他一手捂住上腹部，一手从口袋里掏出一瓶胃药，转头偷偷服了两片。等他回头时，已是满眼泪水。

那天的场景，令龙海峰刻骨铭心，终生难忘。他暗暗发誓，一定要为这些受灾的百姓建设好能抵抗强震的新家园。

建设新家园需要规划，更要符合当地民风民俗。川西与江南有诸多不同。龙海峰经过调研发现，这里的民居不像江南人那样强调"坐北朝南"，而喜欢"户对户、门对门"。这样的好处或许能让邻里之间的关系更和谐、更亲近。

罗荣新村的建设方案很快出来了。保留了富有川西特色的大屋面、挑檐角、穿斗墙的民居风格，并融入了小桥流水、栽草种花的江南元素。按照建设现代化新农村的要求，整个新村配套建设了道路、供电、供水、通讯、电视、污水处理、沼气池、休闲健身场地等。

龙海峰亲自过目，提出了很多修改意见。在他的心中有着一张更美的蓝图和一个更高的目标。他要把罗荣新村打造成为"灾后农房建设的样板和新农村建设的典范"。

2008年10月11日，中央电视台《新闻联播》节目采播了罗荣新村的建设场景。

灾后第一个春节刚过不久，参加"汶川地震灾后恢复重建进展情况现场巡察经验交流会"的国家住房和城乡建设部城建规划司领导和来自全国二十个援建省、市建设厅的负责人，视察了罗荣新村建设，对古弦市援建的农民集居点建设给予了充分肯定。

"5·12"大地震一周年前夕，富有江南水乡特色的罗荣新村，成了绵竹市第一个完工的灾后重建农民集居示范点。一百零四户村民也喜气洋洋地全部搬入了新居。马小坤的姨妈搬进新居后，精神也好了一大半，渐渐隆起的小腹正孕育着新的生命。

那天，两鬓斑白的龙海峰拿着一份5月9日的《四川日报》，站在村里那条新挖的清澈见底、鱼儿欢游的小河旁，望着河中小岛上那两棵灾后村里留下的唯一原物——杜仲树，热泪盈眶，感慨万千。

万事开头难。援建初期，那段日子特别艰苦，简直不堪回首。由于当地能住的地方特别稀少，为了不占用灾民的帐篷，援建组的人只能住在离山花很远的德阳，每天来回折腾。

他已看过报上那篇标题为《山花镇罗荣新村——杜仲树下的江南水乡》的文章，记录了他们的援建成果和古弦援建组全体工作人员"责任、奉献、专业、合力"的援建精神。没有这种精神，要在短短一年时间里建设好如此美丽的高质量、高品位的农民新村几乎是不可能的。

把罗荣新村打造成为"灾后农房建设的样板和新农村建设的典范"的梦想，终于实现了。

龙海峰要做的，就是要把不可能变为可能，把不现实成为现实。罗荣新村的建设只是他的一次小试牛刀，更大的手笔还在后头。

龙海峰从飞扬的思绪中回到现实。他抬手看了看手表，拨通了马小坤的手机，问他到了没有。

马小坤告诉他还没到，他正在车上配合乘警抓了一个毒贩。

K1158次列车正加速向终点驶去。

刺青男面对警察锐利的目光,终于招架不住。

据他交代,列车上并没有同伙。他是怕被乘警检查,才故意把他藏匿毒品的密码箱放在6号车厢的行李架上。这样即便查到,他也可以逃避打击的危险。

好狡猾的家伙!

瘦子警察和马小坤押着刺青男,很快在6号车厢的行李架上找到了那只藏毒的密码箱,里面还有六小包冰毒和一些锡纸、吸管、塑料瓶、打火机等吸毒工具。

龙海峰听说马小坤在火车上抓了一个毒贩,不免又有些担心起来。这孩子还没到单位报到,就已经干上了,而且抓的竟是一个毒贩。

他想起去年发生在中缅边境那起震惊中外的"湄公河大案",贩毒分子都是心狠手辣的亡命之徒,身上都有刀枪。你不惹他,他还要来惹你呢,更不要说你惹了他了。

龙海峰实在放心不下,又拨通了马小坤的手机。

"喂,是小坤吗……你得小心点啊……毒贩身上有枪吗……哦,没有……那有刀吗……哦,那我放心了……你到了上海打我手机告诉我具体位置……别乱跑啊……好,挂了。"

龙海峰刚挂断马小坤的电话,手机又响了。

这回是他老婆打来了,说小坤三点钟到苏州的火车,现在四点多了,怎么还没接回来,她要准备晚饭了。

从苏州坐大巴到古弦也得一个小时左右,即便是小车也得有四五十分钟吧。看来老婆比他还急。

龙海峰不知怎么解释好,说他不小心坐车坐过站了,还是告诉她人家正在抓毒贩。他只能给老婆一个简明扼要的解释，否则会问个没完。人到了一定年纪，就喜欢唠叨。

龙海峰的帕萨特进入上海市区时，正好赶上下班高峰的限行时间，非本地牌照的车辆一律不能上高架。因此帕萨特像一头发不出威的豹子，只得在下面郁闷地走走停停。

等龙海峰和驾驶员七转八弯地赶到上海火车站时，马小坤已经在车站出口处等了足足一个小时，这还不算送那对在火车上相处了一昼夜的母女去乘公交车的时间。

外地驾驶员最怕开车去上海接人，不但怕跑错路，更怕早晚高峰。但这些都让龙海峰的驾驶员遇上了。刚才小车开进了一条单行道，兜了一个大圈子，才从封锁线里突围出来，所以又晚了半个小时。

马小坤见到龙海峰时，没有选择鞠躬，也没有选择拥抱。觉得鞠躬距离太远，不够亲切；拥抱嘛，又觉得距离太近，太过亲热。所以最终还是选择了握手。

两个人握过手后，龙海峰拍着马小坤的肩膀说："小坤，让你等急了吧。"

"龙叔叔，没有啊，就等了一会儿。"马小坤觉得坐了那么长时间的火车，多等一个小时算不了什么。

这时，龙海峰的手机又响了，肯定是老婆打来的。一看，果然是。龙海峰告诉老婆，他们还在上海，估计还有个把小时到家。

离开火车站，三个人总算有说有笑地上了车。

明日新村是古弦市最早规划建设的一个居民住宅小区，当初也算是一个万众瞩目的明星。龙海峰的家就安在这里。

这里的环境不错，鸟语花香，绿树成荫，一条小河宛如一条绿色绸带在粉墙黛瓦的楼宇间蜿蜒流淌。只是公寓房建造的时间太久了，已经很老旧，虽然市里惠民实事工程曾拨款给予修缮，但主要也只是针对外墙面渗水和屋顶隔热防漏进行的涂刷和"平改坡"改造，房屋不合理的内部结构无法改变。

按龙海峰的级别，早该搬新居了。可他一根筋，仍守着老房子不放。理由是，这儿住习惯了，出入也方便。为此，妻子没少埋怨过他。老夫老妻相濡以沫几十年，从没为别的事吵过架，就为这房子的事红过脸。后来他老婆也想通了，女儿反正早晚是嫁出去的人，即便不嫁也够住了。如今，女儿已找到如意郎君结婚搬出去住了，老夫妻俩守着这点房子也绰绰有余了。

龙海峰妻子金菊花从民政局下属的社区服务中心退休后，就成了举锅掌勺的家庭主妇。

今天她买菜烧饭忙活了一下午，现在就等老头子和马小坤他们回来。她坐在餐桌前，像一头耕完地的牛，欣赏着眼前满满一桌子自己亲手烹制的杰作，所有的辛劳都烟消云散了。

金菊花望了望墙上的挂钟，《新闻联播》都过了，他们怎么还不回来，会不会路上出啥问题了？这么一想，就心烦意乱起来。

她站起来，心神不安地在客厅里转了两圈，便拿起电话打龙海峰手机。打了半天，居然无人接听。这下她心里更不安了，连拨了几次居然关机了。金菊花放下电话，急得像一只无头苍蝇在房间里团团转。

正当她准备打女儿电话的时候，有人敲门了。

"老婆，开门。"敲门的不是别人，正是龙海峰。

金菊花开门一看果真是丈夫他们，一颗悬着的心才落回原处。

"老头子，怎么才回来？"金菊花埋怨道。

龙海峰搪塞说："堵车，路不好走。"

金菊花问："打你电话怎么不接？"

"手机没电了。"龙海峰解释说。

"哦，快吃饭吧。"金菊花招呼大家。

龙海峰见了满满一桌子可口的菜，喉结就不停地蠕动起来。

剁椒鱼头、红烧排骨、宫保鸡丁、青椒土豆丝、番茄炒蛋、扁尖老鸭汤……虽然这些都是家常菜，但都是他喜欢的。

四个人坐下开吃。

也许太饿了，马小坤只顾扒饭。金菊花堆在他碟子里的菜几乎没动。

"吃菜啊。"金菊花又夹了一块排骨塞到马小坤碗里。

"谢谢金阿姨。"马小坤还是不吃菜，一个劲地扒饭。

"小坤，别客气，挑喜欢的吃，多吃菜，少吃饭。"龙海峰也在一旁附和道。

马小坤终于夹了一筷剁椒鱼头塞进嘴里。说实话，这么多菜，他合口的真的不多，除了这剁椒鱼头，别的都不怎么辣，土豆丝里的辣椒也不辣，好多菜还很甜。

菜剩了一大桌，四个人本来就吃不了这么多。但古弦人就是这样。往正的说，是好客；但往反的说，就是浪费了。

龙海峰的驾驶员帮着金菊花在厨房间里打扫"战场"。

马小坤被龙海峰拉到客厅里。两个人刚坐下就讨论起明天要办的事。

明天，趁双休日还没去公安局报到，马小坤想让龙海峰陪他去一趟古弦市吴浜镇，去拜访一个叫陈一凡的人。马小坤跟那人不熟，他是受村里一个叫赵巧妹的寡妇委托，去感谢人家。

说起那个陈一凡，龙海峰知道些情况，也曾去过他家，他是受到过古弦市委市政府表彰的一位爱心人士。那个赵巧妹就更不用说了，龙海峰对她和她的家庭太熟悉、太了解了。

2010年秋天，就在龙海峰他们完成援建任务即将离开山花镇的时候，连续几天的大雨倾盆而下，将整个龙门山脉山脚下的麓棠村抛进危难之中。雨水汇聚成汹涌奔腾的泥黄色山涧水，像一条巨蟒强行越过堤岸，冲进已经挂穗的稻田里。山那边的乡镇正遭受着百年未遇的泥石流，刚刚抢通的至汉旺的道路也再次被洪水冲垮。

此时，龙海峰最牵挂的是麓棠村的赵巧妹家。大雨刚停，龙海峰就带领援建组的工作人员冒着泥石流的危险，踏着山边泥泞的小路，及时将备好的床、柜子、椅子、被褥和中秋月饼送到赵巧妹那个家徒四壁的新家。

赵巧妹的丈夫陈久生是一位"感动中国"的川西农民。

几年前，陈久生患了鼻咽癌，后来又被查出胸椎肿瘤。很快，他的三分之二躯体瘫痪，只能坐在轮椅或躺在床上，完全丧失劳动力，加上两位六七十岁的老父老母，一家五口人就靠赵巧妹一个人给人帮佣、打零工和种地得来的微薄收入度日。地震把她家的房屋全部损毁，使原本就非常贫困的家庭几乎陷入了绝境。

此时，远在千里之外的古弦市红十字会和《古弦日报》正倡议"大手牵小手，市民共同参与结对助学，帮助灾区的孩子重新背起书包，开开心心上学去"的活动。"手拉手"结对助学活动消息在《古弦日报》上一经刊出，报名结对助学的古弦市民就相当踊跃，家住古弦市吴浜镇的农民陈一凡就是其中一位。他在第一时间报了名，并当场与古弦市红十字会签署了助学协议书，愿意连续三年资助一名灾区孩子的全部学费。而这位灾区孩子就是赵巧妹的女儿陈怡。

陈一凡有一个幸福的家，但在吴浜当地也算不上富裕，上有年迈的父母，下有尚未成年的孩子，一家人过着恬淡平静的生活。不惑之年的他，虽没做出什么轰轰烈烈的业绩，却始终怀有一颗炽热的爱心。这位身处江南水乡的普通农民十多年来用涓涓清泉般的钱款资助过不少需要帮助的人。

爱心传递着真情，真情演绎着感恩的故事。陈一凡的善举感动着躺在病床上的陈久生，他知道这位远在江南水乡古弦的陈大哥不但帮女儿支付了所有的学费，还不时给他家里寄钱。当有一天陈一凡又给他家寄去一千元钱时，陈久生终于有了一个令人意想不到的决定，他对妻子说："现在我什么事也做不了，思来想去，唯一能回报社会的，也只有身上的器官，可是我瘫痪后很多器官都不行了，就剩下这双眼睛还好，我想把眼角膜捐出去，捐给无私帮助过我的人。"善良的赵巧妹流着眼泪望着骨瘦如柴的丈夫，心疼地默默点了点头。

2010年1月的一天上午，绵竹市红十字会秘书长和四川省红十字会眼库工作人员一起来到赵巧妹家，为她丈夫办理了捐献手续。

当时赵巧妹的家，还是一个用毛竹和尼龙布临时搭起来的简易棚，十几平方米的空间挤放着三张床，糊墙的黑色塑料布已有好几个破洞，刺骨的寒风时不时地吹进来，黑暗、寒冷的棚屋里唯一的电器是一台十八英寸的旧电视机。那天，陈久生躺在床上，奄奄一息地口述了自己的捐献志愿："两枚眼角膜，一枚捐给江苏，一枚捐给澳门。"妻子在一旁帮他记录签字。他之所以要特别指定捐给江苏和澳门，是因为江苏是绵竹市对口援建地区，澳门红十字会是山花镇对口援建组织。最后，陈久生在捐献志愿申请同意书上重重地按下了自己的红色指印。他动情地说："我这辈子对社会没做过什么特别有意义的事，现在又重病在身，希望走后，能留下我的眼角膜，给别人带去光明。不少好心人都来帮助我们，我无以为报，只能捐献眼角膜表达我的感恩之心。"

如今，陈久生的遗愿已经实现，他的一枚眼角膜成功移植给了古弦的一位女患者，另一枚移植给了澳门的一位男同胞。一个人的眼睛换来了两个人的光明。

陈久生是一位身患绝症的川西农民，而资助他们家的陈一凡是一位勤劳善良的江南农民，是人间大爱将两颗遥远的心连在了一起。陈一凡不但是一位爱心使者，也是一位谦虚平和、处事低调的人，如果不是因为陈久生捐献眼角膜的感恩壮举，也许他这个默默无闻的农民不会进入人们的视线。当有记者采访他时，他总是推辞，实在推不掉也很少说话。在"5·12"两周年之际，《5·12中国娇子中国力量》特别节目播出前的半个月，四川卫视再三邀请陈一凡前往四川灾区参加节目，均被他婉言谢绝了。

"5·12"两周年后的一天,龙海峰特地前往吴浜镇看望慰问了陈一凡。可他依然淡淡地说:"做慈善的人有很多,我只是其中一个,这是我应该做的。"当他知道陈久生捐献眼角膜给江苏和澳门的爱心之举后,十分激动,没想到自己一个微不足道的举动能让对方这样感恩。陈一凡向前去看望慰问他的龙海峰表示,只要赵巧妹和她女儿有需要,他就会继续资助下去。

龙海峰和马小坤就像一对久别重逢的父子,坐在客厅的沙发上聊个没完,甚至已经没了大小。

他妻子金菊花实在熬不住了,就催促说:"老头子,小坤坐了十几个小时火车了,你就让他早点休息吧,明天还要去乡下呢。"

龙海峰一看时间,确实不早了,叫马小坤先去洗漱。

见马小坤进了卫生间,龙海峰对妻子说:"别当着小坤的面,左一个老头子,右一个老头子,你能不能改改口叫我叫得正规点。"

"叫什么才正规呀?"金菊花一个惊讶。

"叫我老公啊,我都一口一个老婆。"龙海峰感觉有些委屈。

"都一大把年纪了,还计较这个,人家小夫小妻才这么叫,老头子我是叫顺口了。"金菊花一点都不妥协。

"那我以后改口叫你'老太婆'。"龙海峰半开微笑半当真地说。

"你叫我老太婆,明天不给你做饭。"金菊花说着一扭身子就走出了客厅。

马小坤洗漱好了,就回了金菊花为他打理干净的小房间。躺在陌生的床上,熄了灯,他很困,但迷迷糊糊怎么也睡不着。

龙海峰和金菊花也躺在床上,熄了灯。聊了几句话,不一会儿就有了鼾声。

第三章

古弦的八月,已过立秋,但天气仍很炎热。早新闻里的播音员在播报天气预报的时候,依然说得咬牙切齿。

龙海峰和马小坤起了个早,打算趁太阳还没毒辣的时候,就去完成赵巧妹交给他们的光荣任务。

两个人走在吴浜的乡间小路上。虽然气温已经飙得很高,但道路两旁高大挺拔的水杉像两道巨大的绿色屏风,将炎热拒之路外。田野的风透过水杉之间整齐划一的空隙,一阵接一阵轻柔地吹进来,竟让人有了春风拂面的错觉。

马小坤身处在这样的景致里,心里因为想着为别人了却一个心愿而一片澄明。他一下子喜欢上了这个江南。

陈一凡的家是一栋两层结构的普通楼房,就坐落在村口的那个花红叶绿的荷塘旁。

拴在院落里的一条大黄狗,见大门口来了两个陌生人,就"汪汪"叫了几声赶紧通知屋里的主人。

一位穿蓝色短袖衬衫的中年男子从堂屋里走了出来。

龙海峰一看,正是他们要找的陈一凡。

龙海峰与陈一凡握过手后,就把马小坤介绍给他。

马小坤握着陈一凡的手,说明了来意:"我是代赵巧妹和山花镇的父老乡亲来向您表示感谢的。"

不善言辞的陈一凡羞涩地笑着说:"不用谢,应该的。"

马小坤从马甲袋里拿出一幅竹编年画,递给陈一凡:"这个是赵巧妹让我带给您的。"

"我怎么好意思拿人家东西呢。"陈一凡连忙推辞。

"我们山花没啥好东西,这幅画是她用一根根细细的竹丝精心编制而成的,她的一点心意,您就收下留个纪念吧。"马小坤真诚地说。

陈一凡小心翼翼地接过画,仔细看了起来。

马小坤指着画面上的图案解释说:"这幅画叫'三星高照',上面有'福星''禄星''寿星'三个神仙,祝愿您和家人'三星高照'有好运。"

"谢谢!谢谢!"陈一凡很感激地给马小坤鞠躬。

马小坤连忙扶住陈一凡:"要谢,应该谢您。"

"赵巧妹和她女儿现在过得好吗?"陈一凡问。

"比以前好多了,两年前就搬进了新居。"马小坤转头看着龙海峰说,"全靠龙叔叔他们援建组和你们这些好心人的帮助,才有了我们今天的好日子。"

"陈怡小姑娘学习还好吧?"陈一凡关切地问。

"还好,今年刚小学毕业,马上升初一了。"马小坤回答说。

"她们家如有什么困难,尽管跟我说啊。"

"谢谢,我代赵巧妹谢谢您!"马小坤也向陈一凡鞠了一躬,又说,"她现在进了村里的竹编工艺合作社,学了竹编这门手艺,收入比以前好多了。每年梨花节展销会上,我们山花镇纯手工打造的竹编年画和竹编工艺品,都会吸引全国各地慕名而来的客商。"

"那太好了。"陈一凡听了有些激动。

马小坤看了一眼身旁的龙海峰,意思是差不多了。

"我们要走了。"龙海峰再次握住陈一凡的手说,"谢谢你啊!"

"吃了饭走。"陈一凡拉着龙海峰的手不放。

"不了,谢谢你,我们还有事。"龙海峰说。

陈一凡松开了龙海峰的手,转身跑进里屋,拿出一锅煮热的玉米说:"我也没啥招待,刚才连茶都忘了泡,你们吃了这个再走。"

"谢谢。"龙海峰推辞道,"你的心意领了,还是留着你们自己吃吧。"

龙海峰和马小坤回到市区,时间还早。马小坤想赶在中饭前去趟老年护理院见姐姐。

龙海峰说:"过几天再去见你姐姐也不迟。"

马小坤噘着嘴说:"龙叔叔,我都来了一天一夜了,再不去见姐姐要被她骂死的。"

"你姐姐很忙的,去了也是给她添乱。"

"那您说,什么时候才是不添乱,总不能让我们姐弟俩长期骨肉分离吧。"

"有你说得这么严重吗?"

"龙叔叔,昨天我跟姐姐说好的,今天去见她。我现在就要去。"

龙海峰听他这么一说,就妥协了。

"那现在就送你去。不过,等会儿回来,你得自己坐公交或打的了。"龙海峰忽然想起"帮扶困难群众基金会"下午还有一个慰问活动。

"好的,谢谢龙叔叔!"

"小坤,以后别一口一个龙叔叔,你应该叫我'龙伯伯'才对啊。"龙海峰的称谓情结又在作怪了。昨晚败给了老婆,今天得补回来。

马小坤坐在副驾驶上转头瞄了一眼龙海峰说:"叫您龙伯伯会把您叫老的,叫叔叔好,年轻、有活力。"

龙海峰没想到马小坤会这么说,这小子口才不错啊。龙海峰真的没话说了,谁都不想老,都想年轻、有活力。至少,人的心态不能老。

前面十字路口的交通信号灯跳了红色,龙海峰踩了一脚刹车停在斑马线前。车里的两个人也像红灯那样沉默了足足一分钟。

终于换绿灯了,龙海峰踩了一脚油门,越过路口。

马小坤又转头瞄了一眼龙海峰说:"龙叔叔,最后征求您一下,是要我继续叫您叔叔呢,还是要我改口叫您伯伯?"

"随你。"龙海峰目不转睛地注视着前方,猛踩油门,内心有了视死如归的感觉。

"我看还是叫您叔叔吧。叔叔年轻,距离近。"马小坤把头靠到汽车座椅的头枕上。

"怎么个距离近?"龙海峰不明白对方的意思。

"叫得距离越近,说明代沟越少。"马小坤不紧不慢地说。

"照你这么说,我叫你哥哥代沟就没了。"龙海峰瞋了马小坤一眼。

"嗯,差不多这个意思。"马小坤抿嘴一笑。

马小坤的话有点诡辩,但似乎无懈可击。龙海峰在称谓上又一次败下阵来,而且这次败得比上回更惨。此刻,他才发现自己真的有些老了。

马小坤见到姐姐马小芩时,她正在老年护理院二楼的一个房间里给一位卧病在床的老人擦身。

他站在走廊的窗前,望着姐姐忽上忽下、忽左忽右的背影,一股莫名的暖流长驱直入涌进他的眼眶,眼前顷刻一片汪洋。

是姐姐给了他第二次生命。

那年大一暑假,马小坤在德阳的一个派出所见习。他抽了几天时间回山花老家看望姐姐。当时他姐姐仍住在村里搭建的简易帐篷里,但即便生活很艰难,勤劳善良的姐姐给了他很多安慰,那个时候可以说姐姐是他活着的精神支柱。

临走那天,本想搭龙叔叔他们援建组的依维柯到绵竹市区,然后再换乘公共汽车回德阳,但他们援建组突然有紧急任务提前走了。

那天，天下着大雨。马小坤准备从村里先步行到镇上，然后再搭人家的拖拉机到绵竹市区。姐姐执意要送他到镇上。马小坤不要她送。马小芩说送了他，她就去镇上的同学家窝一夜。于是，姐弟俩就沿着龙门山脉那条坑坑洼洼的山路往镇上走，殊不知他俩正面临着一场死亡的危险。

大雨从山上汇聚到山脚下，一路肆虐。这时，前面突然"轰"的一声巨响，山上数十块大小不等的石头伴随着泥沙从几十米高的山坡上滚滑下来，"哗啦啦"的响声如战场上千军万马在厮杀。

马小芩一看不好，马上拉上马小坤的手，拼命往回跑。他俩刚跑过一个山口，后面就像追兵似的又是一阵"哗啦啦"的厮杀。马小坤和姐姐几乎是一口气跑回了临时帐篷那个所谓的家。

苦难，让马小坤感受到了什么是"相依为命"，也让他明白了什么是"情同手足"。所以他很敬重姐姐，珍惜与姐姐的关系。

马小芩安顿好老人，走出房间。

"姐姐！"马小坤站在门外的走廊里喊她。

"弟弟，你来啦！"马小芩惊喜道。

"嗯。"马小坤微笑着点点头。

"走，去我宿舍坐一会儿。"马小芩拉上马小坤的手。

马小坤的手被姐姐拉着，感到无比温暖。他喜欢这种被关爱、被呵护的感觉。或许，没了爹妈，姐姐就成了爹妈的化身、成了他的保护神。

马小芩自从来了古弦，来到这家老年护理院工作，就一直住在护理院给她安排的集体宿舍里。

马小芩住的地方不大，一间十五平方米的房间，放着两张一米宽的小床，外加一个卫生间。有点像旅店里的标准房。与她同住的是一位盲人，从小被父母抛弃在福利院长大，如今已是一位出色的按摩师，也是老年护理院的员工。

马小芹和弟弟走进宿舍的时候，女按摩师正准备出门。今天是双休日，不少护理院的老人都被子女接回家过周末，护理院里的活就少了许多，因此她有机会"回娘家"去福利院做义工。

马小坤经姐姐介绍，与女按摩师打过招呼后，用敬佩而又怜悯的眼神目送着她走出宿舍门。他问姐姐："她生活能自理吗？"

马小芹说："怎么不能，有些方面比常人还厉害。"

"你指哪方面？"马小坤追问。

"比如她的听觉，她的嗅觉，还有触觉，都是我们常人无法相比的。"马小芹边说边给弟弟倒了一杯白开水。

"是啊，上帝为他们关上一扇门，就会为他们打开一扇窗。"马小坤不无感慨地说。

马小芹将杯子递给弟弟说："去年她刚来的时候，有一天晚上，一个小偷翻围墙进入我们这栋楼里偷东西，是她第一个发现的，就因为她的听觉十分敏锐，周围一有异常动静她就能觉察到。"

"真的吗？那今后我破案要是需要这方面的人才，也可以让她发现发现。"马小坤开玩笑地说。

"别跟我贫嘴。"马小芹继续说，"还有一回，护理二区的一个老头在床上抽烟，烧着了床上的被褥，房间里的人还没觉察，她在走廊里倒嗅到了。"说起这些事，马小芹常常为她的室友骄傲。

已到吃饭时间。马小芹说："弟弟，中饭就在我们护理院食堂吃吧。"

马小坤说："不，姐姐，今天我请你外面吃。"

"为啥？"马小芹有些惊讶。

"不为什么，看你瘦的样子，就知道你经常不吃荤菜。"马小坤猜测道。

"我喜欢吃蔬菜，多吃蔬菜有益健康。"马小芹不打自招。

过了双休。周一早上，公安局人事科的人刚上班，马小坤就去报到了。

人事科的一个小姑娘看了他的报到证说："怎么这么早就来报到？再过两个星期来。"

马小坤张大了嘴巴很失望地说："早报到不好啊？"

"人家都按时报到的，哪有像你这样提前这么多天就来了，何不趁有时间出门旅游旅游，等工作了就没时间玩了。"小姑娘像看猩猩似的看着马小坤，那眼神分明在说：哪有这样傻的大学生，是不是读书读傻了？

马小坤不想把自己的身世和内心的纠结讲给这个弱不禁风的小姑娘听，怕她承受不起。

如果家里有父母，有舒适的环境，他也不会提前这么多时间就来报到，他是没办法。马小坤不想在龙海峰家里多住，即便龙叔叔和金阿姨毫无怨言，毕竟给人家添麻烦，自己也不自由。想早点报到的目的，无非就是为了能早日住上公安局的集体宿舍。

他已经去考察过，集体宿舍就在城北卧牛山的山脚下，虽然离公安局远了点，但那里空气新鲜、景色宜人，出行购物也很方便。况且他住惯了山边的环境，有种亲切感。更让他舒心的是，这里不用担心像他老家的山脉那样会有泥石流、会有大地震。即便有，这里的房屋也能挡得住泥石流、抗得住强地震。

马小坤越想就越渴望早日住进公安局的集体宿舍。他对人事科的小姑娘深深一鞠躬，求她帮帮忙，看能否找一个相对人性化的变通办法。

人事科的小姑娘见马小坤向她鞠躬忙说："你别这样，我可做不了主。"

马小坤自讨没趣地站在小姑娘面前不走。双方沉默着。

这时，进来了一位风姿绰约的女人。马小坤认识她，这不就是去年冬天来学校招警的古弦市公安局人事科的龚科长吗。

小姑娘看见自己的嫡亲领导来了，像见了救兵，忙对科长说："龚科，这位新警想提前报到。"

马小坤赶忙将身子往前一倾说："龚科长，您好！"

"哦，你就是那位四川灾区的，叫……"龚科长脑子里的人多，一时短路。

"龚科长,我是公安大学应届毕业生马小坤,去年就是你来学校招警的,我们见过。这是我的报到证。"马小坤说着恭恭敬敬地把就业报到证递给龚科长。

龚科长看了看报到证,就完全记起来了,热情地说:"对对对,请坐请坐。"

龚科长之所以对"四川灾区"印象较深,是因为当年她老公是全国公安第一批去地震灾区的援川警队成员,而且担任"援川警队古弦大队"大队长,对接的援川单位就是绵竹市公安局山花派出所。兴许是老公的枕边风吹多了,让她对灾区的人和事也多了几许偏爱和关注。

龚科长听了马小坤的情况汇报和诉求,考虑了片刻:"要不我看这样吧,你先去商城派出所实习一段时间,两周后来局里正式报到,参加岗前培训。"龚科长把报到证还给马小坤说,"这个你先保管着。住宿的事,我马上跟行政科和商城所协调一下,看看怎么安排。"

"谢谢龚科长!"马小坤听龚科长这么一说,心里的一块石头落地了。

马小坤从公安局回来就跟龙海峰说了他的情况和想法。说是征求龙叔叔的意见,其实早已先斩后奏了。

龙海峰也是明白人。年轻人有年轻人的想法和圈子,强扭的瓜也不甜,况且毕竟不是自己的孩子,以后在别的方面多关心照顾一点,也不失为一种明智。

第二天一早,马小坤拿了行李就来商城派出所报到实习,住进了派出所的集体宿舍。

所长给他安排的师傅叫蒋健民,四十来岁,个高体胖,一副臃肿得似乎连走路都成问题的样子。不过,他那张胜若包大人的脸,很正。

"师傅，请多关照！"马小坤双手抱拳，招呼一声，算是完成了拜师仪式。

马小坤对眼前这位胖乎乎的师傅不是很满意，或者说，对他低看一眼。原因也说不上，凭第六感觉吧。但转而一想，反正就跟个十天半月的，也无所谓好不好。

商城派出所是古弦市治安最复杂的一个派出所，地处城乡接合部，辖区面积四平方公里。虽然管辖区域不大，但客流如过江之鲫，日均流量达三十万人次以上。这主要是因为辖区内有一个全市最大的服装市场，其规模可以说是全省最大，在全国也是排得上号的，曾连续三届名列"中国十大服装专业市场"榜首。

整个商城下设男装中心、女装中心、童装中心等三十五个专业市场，分服装、针织品、布匹、装饰面料、床上用品、小商品、鞋业、五金等多类经营区，店铺、摊位三万多个，来自全国各地的经销商十万多户，日资金流量超过二十亿元。

当年服装批发城组建的时候，龙海峰就是商城管委会的"开国元老"，对那儿的情况了如指掌。所以昨天晚上马小坤在整理行李的时候，龙海峰就边介绍边关照他，那里很复杂，去了要做好特别能吃苦、特别能战斗的思想准备。

马小坤上岗第一天，就遇上了一场刀光剑影的厮杀。

当天上午八点多，他跟师傅一起上路执勤，所谓的执勤就是或驾车或徒步在马路上和商城经营区内兜圈子，有"警"处警，无"警"巡逻，以维护辖区的治安秩序。

马小坤没想到，师傅的身段虽然胖，但走起路来健步如飞。让他这个短跑王跟得满头大汗。当他俩和两个警辅（就是人们习惯称呼的"辅警"或"协警"）步行到男装中心时，突然对讲机里传来了"鞋业经营区有人打架"的处警指令。

几分钟后他们赶到时，只见经营区的过道里散落了大量的皮鞋和零乱的纸盒，光滑的水泥地上已有两个倒在血泊中的男子，而过道尽头还有两个人一人拿一铁棍、一人持一砍刀在追打厮杀。

马小坤见师傅毫不犹豫地第一个冲了上去。自己犹豫了一下，但很快也跟随师傅的脚步冲了过去。心想，反正老子没爹没妈了，第一天上岗当警察千万不能做软蛋蛋，否则以后怎么做人，况且已有抓过一个小偷和一名毒贩的经验。

"住手！"只听师傅大吼一声，使出一个类似空手道的怪异动作，一手夺刀，一手抢棍，然后一个漂亮的一百八十度转体，把两个不可一世的家伙掀倒在地。

马小坤本想也使一套学校教的擒敌拳，在师傅面前露一手，但为时已晚，师傅没给他施展才华的机会就这么快速地结束了。而他回过神来想去收拾两个倒地的家伙时，也失去了立头功的机会。那两个人已被旁边两个警辅一人一个死死擒牢了。

在回所的路上，马小坤坐在师傅的身后，从后视镜里看着师傅那张坚毅果敢的脸，就有些自惭形秽了。

真可谓，人不可貌相，海水不可斗量。

马小坤发出这样的感慨还不足十二个小时，他又像哥伦布发现新大陆那样被师傅的丰功伟绩震撼了。

当天晚上，马小坤吃过晚饭，感觉有点累，想早点休息。回到宿舍，发现师傅也在。一天的跟班，特别是那场惊心动魄的经历，让他一下子有了跟师傅生死相依的友谊。

"师傅您怎么还不回家？"马小坤有些出乎意料。

蒋健民叹了一口气说："回家没意义。"

"怎讲？"马小坤更出乎意料了。

"老婆赌气回娘家了,你说我回家还有意义吗?"蒋健民无精打采地说。

"那您也不能跟自己赌气啊,赶紧去求老婆回家。"马小坤替师傅忧虑起来。

"求她?我才不干呢。"蒋健民高傲地说。

"师傅,女人要'哄'和'求'的。"马小坤倒像个政工干部,做起蒋健民的政治思想工作来了,"师傅,您想啊,当初两个人谈恋爱的时候,是不是您经常'哄'人家的。后来到谈婚论嫁了,是不是又是您单膝下跪哭着喊着'求'人家的。所以啊,您必须得继续'哄'、继续'求'。"

"你个毛头小子,懂什么呀。"蒋健民白了马小坤一眼。

"师傅,您说我说得有没有道理?"马小坤有些沾沾自喜。

"有个屁道理!"蒋健民哪里听得进一个乳臭未干的愣小子的话。

看来师傅也是个一根筋的家伙,马小坤不想浪费这方面的口舌了。

他看到师傅床头柜上那面鲜艳的五星红旗,突然想起他第一次进这个宿舍门就想问的一个悬而未决的问题。

"师傅,您床头柜上为什么要放五星红旗?"马小坤已经观察过了,派出所集体宿舍里就他的床头柜上有五星红旗。

"你想知道吗?"一提起五星红旗蒋健民就来了精神。

马小坤一本正经地说:"想啊!师傅,不瞒您说,今晚您要是不跟我说,我真的会失眠。"

"小小年纪,失你个头。"蒋健民轻轻拍了一下马小坤的脑袋。看得出,蒋健民此时的脸色已经阴转多云了。

"师傅,这不会是您为了驱神弄鬼搞的迷信吧?"马小坤脑海里最先出现的是这个猜想。

"你小子怎么这么多歪念头,老不往好的方面想。"蒋健民瞪了他一眼。

马小坤故意侧着脑袋,眼睛朝天,想了半天说:"好的方面吗……哦,知道了。"马小坤说着站起来,在房间里踱了两步,然后背对着蒋健民舞动着双手,深情地说,"师傅,您一定是心中装着我们伟大的祖国,梦想着有一天自己也能像奥运会冠军那样站在世界领奖台上看着五星红旗冉冉升起那激动人心的一刻。"马小坤说到这里，停顿了一下，突然一个转身，冲着蒋健民，"师傅您原来一定是个国家级运动员，对不？"

"NO，NO。告诉你吧，我原来是天安门国旗护卫队的。"蒋健民平静而又铿锵有力地一字一句地说，那"天安门国旗护卫队"几个字好像从他嘴里吐出来的不是一个词组，而是一把充满了"精气神"的宝剑。

"师傅您真的是国旗班的升旗手吗？"马小坤激动地问道。

蒋健民脸色红润地点点头，此时的脸上早已阳光明媚。他说："纠正一下，其实官方没有国旗班这个说法。1989年我当兵的时候，甚至还没有'天安门国旗护卫队'这个名字，直到1991年才正式成立。现在人们常说的国旗班其实就是'天安门国旗护卫队'执行升旗任务的第五班，我当兵的时候就是那个班的。"

"那您的身材太那个了……不会骗我吧？"马小坤像高考遇到了一道做得似对非对的题目那样又陷入了疑惑的思考。

蒋健民从床头柜的抽屉里拿出一本相册，翻出一张相片给马小坤看，"看到了没有，左边那个最英俊的就是我。"

马小坤认认真真地看了照片一眼，又仔仔细细打量了蒋健民一下。

蒋健民说："你别这样看着我。那个时候我挺英俊的，不像现在胖成这个样子。"

"那您现在怎么会胖成这样？"马小坤问。

"吃药吃出来的啊。当然，平时不注意饮食，休息没个准，一到值夜班就吃半夜饭，这些都是胖的因素。"蒋健民很有感慨地说，"多吃半夜饭，少吃年夜饭，身体就是这样弄垮的。"

"师傅，别的都能理解。您身体好好的，怎么会吃药呢？"马小坤像个好好学习，天天向上的好孩子，非要问个究竟、弄个明白。

"兄弟，别看我们升旗的时候很潇洒，一副玉树临风的样子，其实每个战士身上都有很多伤痛。年轻的时候不在乎，现在人到中年了，什么毛病都有可能来拜访你。"

"师傅，您现在已成这个样子了，可今天上午在鞋业区瞧您的身手还是不同凡响啊。"

"兄弟，我是有基础的。唉，小时候吃过很多苦啊，很苦，很苦。"蒋健民露出一副苦大仇深的样子。

"什么苦，弄得跟高玉宝似的。"

"你说对了，我就是一个当代版的高玉宝。从小被我家老爷子半夜鸡叫似的逼着去练功，什么童子功、站桩功、倒立功，我都练过。不瞒你说，进'天安门国旗护卫队'当一名升旗手是我从小的梦想，不过做个护旗手也不错，只要进这个队这辈子就值啦。"

"牛！看来您进国旗护卫队的条件是绰绰有余啊。"

"也不能这么说。要从一个普通军人成长为一名合格的升旗手、护旗兵，不脱几层皮、掉几斤肉那是不行的。特别是练那个站功，苦啊！虽然我从小练过，但还是觉得苦，平时训练连续站三四个小时不算，而且练的时候腰间还要插上一个十字架，领口上别一枚大头针，一站就是大半天。还有，顶着大风练稳定，迎着太阳练眼神，甚至抓来蚂蚁放在脸上练毅力。你可不知道，为了练出一个完美的形体，晚上睡觉天天睡硬板床，不用枕头，有时甚至还要在双腿之间夹上两块十厘米宽的木板。"蒋健民说起他的光辉历史就滔滔不绝起来。

蒋健民讲得绘声绘色，喷唾沫。马小坤听得五体投地，流口水。

半个月后，马小坤结束了商城派出所的实习，依依不舍地告别了师傅。到公安局人事科报到后，就去了市局战训基地参加一周封闭式的岗前培训。

市公安局战训基地在北郊一处四面环水被河道包围的孤岛上，唯一的通道是一座连接孤岛的桥。从外表看似乎像度假村或什么高档会所，其实进到里面的人谁也没有感觉到悠闲轻松。虽然不能说像进了二次大战的集中营，但严明的纪律,严格的作息时间,严谨的训练课程,还有严肃的教官,都让人感受到一种无处不在的压力。

马小坤去的第二天,不知是由于水土不服,还是前段时间实习累了,竟发起了高烧,体温一度飙升到39.8℃。

龙海峰那天刚好打电话给马小坤,问问他训练和生活情况怎样。想不到是这样,便赶紧前去探望。

龙海峰火烧火燎地赶到市公安局战训基地时,马小坤正躺在战训基地医务室的病床上打着点滴。

"小坤,要紧吗?"龙海峰边说边把一个系着红丝带的水果篮放到床头柜上。

"龙叔叔,叫您别来,怎么来了。"马小坤仰起头想坐起来。

"快躺着别动。"龙海峰一把按住了他。

陪同龙海峰一起来病房的是战训基地的教导员黄保国,他与龙海峰早在四年前就认识了。

当时龙海峰是"对口支援四川地震灾后重建古弦指挥组"指挥长,而黄保国是"援川警队古弦大队"大队长,对口支援的地方均是绵竹市山花镇。因此也可以说,曾经是一条战壕里的战友。当然,龙海峰的级别要比黄保国高,打个不恰当的比喻就是市长跟公安局长的关系。

黄保国站在一旁,看到龙海峰跟马小坤这么亲热,就不便多说话。

他忽然发现龙海峰比四年前刚认识的时候苍老了许多,除了两鬓多了些白霜,眼袋也明显鼓起来了,但龙海峰那个熟悉的大嗓门依然没变。不禁让黄保国想起了在绵竹山花那些难忘的日子。

黄保国是全国公安第一批派往地震灾区的援川警队队员。作为时任古弦市公安局治安大队副大队长的他，与局机关和基层一线抽调选派的十九名优秀警察一起组成了"援川警队古弦大队"。他们从接到省公安厅命令到整装出发，前后只有短短三十六个小时。许多警察的家庭都是新婚不久或孩子年幼需要照顾的时候，但他们都简单安排了一下家人的生活就告别家乡和亲人，毅然决然地踏上了赴川支援的征途。

当天晚上，在绵绵细雨中，他们一行二十人跟随江苏援川警队大部队到达绵竹灾区营地。营地建在一个网球场上，四十多顶帐篷整齐地排列在一起，就像战场上安扎的营寨。一进帐篷，大家都傻了眼，里面空荡荡的，现成的东西什么都没有，队员们只能自己动手铺床、拉绳、支蚊帐。一个帐篷内放六张床，非常拥挤。帐篷与帐篷之间的间隔最多一米，靠纵横交叉的绳索来连接固定，绳索上还得晾晒衣服。在那个非常时期，奔波劳累了一天队员只要有个睡觉的地方就心满意足了。

开营伊始，由于时间紧迫，后勤跟不上，营地里不要说电视和热水澡，就连桌子、凳子都没有，吃饭、开会都只能站着、蹲着。绵竹灾区的空气湿度特别高，很少有好天气，加上地震的影响，晴空万里、阳光明媚的日子更是难得一见，营地黑板上气象信息中空气质量一栏里很少出现"良"，更别说"优"了，空气中散发着一股股莫名难闻的气味。站在帐篷外，放眼望去，一片灰蒙蒙，唯有营地门口各个援川大队的旗帜在天空中迎风飘扬，鲜艳夺目。白天，只要太阳稍一露脸，帐篷内的温度就会骤然上升，人在里面待上一会儿就会大汗淋漓，可一到晚上，温度又会大幅下降，就如换了一个季节。恶劣的气候几乎使每个人都感冒过，而且治愈的过程比较长。白天晒过的衣服放在帐篷内，到第二天早上穿时还会觉得湿漉漉，大家开玩笑地说，这是刚从洗衣机里脱完水的衣服。不少人的皮肤出现红肿、瘙痒，甚至产生炎症，服用了多种药物，仍不见效。由于帐篷内的蚊子特别多，即使白天也得点上蚊香才行。见过的，没见过的，各种各样的昆虫，晚上稍不留神，它们就会钻进队员的被窝里，有时还会狠狠地"亲"上一口。早上起床，蚊帐外的地上躺满了昆虫，黑压压的一片，一扫就是半簸箕。大家开玩笑地说："以前威虎山上有个'百鸡宴',我们现在可以摆个'百虫宴'了。"一问食堂师傅,还果真有几种昆虫可以入菜呢。艰苦的生活环境得到了上级领导的关怀,当地疾控中心的工作人员来营地喷药消杀后,情况才有了好转。

黄保国所带领的援川警队古弦大队除了部分队员支援绵竹市区的刑警、交警外,其余队员全都下到山花镇。山花派出所是黄保国他们警务工作的主要对接单位,全所只有六名警察,警力严重不足,地震以来没人休息过一天,大家整天拖着疲惫的身体坚持着。地震引起的各种社会矛盾改变了当地的社会治安形势,古弦大队主要配合派出所开展治安巡逻、接处警等工作,与当地警察一起维护山花镇的社会治安稳定。

在村落、在市镇、在新建的板房区,五十二点五平方公里的土地上随处可见古弦警察的身影。灾后山花镇夜晚能见度特别低,村道又比较狭窄,在古弦较为容易的巡逻工作在那儿也变得十分不易。为了尽可能到达灾区的每一个角落,开车的警察必须睁大眼睛,小心翼翼地踩着油门。辛勤的工作换来了山花镇辖区案件的低发和社会治安秩序的良好,赢得了社会各界和当地百姓的称赞。古弦警察所到之处都普遍受到当地百姓的欢迎,只要知道是来自古弦的警察,许多人就会关切地询问生活得是否习惯,或用带有川味的普通话说声"感谢",发现队员们的水杯干了,就会主动递上自己的矿泉水或茶水。

一天,黄保国带领队员驾车巡逻至通往绵竹市区的一个路口时,突然看到一位七十岁左右的老大爷在向他们招手。老大爷用四川话说着什么,可他们听不懂,幸好和他们一起值勤的协警是当地人,就当起了临时翻译。原来,大地震后,老大爷家的房屋被毁,又失去了亲人,几乎成了一无所有的人,是江苏警察冒着生命危险帮他从废墟中抢救出了部分财产,还给予了他物质援助,现在基本能维持生活了。为了表示对江苏警察的感谢,他要去一位老同事家取一本《绵竹市年画编年史》送给江苏援川警队指挥部。也许《绵竹市年画编年史》不值多少钱,但他要用这个看似微不足道的举动来表达他对江苏警察深深的感激之情。可此时他迷了路,已经走了好几个小时,走得满头大汗,几乎走不动了,但即便这样他依然坚持一定要去拿。黄保国了解到这一情况后,就让协警问清了老大爷要去的地方,开着警车把他送到了目的地。

还有一次,黄保国带领队员步巡到新建的板房区,碰到一位退休妇女正带了四五岁的小孙女在板房门口玩耍,小女孩见到他们穿着制服,就亲切地喊:"解放军叔叔!"老人看到他们臂上的红袖章,就纠正孙女说:"不是解放军叔叔,是古弦来的警察叔叔。"孙女问:"古弦在什么地方?"老人回答道:"好远好远的地方。"孙女又天真地问:"好远还来这里干吗啊?"童言无忌,但老人一脸严肃地说:"他们是来帮我们的呀!我们不能忘记他们。"山花的老百姓就是在平时的一点一滴中教育下一代不忘感恩。

龙海峰与马小坤聊了一会儿就起身告辞。

黄保国也从激情燃烧的岁月里退出来回到现实。他一路把龙海峰送出来,两个人边走边聊。

"黄教导员,小坤这孩子全拜托你啦。"龙海峰一脸的恳切。

"龙书记,您放心,我会拿出当年援川时的那份热情去关心小马的。"黄保国之所以称呼龙海峰叫龙书记,是因为龙海峰之前担任过古弦市委副书记。

"是啊,想当年我们在绵竹、在山花的时候,虽然很苦,但我们都以饱满的热情挺过来了,并且给了灾区人民许多物质和精神上的帮助和关爱。"龙海峰说。

"是的,虽然我们付出了很多,但我们这些援川人也得了很多别人恐怕这辈子也无法得到的东西。"黄保国深有感触地说。

两个人说着就来到大门口,驾驶员已将车停在门楼下。龙海峰与黄保国握手告别。

龙海峰上了车。刚才的几句话让他的心情颇不平静。他突然想起了什么,从公文包里拿出一封信。

信是绵竹市山花中学初三学生陶心如写给他的。她是山花镇新乐村低保户金红珍的女儿,也是龙海峰他们援建组十位工作人员共同捐资助学的贫困学生。金红珍的丈夫和儿子在地震后相继离世,母女俩相依为命,艰难度日。

龙海峰拆了信封,抽出一张粉红色的信笺,读了起来。

亲爱的龙叔叔,您好!

不知您最近过得怎么样?我和妈妈都很想你们。

感谢您和援建组的叔叔阿姨们一直以来对我家的帮助。为了让我们有房住,让我有书读,你们付出了太多的心血。我和妈妈这辈子都忘不了。妈妈常常跟我说起你们,没有你们的帮助真的就没有我们今天。今年过了暑假,我就要上高一了。为了我的学习,妈妈也常常唠叨个没完。妈妈和我都梦想着我能考上一所理想的大学,将来有个好工作,带着她来古弦看你们,给你们一个惊喜。

以前我太不懂事了,我多想回到从前,从头再来。但这已经不可能了,只能努力前行。我一次次地反省,扪心自问:为何要等到失去了以后才懂得珍惜?为何不懂得珍惜现在所拥有的而要去抱怨自己所失去的?现在才知道活着是一件多么快乐的事,我们还有什么理由不好好生活呢。当上帝给我关上一扇门,就会给我打开一窗扇。生活在给了我困难的同时也给了我更大的财富。世界是那么美好。放下昨日的烦恼,用微笑去拥抱今天的生活,用努力去实现明天的梦想。

让我再一次说句最最真诚的话:谢谢您龙叔叔!谢谢援建组的叔叔阿姨们!你们的关心、帮助和鼓励,让我有了战胜一切困难的力量,使我们的生活如此温暖和充实。我会记着这份爱,用心去生活、去关爱更多需要帮助的人!

对了,龙叔叔,还有一件事您必须答应我。您曾说过,等我们搬了新家就来我家里吃顿饭。可是我们的新家都已经搬了快三年了,您还是没来吃呀。以前您在的时候,每次和援建组的叔叔阿姨们来看我和妈妈,都是匆匆来匆匆去,连口水也不喝。现在您回去了也一直说忙。希望明年春节的时候,等您放假了,等我也放假了,您和援建组的叔叔阿姨们一起来我家吃个团圆饭,也算是了却妈妈和我的一个心愿。我现在会做饭烧菜了,到时我做给您和叔叔阿姨们吃。一定哦!

龙海峰读到这里,已是热泪盈眶,想不到他随口说的一句话,让人家记挂了这么多年。都说,人走茶凉。可他们走了快两年了,灾区人民依然惦记着他们。这能不感动吗。

第四章

一周的岗前培训很快结束了。

马小坤终于如愿以偿搬进了公安局新警集体宿舍。那里将成为他新的生活起点。

新警集体宿舍楼是一栋由原来一家老式招待所改建的,两个人一间,每层楼有一个公共卫生间和一个洗衣房。

马小坤被安排在五楼的502室。他喜欢住得高一点。人在高处,就会有一种高瞻远瞩的感觉。

安顿好了行李,马小坤就来到楼顶的露天阳台上。

身后的卧牛山郁郁葱葱,眼前的古弦城车水马龙,远处的天空霞光万丈。

马小坤站在阳台的围栏前,闭上眼睛,张开双臂,似乎就有了一种飞翔的感觉。他想起《泰坦尼克号》杰克和露丝站在巨轮前舷处那个经典的飞翔动作,便想起了毛雅妮。记得那天在雄伟的水电站大坝上,他俩也做过类似的惊险动作,被他的姑妈制止了。

马小坤心里在说:雅妮,你还好吗?也工作了吧。

他睁开眼睛,恍如昨日。

今天是宣布新警定岗的一天，这决定着每个人的人生走向，虽然不能说一锤定终身，但也意味着你这个新媳妇将走进哪个婆家的门。马小坤在心里早就为自己选好了他心目中的"意中人"，但是还得看红盖头掀开的那一刻。

马小坤起了个早，把那身崭新的警服烫得笔挺。一米七八的他，要把自己最光亮的一面展示给这个盼望已久的神圣时刻。

"马小坤——"

当市公安局人事科那位风姿绰约的女科长读到他名字的时候，马小坤像被炽热的阳光照晕了似的，额头上沁出了激动的汗珠。

"——巡防大队巡逻一中队。"

他终于听到了"婆家"的名字，那声音很陌生，仿佛从很遥远的地方飘来；也很沉重，就像妈妈在废墟下面微弱的喘息。

马小坤的脑袋瓜感到一阵缺氧。他愣了许久，冒出一身冷汗，从头凉到脚。

马小坤之所以很沮丧，倒不是巡逻警察日晒夜露工作艰苦，而是当刑警的梦想成了泡影。

原本以为，进刑警大队是"三根手指捏田螺"十拿九稳的事。当初大学填报志愿的时候，马小坤就冲着将来当一名福尔摩斯式的刑警，填报的第一专业是侦查学。后来不知咋的，可能是他理科成绩特别优秀的缘故吧，被刑事科学技术专业录取了。好在两个专业像亲兄弟那样挨得近，以后都可以进刑警大队工作。

现在好了，被分配去了技术含量最低的巡逻防控大队下属的一个辖区中队工作，这离自己的理想也太远了吧。

马小坤欲哭无泪，连去见"马克思"的心都有了。

马小坤把这个欲哭无泪的消息第一个告诉了龙海峰。他暂时不想告诉姐姐，免得她为他掉眼泪。

龙海峰在电话里说他正忙着,让马小坤晚上到他家吃晚饭,到时可以好好聊聊。

马小坤答应了。此时的他像一叶漂在大海上的小舟,或许龙海峰就是他最温暖的港湾。

夜幕下的古弦城刚下过一场雨,空气显得有些忧郁。华灯初上,给这座城市增添了几许亮丽,也蒙上了几许说不清的迷蒙。

江南的秋天,说来就来了。

马小坤骑了一辆橘黄色的公共自行车,穿行在匆匆下班回家的车海人潮中。

自从那天搬出来后,马小坤就再也没去龙海峰家吃过饭。虽然去拜访过几次,但都是礼节性的,带点水果匆匆去,找个理由匆匆走。主要是不想让龙海峰破费,也不想让金阿姨累着。

明日新村到了。

马小坤在新村门口的公共自行车停放点还了车,从车篮里拿了一袋新疆大红枣和一盒两瓶装的蜂王浆,就直奔龙海峰家。

走到小区的九曲桥上,就迎面碰到了龙海峰的女儿龙金玉和她老公。

马小坤在龙海峰家里见过他女儿女婿两面,因此不能说太熟,也不算太陌生,双方碰面的话还是能认出对方。他记得彼此还交换过手机号码。

"你们好!"马小坤上前先打招呼。

"呀,是小坤,怎么才来,我爸等你都等急了。"龙金玉说起话来叽叽喳喳,兴许是在开发区建设银行做大堂经理练出来的。

"不好意思,我有事来晚了。"马小坤说的有事,其实是去超市买东西所以才晚了。

"你先去啊,我们去门口取个快递,一会儿就回来的。"龙金玉说完就与老公手挽手依偎着走了。

马小坤站在桥中央，望着这对新婚燕尔中的伉俪背影，露出了几许羡慕的眼神。

马小坤拎着大红枣和蜂王浆一踏进龙海峰的家门，就被龙海峰骂了一通："小坤，你才刚工作，每次来都带这么多东西，你大款啊，给我拿回去！"

"龙叔叔，您要我拿回去给谁呀？"马小坤皱起眉，显得一副很为难的样子。

"我不管。"龙海峰似乎很生气。

"知道您胃不好，听说这些对胃有好处，所以我带了点，又不值几个钱。"马小坤堆起笑脸说。

"反正以后来我家，不许带东西。"龙海峰的口气也缓和了下。

"那您是不希望我来咯。"马小坤继续微笑着说。

"谁说的？"龙海峰一本正经。

"刚才您自己说的啊。"马小坤开始调皮起来。

"不许不来，也不许带东西来。"龙海峰一字一句、掷地有声。

"好好好，龙叔叔，以后都听您的，这次就下不为例吧。"马小坤似乎摸透了龙海峰的脾气，跟他硬不行，急也不行，只能小鸡炖蘑菇那样慢慢煨。

"对了，刚才我跟战训基地黄教导员的爱人通了个电话，问了下这次你们分配的情况。是这样的，今年你们局里刚好新出台了一个《中层领导干部选拔任用工作暂行办法》，所有新警一律上一线岗位，说是今后提干的一个必备条件。所以这次新警上岗分配，全部下到一线的交警中队、巡防中队和派出所。"龙海峰喝了一口茶继续说，"所以啊，你也不能搞特殊，好好工作，以后会有机会调整的。"

"龙叔叔，我的运气怎么这么霉啊。"马小坤感觉这回去刑警大队真的没戏了。

"我看那，不霉，是锻炼自己的一次好机会。"龙海峰一副领导口气。

"老头子，你与公安局的王政委不是老朋友吗，也不为小坤通通关系，老是唱高调。"龙海峰妻子金菊花跑进客厅,瞟了丈夫一眼说。

"你懂什么。以后提干当领导,不熟悉基层工作怎么行。即便提了,一是人家会不服,以后工作难开展,二是基层情况不了解,底下人骗了你也不知道,三是……"龙海峰毕竟当领导的,说话喜欢一二三。

"别一二三的,就你最懂。"金菊花打断了丈夫的话。

"龙叔叔,金阿姨,你们说得都对,是我最不好,革命工作不分好坏,应该干一行爱一行。"马小坤不想为了他的事而让一对相濡以沫几十年的老夫妻为这点事争吵,只能做自我批评,并做出庄严承诺。

"这就对了。"龙海峰拍拍马小坤的肩膀说,"吃饭!"

这时,龙海峰的女儿和女婿也回来了,一家人其乐融融地围坐在一起边吃边聊。

马小坤正式上班拿工资的第一天,不是直接去了巡逻一中队,而是在巡防大队大队部接受廉政教育和入警宣誓仪式。

马小坤想,这些内容他们在战训基地培训时都已经搞过了,不是多此一举嘛。但巡防大队领导不这么想,对于刚刚踏上社会的年轻人,他们必须负起责任,尤其是在物欲横流的今天,必须清正廉洁、爱岗敬业、忠于职守、警钟长鸣。

巡防大队是一支年轻的队伍,不像别的大队,如刑警大队、治安大队、交警大队那样很早就有了,而且这支队伍的年龄结构也很年轻,除了大队长、教导员这些领导干部较为年长外,底下的队员清一色全是三十岁以下充满朝气的年轻人。

马小坤在巡逻一中队拜的一位师傅叫蔡从军。说是师傅,也是搭档。蔡从军也是公安大学毕业的,比马小坤高三届,算是嫡亲的学长学弟。所不同的是他俩学的专业不一样,一个是犯罪学专业,一个是刑事科学技术专业。

两个人既有缘又无缘。说有缘,都在木樨地老校区上学,没去过团河那边的新校区；说无缘，在老校区那么逼仄的空间里，竟从没见过面。现在，两个人的缘分总算又回来了，很快成了无话不谈的好朋友。

其实，蔡从军到巡逻一中队工作时间也不长，比马小坤早一年，刚毕业的时候分配在看守所，天天跟穿"黄马甲"的人打交道。

两个人边说话，边做着巡逻前的准备工作。

马小坤问师傅："看守所与你的专业不是很对口嘛，怎么不做管教来干巡警了？"

蔡从军做了一个鬼脸说："革命工作嘛，都一样。如果你问组织，他们一定统一口径地告诉你，工作需要。如果你再问，他们会说，服从是警察的天职。所以我也不知道为什么。"

"那你喜欢哪一个？"马小坤问。

"怎么说呢，各有千秋吧。"蔡从军摆出一副过来人的样子，语重心长地说，"小老弟，作为你的师兄，现在又是你的师傅，我得跟你打个预防针，当警察就得吃苦耐劳，还得忍辱负重，如果想享福就别当警察。"

马小坤不想听他的说教，便岔开话题说："师傅，高墙大院里一定有很多不为人知的故事吧，说来给我听听吧。"

此时，蔡从军已在警容镜前穿戴好，拿起对讲机对马小坤说："走，现在跟我巡逻去，等会儿回来再说。"

蔡从军叫上两名警辅，马小坤随他们三个人分乘两辆警用摩托车出发了。

表面上看两个警辅辛苦开车，而他们两个警察坐享着从身边掠过的阵阵清风。其实不然，蔡从军坐在摩托车的后座上，一会儿接电话，一会儿手持对讲机回复从空中电波传来的指令。其实大家都辛苦，只是分工不同罢了。

很多人并不喜欢坐后面，马小坤就是。他喜欢那种风驰电掣的驾驶乐趣和刺激。有一年暑假，那时候他刚拿到驾照，非常想拥有一辆自己的摩托车，那种驾驶带来的乐趣和刺激就像着了魔一样，让他到处找车骑。

巡逻一中队的管辖区域是外来人口较多的高新技术开发区，人多事杂。

马小坤没想到，他来巡逻一中队第一次出警，遇上的第一个"警"，不是抢劫、强奸、杀人，也不是盗窃、敲诈、拐卖，而是让四个男人都措手不及的一个孕妇。

蔡从军从对讲机里接到指令，说是在农贸市场门口有个孕妇跌倒在地，情况危急。蔡从军一招手，两辆摩托车疾驶而去。

马小坤和师傅他们来到农贸市场门口，那个孕妇已经被人扶起坐在一张方凳上痛苦地呻吟着，脸色苍白，裤裆处已渗透出一片血水。

面对一个早产的孕妇，四个大老爷们真是措手不及，不知该如何是好。

蔡从军边请求市急救中心派救护车，边叫弟兄们拦车。

但拦了几辆一看是个孕妇，都不肯停。他们只好等救护车，可等了一会儿救护车还是没来。也许是救人心切，蔡从军又请求了一遍，对方抱歉说，市区高架路发生严重车祸，救护车忙不过来，让他们再等等。

蔡从军火气冲天地说："再等不是等死吗！"

此时，围观者越来越多，但都是些只动口不动手的"诸葛亮"，这个说"快送医院啊"，那个讲"不能随便动，动了要坏胎气的"。

正当大家焦急至极时，一辆长安警车驶来。马小坤一看，开车的正是他的第一任师傅商城派出所的蒋健民。

"师傅，快，快救个人！"马小坤像抓牢了一根救命稻草，说话都有点语无伦次了。

"小坤，出什么事了？"蒋健民边问边下车。

"那个孕妇要生产了。"马小坤指了指不远处那个呻吟的少妇。

蒋健民一看不妙，赶紧打开车屁股后的车盖说："快！快把她抬上车。"

由于不知该如何处置，大学课程里和上岗培训时也无这方面的施救教学。马小坤他们几个人只能七手八脚地把孕妇连凳带人一起抬上车。

血水，浸染了孕妇的裤子，也沾染了马小坤的警服。

孕妇被送到第一人民医院。幸好抢救及时，孕妇和胎儿最终都脱离了生命危险。

马小坤回到中队，刚想换掉那身沾染了血渍的警服，就接到龙海峰女儿龙金玉的电话。

龙金玉在电话里十分焦急地说她们银行有个老太太一定要给一个陌生账户汇款。她觉得那个老人肯定又是遇上了中奖之类的诈骗，想阻拦，但对方死活要汇，现在正赖在她们开发区建行里"大闹天宫"呢。

开发区建行离马小坤所在的巡逻一中队驻地不远，属于他们的巡防区域。马小坤请示了师傅蔡从军，就带着一个警辅骑摩托车前往。

马小坤和警辅还没把车停稳，龙金玉就迎上来说："快，碰到一个疯子。"

他们走进营业大厅，只见一个七十来岁的老太太正坐在大厅中央的水泥地上，手舞足蹈地又哭又喊，全然不顾身边那些围观者和劝说她的人。

马小坤走过去，蹲在地上，和蔼可亲地对她说："老阿姨，快起来吧，有什么事跟我说。"

老太太见警察来了，便停止了哭闹，把眼一瞪说："你这个小警察怎么说话的，我老了吗？我老了吗？"

马小坤见对方一副凶巴巴的样子，哭笑不得，只能耐着性子赔不是："对不起，我错了，阿姨您确实不老。您能不能先坐到凳子上，有话慢慢说。"

老太太总算被马小坤搀扶着劝到大厅等候区的凳子上。

"小弟啊，你给我评评理，我活了一辈子，难得中这么一个大奖，他们还不让我领。"老太太眼泪汪汪，一副委屈的样子。

"阿姨，您让我看看中的什么大奖。"马小坤边说边去拿老人手中那张像广告纸一样的中奖通知单。

老太太将手一缩，心肝宝贝似的搂进怀里说："这个不能给你看。"

"那我不看。阿姨您想想,既然是您中了奖,为何还要给对方汇款?"马小坤试图慢慢开导她。

"这个你不懂的。"老太太用警惕的眼神看着马小坤说。

"阿姨,我是警察,请您相信我。"马小坤显得很真诚的样子。

"现在,警察的话也不能全信,上次我就是被两个假警察给骗了。"老太太的气又升上来了。她仔细打量起马小坤,突然发现了马小坤警服上的血渍,惊恐地说:"你身上怎么有血?"

"哦,刚才送了一个大出血的孕妇去了医院。"马小坤不假思索地说。

"什么!你身上有血光之灾。"老太太突然立起身,冲出众围,逃跑似的快步走出了营业厅大门。

这时,蔡从军带着一名警辅也过来了,问马小坤:"人呢?"

马小坤得意地说:"就是刚才出门那个,被我吓跑了。"

蔡从军用手指点了点马小坤的脑袋说:"小心被投诉。"

"啊?"马小坤顿时张大了嘴巴,一副很惊讶的样子。

巡逻一中队有个保持了多年的光荣传统,就是每周一上午都要提前一个小时上班,由中队长主持、全体队员(包括值班休息的队员)参加的一周一次的晨会,主要通报上一周的工作情况,布置下一周除了正常工作以外的一些重要事务,有话则长,无话则短,但一般不会超过一个小时。

马小坤和蔡从军从会议室出来回到办公室。他就问师傅:"师傅,看守所的故事您还没讲给我听呢。"

"你想了解看守所的故事,很简单啊,我推荐你看李迪写的《丹东看守所的故事》。"蔡从军边说边整理自己办公桌抽屉。

"丹东离我太遥远了,我就想了解我们古弦看守所的故事,特别是师傅您的故事。"马小坤嬉皮笑脸地说。

"我现在没闲工夫跟你讲啥故事,实在想了解的话,要不给你看一篇我去年在看守所的时候写的征文稿。"蔡从军继续整理他的抽屉。

"真的？"马小坤有点出乎意料，这个五大三粗的东北人居然也会写文章，而且还参加什么征文比赛。

"让我看看还在不在？"蔡从军说着就从抽屉里拿出一沓 A4 纸。

"师傅，您的文章一定获大奖了吧。"马小坤给师傅戴起了高帽子。

"重在参与，只得了个三等奖。"蔡从军一副谦虚的样子。

"奖金不菲吧。"马小坤对蔡从军做了个鬼脸。

"一点点。"蔡从军不想说出具体数目，因为那奖金实在少得可怜。

"够我们弟兄夜宵了吧。"马小坤得寸进尺。

"夜你个头，早就变粪便了。"蔡从军才不上马小坤的当。

蔡从军已从 A4 纸里找到了那篇征文稿，递给马小坤说："给，看完还我啊。"

马小坤接过打印稿看了一眼说："师傅，您参加的是'我为警营添光彩'征文比赛啊！"

"我是赶鸭子上架，被领导逼的。"蔡从军笑嘻嘻地说。

马小坤坐到自己办公桌前，认真看了起来。

寂寞开出耀眼的花朵
——记看守所民警平凡岗位上的点滴

古弦看守所　蔡从军

这是清晨五点半的古弦，空气中氤氲着初夏的花草香味，晨曦悄至，露珠滚动在街边绿化带的草叶上。街上除了几个清洁工人躬身的背影，一切都还未醒来。在妻子的抱怨声里，我赶忙起身洗漱，单位王管教打来电话，我监室里的两个犯人又因为鸡毛蒜皮的小事打起来了，其中一个情绪相当激动，费了九牛二虎之力才勉强平息。这也记不清是这一周的第几次"加班"了，原本可以交给代值班的管教处理，可是，心里总是一千一万个不放心。

忘了介绍自己了，我是古弦看守所的一个普通民警，两年前从公安大学毕业，就被分配到这里。记得第一天上班，一个五十来岁的老民警笑呵呵地拍拍我肩膀说："犯人判的是'有期徒刑'，咱们可是'无期徒刑'哪。"个中意味当初真是丈二和尚摸不着头脑，是句玩笑话吗？但工作两年来，也算尝到了一些滋味儿。

监所民警干些啥？行内给总结了这么几句话：管的是三种人一类型——犯罪嫌疑人、被告人、罪犯；走的是三个点一条线——家里、单位、监舍；做的是三件事一程序——收押、看守、放人；说的是三句话一目的——认罪服法，好好改造，重新做人。这几句话说来简单，个中的单调、艰辛，只有管教民警自己能够体会。这里没有硝烟战火，更没鲜花掌声。有的是无声的电网高墙，有的是冰冷的手铐脚镣，有的是各怀心事的形形色色的在押人员。民警们尽管有时也会感到平淡、烦琐、劳顿，甚至失落，但更多的还是对岗位的坚守和责任的担当。我们在深感巨大压力的同时也感受着充实、兴奋、满足和自豪。或许这份骄傲就是在平凡的岗位上创造出了不平凡的业绩，在高墙背后演绎的一个个温暖动人的故事吧。

心想着这些，居然一股暖意流过心头，思绪打断，脚下这辆二手的老爷车已经缓缓驶进了单位的大门，哎，还是先想想眼前这"火烧眉毛"的急事儿吧。

这个脾气火暴爱打架的在押人员叫王许一（化名），自己因涉嫌抢劫而将被判处无期以上刑罚，他担心自己再也见不到心爱的女朋友或者女朋友不再理他，刚进来就萌发了自杀的念头，听其他管教描述他整日哭哭啼啼寻死觅活，换了监室也不见好转。今年三月份，我把他接手了过来，这次算是我的主动请缨，一来想给他换个环境，二来也是初生牛犊不怕虎。接手之前我就仔细研究了他的案情和心理状态，就将他叫到谈话室，尽量用温和的态度和真切的言辞,与他开诚布公地谈了一次心。肯定了他身上的优点,激活其求生欲望,终于让他稍稍放下了思想包袱,当下表示愿意服从我的管教。

从那以后,王许一再没闹过自杀之类的轻生行为,生活开始变得有规律了,并积极参加生产劳动,还经常规劝同室人员要服从管教,认真接受改造,重新做人。今天不知怎么了,闹得又是哪一出戏?真是一波未平,一波又起。

前天监室里刚刚教育了一个七十三岁的贾某某,他是有名的"老狐狸",因寻衅滋事入监,一进来就哭爹喊娘,满地打滚并威胁绝食。我看他是四川人,又一把年纪了,专门找人给他要来了川味辣酱,瓶子不能带进监室,就给他重新倒腾,这老爷子,还真乖乖"投降"了,吃不惯这里的清淡味,这辣酱成了他的救星,看人的眼神也变得真诚了。看他从良的态度端正,也打心底里心疼他一把年纪。或许是想到了自家的老父亲,我让岳父特意找了几件大襟衣服,老头子接过手居然两眼泪汪汪,嘴里呢喃着"狗儿,狗儿"。一打听,原来他有个儿子叫狗儿,因为赌钱欠了高利贷给人活活打死了。也许这两件大襟衣服触到了他内心最柔软的地方。

贾某某刚消停,这个王许一,听说是女友给来了一封信,信里都是对他的失望,也不想就此耽误了自己的青春,打算和他来个"了断"。这唯一的情感寄托就像一根救命稻草,王许一顿时蒙了,像一个濒临死亡的绝症病人失去了最后一点希望。王许一看完信就号啕大哭,情绪异常激动。同监室的人受不了,出言不逊了几句,事态就严重了起来,他对人拳打脚踢,用尽蛮横暴力,差点把人打晕过去。

我马上把他喊进谈话室,先让他平复一下情绪。然后给他看了一份早报,上面的一则新闻和他的遭遇非常相似。我没有多说一句话,也许这个时候,再多的话语也是多余的。钻了死胡同的人,太容易走极端了，盯着死角怎么都出不来，就让他自己悟吧。

这种"看似无声胜有声"的谈话方式，有时会收到事半功倍的奇效。为了巩固谈话效果，并取得王许一对我的绝对信任，第二天，我又驱车赶到王许一女友的单位，与其女友会面。做了工作后，其女友答应规劝王许一，并写了一封言辞恳切的信，劝他只要好好改造，亲人朋友是不会抛弃他的。

王许一看了女友的信及我和他们单位领导与其女友会面时的合影照后，当即流下了感动的眼泪，并主动从其口袋掏出前天藏起来的一根绳子，说："谢谢，蔡管教，我听你的，以后不会再想自杀了，我保证不给你们看守所，不给你蔡管教带来麻烦！"他的这一声"谢谢"给我触动很大。这件事鼓舞我，只要真心对人，别人是会看得到的。那就是要把犯人当人看。人总是有感情、有思想的，你真心对他，他觉得自己受到了尊重，很多时候也会觉得不好意思，有些事情就会慢慢纠正过来。不要把他们视为对立面。他们也是人，只是犯了错误，才关在这个地方。

其实干什么工作都有风险，农民种地还怕歉收呢。关键是你怎么看待已拥有的这份工作。要想干好工作，你就得有担当、有责任，并怀有一颗真诚的心、感恩的心。这注定是一份简简单单，却又不简单的工作，在寂寞里用一颗真诚的爱心去感化一个灰白的生命，去拯救一个失足的灵魂，也是件功德无量的事。

三言两语，叙说不完我们的平凡。把我们比作花吧，开在贫瘠土地里最寂寞的花儿，闪耀灵魂的独守和救赎。年年岁岁，点点滴滴，延续着依旧是一个个关于"平等""尊重""关爱"的故事。

马小坤一口气读完了蔡从军的文章，意味深长地说："师傅，文章写得真不错啊！"

"承蒙徒儿夸奖。"蔡从军满脸喜色地拱手道。

还未等蔡从军喜悦片刻，马小坤又说："就是题目起得不太好，有点俗，要是起《寂寞中的温情》或《大墙里的温暖》这样的题目，兴许您的文章能得一等奖，至少也应该给个二等奖吧。"

蔡从军接过马小坤递过来的稿子说："徒儿，美死你了！不过，你的题目起得也很烂啊。"

说完，两个人哈哈大笑起来，弄得办公室里的弟兄们个个面面相觑。

巡防工作说辛苦确实很辛苦，不管刮风下雨都得上路面巡查。但说枯燥就不对了，因为巡防队员每天都会遇到一些稀奇古怪的事儿。

一天，马小坤和警辅小薛刚上路面就接到指挥中心的指令，说一个武疯子在幸福新村二区18幢203室自己家里闹事。由于那天是周日，辖区派出所警力有限，让他们先去处置。

两人到达现场后，发现一个二十来岁的年轻人站在二楼阳台上情绪激动，正点燃了床单被褥等物品向楼下乱扔，接着又把房内电视机等物品扔下楼，并疯狂叫嚣着："谁进房间就砍谁！"

围观群众也纷纷起哄，现场异常危急。

马小坤一边控制现场一边拿起对讲机呼叫请求支援。

不一会儿，辖区派出所的警察和特警也来了。看来对付这样的武疯子唯有特警了。只见三名特警队员在203室门口形成一个扇形，其中一名特警队员果断一脚踹开反锁的房门。

此时，武疯子边不停地挥舞手中的菜刀，边叫喊着："过来就砍死你！"

为了不致对方受伤，特警队员只能暂时与其对峙，无法靠近。最靠前的特警队长决定取出辣椒水采用切角战术向房内的武疯子喷射，将其逼至墙角，紧跟其后的队员用网枪发射尼龙网将其围困。趁对方手忙脚乱忙于挣脱时，三名特警队员，迅速用防暴盾牌将其按倒在地并成功将其控制，并从武疯子身上搜出随身携带的弹簧小刀、扳手等物。

一场抓捕行动惊心动魄，让马小坤也算饱了眼福。

时间过得很快,转眼间马小坤到巡逻一中队工作有一个月了。他已适应了这里的警营生活,也真切地体会到了"团结、紧张、严肃、活泼"这八个字的含义。

那天下了班,蔡从军对马小坤说:"今晚你就别去食堂吃了,我约了弟兄们一起吃个饭。"

"师傅,有什么好消息要公布?"马小坤惊喜地问。

"没有,吃顿饭哪来那么多名堂。"蔡从军摇摇头说。

"不会平白无故说请就请吧。"马小坤总喜欢打破砂锅问到底。他突然想起自己的拜师酒还没请师傅呢,就说:"师傅,要不我来请吧。"

"你请什么,是不是刚发了工资,钱多得花不掉啊。省着点,以后娶媳妇有你花的呢。"蔡从军说话的口气像一位长辈。

"师傅,您看我来一个月了,不要说拜师酒,就连一块糖都没孝敬过您,您总得给我一个机会啊。"马小坤装出一副愧疚的样子。

"那天接你们新警的时候,你没听大队领导说,不许搞谢师宴拜师酒什么的,要勤俭节约,清正廉洁。"蔡从军一本正经地说。

"那您今天请客,算不算顶风作案?"马小坤故意压低声音说。

"这个不算。我一没拿公款,小警察也拿不到什么公款;二没吃人家的。我们花的是自己的血汗钱。"蔡从军一下子慷慨激昂起来。

"什么什么?什么血汗钱?"马小坤有点听不懂了。

"告诉你吧,上个月我们巡防三组得了个防控演练集体一等奖,奖金到今天才发。"蔡从军说着就嗓门大起来了。

"那我参加你们的庆功宴合适吗?"马小坤皱起眉头说。

"什么你们我们,怎么不合适?"蔡从军依然扯着大嗓门。

"无功不受禄啊。"马小坤嘴上这么说,心里很想去。

"你现在是我们巡防三组的一分子,要有福同享、有难同当。"蔡从军唱起了红脸。

"师傅,我就不去了。"马小坤还在忸怩作态。

"别扯淡！服从命令听指挥，怎能没有集体观念呢。"蔡从军虎起了脸。

那天晚上，马小坤喝了很多酒，自从学会喝酒以来第一次喝吐。或许是由于水土不服，也或许是因为明天休息而放纵了自己。

就在他们快要结束的时候，有人推开了包厢的门。原来是一位抱着吉他卖唱的流浪歌手，问要不要点首歌。蔡从军用手挥了挥示意对方离开。

"大哥，就点一首吧。"流浪歌手央求着不想走。

"你会唱杨坤的歌吗？"马小坤抬起那张关公一样的脸说。

流浪歌手赔起笑脸，连忙点头说："会！会！大哥您要听哪首？"

"就来那首《月亮可以代表我的心》。"马小坤脱口而出。

流浪歌手摆好姿势，调了一下吉他弦，如痴如醉地唱了起来：

> 到底多爱你，到底多想你
> 窗外的人行道下过雨
> 粉色热带鱼，它没有说明
> 在玻璃后对我叹着气
> 心会不会痛，脚步重不重
> 什么是爱，我不会形容
> 反正想你就像黑咖啡那么浓
> 没有喝过的人不会懂
> 你问我爱你到底有多深
> 月亮它可以代表我的心
> ……

马小坤在醉意中听完了整首歌，听得眼泪汪汪。

蔡从军发现马小坤的眼睛红得有点湿漉漉，以为他真的醉了，便叫了一辆出租车，和两个警辅一起将他送回集体宿舍。

马小坤感觉自己并没醉，要醉也只是迷醉在酒桌上师傅与他共同勾起的那段火热的校园生活，迷醉在自己那个懵懵懂懂的爱情里。师傅的校园爱情故事听得他如痴如醉，羡慕不已，因为他这辈子最遗憾的一件事是大学时没谈过恋爱，或者更确切地说，没牵过任何一个女孩子的手。

那夜，马小坤躺在床上迷迷糊糊地做了一个梦。

他跳进了公安大学校门口的那条昆玉河，奋力向前方游去。安康的姑妈曾告诉过他，他们那里的汉江水北上后最终就注入京城这条昆玉河。这也就意味着，只要顺着水源往西南方向游就能到达安康。马小坤脑海里全是那个叫毛雅妮的女孩的影子。他游啊游，不知游了多少时间。就在他游得筋疲力尽、快要往下沉的时候，突然水面上漂来一块白色泡沫板，板上坐着一个长发飘飘的女孩。他抬头一看，坐在板上的女孩竟是毛雅妮。马小坤像《泰坦尼克号》里那个掉进海里的杰克那样奋力抓住了那块板，但由于泡沫板的浮力不够两个人的重量，很快倾斜着往下沉。为了不让毛雅妮掉进水里，他只能放手。就这么一放，他沉到了水底。

梦醒了。

马小坤睁开眼睛，只感觉一身冷汗。他已经记不得自己在梦里呼喊了多少遍毛雅妮的名字。

第五章

时间过得很快，转眼已近春节。

古弦下了一夜的雪，整座城变得银装素裹起来，宛如一个美丽的童话世界，分外妖娆。这样的景致在江南已经多年不见。

那天早上，龙海峰打电话给马小坤的时候，马小坤正在丰乐桥上扫雪。龙海峰知道他在巡逻队工作很忙，所以好久没有打扰他了。他打马小坤电话是说年夜饭的事，想请他和他姐姐马小芩年三十那天一起去他家过年，吃个团圆饭。马小坤在电话里没有答应也没有不答应，只是说，越到节日越忙，所以不能确定能不能来，只能到时再说。

马小坤挂了电话，就继续挥帚扫雪。

这时，迎面驶来一辆轮椅，下桥时速度突然快了起来。大概是因为桥面与道路有一个较大的坡度，加上雪天路滑，虽然路面的积雪已被清除，但残留的雪水还是像浇了一层油那样湿滑，轮椅像一个溜冰场上的初学者，摇摆着身子直向路上两个背书包过马路的孩子冲去。

两个孩子见状慌忙躲闪。此时，轮椅上的人也慌了神。由于刹车过猛，飞奔的轮椅像一个喝醉了酒的家伙，一下子失去了控制，连车带人翻倒在地，加上惯性作用，车上的人滑出了好一段路，脑袋差点撞着路边人行道的水泥沿口。

马小坤见此情景，丢下扫帚，快速跑过去。等他跑到那人跟前，对方已经艰难地爬起来坐在地上。马小坤一看，是个半身不遂的残疾人，手上已是鲜血淋淋。

这么冷的天，这么滑的路，一个只能用一只手和一只脚操纵车轮的残疾人，为何还要跑出来？马小坤在心里又是责备又是心疼。

救人要紧！马小坤不便多说，上前就去扶那个残疾人。这时，附近扫雪的同事也纷纷围拢上来。他的师傅开了一辆长安面包警车也过来了。马小坤和蔡从军一起将残疾人扶上车。然后直奔医院。

马小坤帮残疾人挂号时才知道那人叫张国华，今年三十五岁，在古弦市福利印刷厂工作。

经过医生检查，张国华除了右手被划出了一条血口子外，身体别的部位没什么大碍。医生为其包扎了一下就好了。或许要感谢身上那些厚厚的冬衣，天冷衣厚，除了温暖人心，也呵护着人们的身体，不管是健全的，还是残缺的。

没了轮椅，好在张国华还能拄着拐杖一个人艰难地走。

马小坤不忍心，就搀扶着他一起走出医院的大门。想起刚才那一幕惊心动魄的场景，正想责备他几句，张国华先开口了："你是马小坤吧。"

"您怎么认识我？"马小坤觉得很奇怪，以前从没见过这个人。

"你是不是有个姐姐叫马小芩？"张国华一瘸一拐地说。

"是啊。"马小坤更觉得奇怪了。

"刚才就是因为想多看你一眼才忘了刹车，差点撞着两个孩子。"张国华心有余悸地解释道。

"干吗要看我呀？"马小坤百思不得其解。

张国华犹豫了一下，红着脸说："因为我认识你，想请你帮个忙。"

"帮个忙？"马小坤更加百思不得其解了。

"嗯。"张国华肯定地点了点头，看样子不像是开玩笑。

在古弦，除了龙叔叔他们和单位里几位同事，他不认识别的什么人；自己也不是什么大明星，不会有那么多"粉丝"。眼前这个张国华究竟是什么人？为何要自己帮忙？马小坤皱起了眉头，纠结了半天也没猜出个所以然。

"你想要我帮什么忙啊？"马小坤不解地问。

"这个吗……以后再说吧。"张国华犹豫了一下，欲言又止。

蔡从军开车回到出事地点，取了那辆寄放在附近一家超市里的残疾轮椅，准备和马小坤一起连车带人一块儿将张国华送回家。

张国华说，送他去福利印刷厂吧，本来他是想去银行谈贷款的事，现在这个样子只能先回自己单位再说。

古弦市福利印刷厂在城西一条叫九曲黄河的小巷子里。巷子很幽深，弯弯曲曲好似九曲黄河上的一道道弯；也很窄，刚好够一辆长安警车驶入。

车到厂门口，张国华盛情邀请马小坤和蔡从军进去喝杯茶，顺便参观一下他的工厂。

原来张国华是这家福利企业的老总，手下有四十八名员工，其中二十三名是残疾人。在他的办公室，马小坤看到了墙上挂满了奖状，都是一些被省、市各级政府部门评为安置残疾人先进单位、文明单位、诚信经营单位等奖状和荣誉证书。

张国华办公桌上的一张照片引起了马小坤的注意，那是一张他与父母的合影照片。老总的办公桌上一般不放家庭照片，尤其是与父母的合影照，要放也是放自己或者孩子的照片。

张国华见马小坤在看他桌上的照片，就指着照片说："左边是我父亲，右边是我母亲，中间那个就是我。"

"你父母做什么的？"马小坤似乎对张国华身世有点感兴趣，但不好直接问他怎么会这个样子的。

"父亲原来是这家福利印刷厂的厂长，三年前得肝癌走了，这张照片就是在我父亲过世前一个月拍的；母亲是纺织厂的退休工人，去年中了风，我一个人无力照料她，现在就寄养在你姐姐工作的那家老年护理院。"张国华毫无保留地说。

"哦。"马小坤终于明白了，难怪认识他姐姐。

"虽然我父亲不在了，母亲也不能天天见面，但每当我遇到困难的时候，只要看到他们就会增添我战胜困难的勇气。"张国华像介绍法宝似的说。

说完，他让马小坤和蔡从军坐到沙发上，自己一瘸一拐地去泡茶。

马小坤连忙上前制止说："张厂长，您别忙了，我们坐一会儿就要走的。"

"来了，总不能连杯茶都不喝吧。"

"那我来泡。"马小坤见他这个样子怎么好意思让他动手。

"这不用你泡，也不用我泡，你们就坐着。"张国华说完就拖着残腿走到门口叫了隔壁办公室的一个男秘书过来泡茶。

马小坤和蔡从军很不好意思地接过热气腾腾的茶杯，说了声"谢谢"，然后捧着暖手。

张国华吃力地坐到一张比沙发略高一点的黑皮靠椅上说："我们庙小，拿不出什么招待两位警官。"

"张厂长，您客气了。"蔡从军接过话题说。

"你们两位可是我的救命恩人啊。"张国华感激道。

蔡从军说："这是我们应该做的。"

马小坤也对张国华说："要不是为了看我一眼，您也不会翻车受伤，应该是我对不住您。"

"哪里的话，这怎么能怪你呢。那是一句玩笑话。"张国华有些不好意思地说。

蔡从军呷了一口茶说："张厂长，厂里的效益还不错吧。"

"还行吧。"说起工厂，张国华就像介绍自己家的宝贝那样来了兴致。他如数家珍地说，"最近几年不少企业出现用工荒，而我们虽然地处小巷深处的一爿小厂，却从来没出现过用工荒，反而是老员工不想走、新员工喜欢来。因为不少员工是残疾人，将心比心，我是把他们当作自家人看待的。所有的职工，人人都有社保、医保，到了年底，对特别困难的员工家庭还发放贫困补助金，女职工生育期间，还享受计生医保和半年的产假，厂里还为十三个独生子女办理了未成年人保险，每年儿童节还给孩子们发送礼物。"

马小坤听了张国华这些引以为豪的介绍，从心底里佩服这位身残志坚的年轻老总。

他突然想起了自己的好朋友、那位高位截肢的高中同学唐春光。不知道他现在过得还好吗？

马小坤想起唐春光，不禁又想起了那个极力想忘掉而总也挥之不去的惨烈场景，就又自责起来。那天，要是自己坚持一下的话，要是唐春光不那么认真做作业，而是和他一起去操场的话，他的双腿也就不会被轰然垮塌的教室压在断壁残垣下。但这一切都无法重来。曾经的校园，被东汽广场上那座街钟永远定格在下午2点28分那一刻，也被汉旺地震遗址这个国家级保护地而永久保留下来。希望它留给人们的不仅仅是伤痛，更多的是活着的美好和坚强。就像眼前这位年轻的老总。

三个人从工厂出来，张国华又热情地请马小坤和蔡从军到小巷对面的职工宿舍看一看，看看他们的残疾职工生活得怎样。

马小坤和蔡从军本不想去了，但见张国华拖着残腿一瘸一拐地还陪着他俩，有些不忍心拒绝。

他们来到一户三口之家，夫妻俩都是福利印刷厂的工人，也都是聋哑人。见有客人来访，女主人高兴得像个孩子，嘴里发着"呀呀呀"的声音，双手不停地比画着。

张国华说，残疾人最关乎别人对他们的重视，哪怕是打个招呼、问一声好，他们也会很开心。

马小坤和蔡从军都不懂哑语，女主人那个上初中的儿子当起了临时"翻译"。他告诉他们，爸爸妈妈结婚十六年，他们一家三口一直住在这里，过得很幸福。厂里还免费提供生活用水，每月还有十度电的用电补贴。今年过节，连鸡鸭鱼肉都早早备好了。

马小坤看到这户人家居室虽小，但物品摆放得整洁有序，电视机、电冰箱、微波炉、空调等各种家电几乎样样齐全，内心不由得发出了啧啧赞叹。他转头看了一眼张国华，心想，难怪老总要领他们来参观，这么一个特殊的大家庭确实很和谐、很温馨，也是父辈留给他的一份宝贵的物质和精神财富。

除夕这天，马小坤一大早又接到龙海峰打来的电话，是说请他去他家吃年夜饭的事。

马小坤为难地说，今晚恐怕来不了了，他们中队全体队员的年夜饭都在单位吃，吃完就要上山执勤。

龙海峰知道警察工作辛苦，挂了马小坤的电话，接着又打给马小芩。对方说，她要陪护理院里几位没儿女的孤寡老人吃饭，改天和弟弟一起来向他赔不是。龙海峰有些失望，但也理解这两位年轻人的敬业和不易。

挂了电话，龙海峰穿上一件藏青色羽绒服，拎了他那只有些掉皮的黑色公文包准备出门。

妻子金菊花见状叫住了他："老头子，今天是什么日子，你还要去哪儿？也不来帮帮我。"

"老婆，年夜饭你就简单弄一下吧。女儿女婿去亲家那边吃，马小芩姐弟俩也都在单位加班没工夫来。我现在要陪市领导去慰问贫困家庭。"龙海峰说着就推门而出。作为"古弦市帮扶困难群众基金会"理事长，逢年过节的这个时间也是他最忙的时候。

"死老头子，只知道工作工作，也不知道啥时候陪陪我。"金菊花的话，已被龙海峰关在门里。

龙海峰陪市领导慰问过了五户特困家庭后，一个人去了趟市第二人民医院妇产科主任医师林红艳家。他昨天才知道林医生出了车祸刚从医院回家。

二十四年前，林红艳救过他妻子的命。两年前她又作为援川医务人员在龙海峰他们援建的新落成的山花卫生院工作过。因此，龙海峰对她除了感激之外还多了一份友谊。

林红艳的家在市郊卧牛山下的春湖边上，离市区不远，十五分钟的车程，是一栋三上三下的二层楼老宅，背山面湖也算是一处风水宝地。

龙海峰曾去过多次，每次去周边人家的房屋都在不断翻建，不断上升，有的已升高到三层四层，但林红艳家的房子还是岿然不动。在那个风景如画的乡野山水间，显得有些破败、有些另类。不知道与她当林场场长的丈夫过于低调有没有关系。当然，林红艳在市区也有一套一百三十平方米的商品房，目前儿子在住。所以夫妻俩觉得也够住了。这与龙海峰的想法倒很一致。

龙海峰敲响了林红艳的家门，开门的是她丈夫。龙海峰与她丈夫也熟，当年他分管卧牛山国家森林公园时，林红艳的丈夫就在所属的林场管委会当办公室主任。

林红艳见龙海峰冒着严寒来探望她，感到很突然也很惊喜。她连忙泡茶招待。

"龙书记，是什么风把您吹来了。"林红艳热情地端上一杯热气腾腾的绿茶。

"别称我书记啦，早就从领导岗位上退下来了，而且一直戴顶'富农'的帽子，永远翻不了身啦。"龙海峰开玩笑地说。

龙海峰戏称的"富农"就是指他曾担任过古弦市委副书记一职。人们往往喜欢拿对方的最高职位作称谓，这样显得尊重人，不知外国人是不是这样，或许也只是中国特色吧。

"听说你出车祸受了伤，也没来医院看你，再不来就要变陈年旧账了。"龙海峰说着随即从包里拿出一个牛皮纸信封塞给林红艳，"也不知道该买什么，一点小意思，请收下。"

林红艳知道那只鼓鼓囊囊的信封里装的是钱，就连忙拒绝说："龙书记，这不行，您来看我已经感激不尽了。"

双方将那只信封推来推去也没个着落，最后掉到地上。

林红艳丈夫乘龙海峰不备，从地上捡起信封就塞进他的皮包内说："龙书记，您这么做叫行贿啊。"

"怎么是行贿呢？"龙海峰瞪了他一眼。

"您想，我还在林场的领导岗位上，红艳也在妇产科主任这个位置上没退下来，您拿这个送上门不是行贿是什么？"林红艳丈夫半开玩笑地说。

"哈哈，我这辈子还真没行贿过别人，你们就成全我这一次吧。"龙海峰说着又要去拿皮包里的那个信封，被林红艳丈夫有力的大手制止住了。龙海峰敌不过对方的手劲，只得妥协，那个信封终于不再被折腾而可以静静地躺在龙海峰的皮包里睡大觉了。

龙海峰这才想起询问林红艳的伤情。林红艳告诉他，那天她下班骑电瓶车回家，被身后开来的一辆小轿车剐倒，当时脑袋着地，感觉天旋地转，后来去医院检查拍了片，住院观察了几天，总算没什么大碍。

两个人聊了很多，后来又聊到了那年的援川。可以说，那段时间龙海峰对她关照有加。对此，林红艳也心怀感激。

两年前，古弦援建的山花卫生院落成启用后，林红艳是第一批入驻新卫生院工作的援川医务人员。虽然新卫生院的医疗设施和病房条件得到了空前改善，但其他配套设施还没跟上，她刚到的第一个星期，七天时间里竟没能洗上一次澡。这对于在江南水乡生活的女性，尤其是像她有些洁癖的医生来说，简直是一件不可思议的事，但她硬是挺了过来。后来龙海峰知道了这件事，赶紧与山花卫生院的领导协商，问题很快得到了解决。

林红艳告诉龙海峰，由于他们援建的山花卫生院住院条件好，环境优美，许多病家都慕名而来，愿意来这儿看病住院；又听说有古弦来的专家医生，所以那段时间，她忙得几乎没休息过一天。有一天，她做完一例手术准备休息时，突然另一手术台上一位剖腹产孕妇出现大出血，出血量一下子超过了500CC，那症状几乎跟龙海峰妻子那次大出血一模一样，后来经过她和其他医务人员的共同努力，大人和孩子的命终于都保住了。

龙海峰应该也知道这件事，那天他去山花卫生院看望林红艳时，刚好那位孕妇的家属敲锣打鼓来送锦旗。那上面的字句他还记得："救死扶伤医术高超，妙手回春大恩大德。"

龙海峰告别了林红艳，从她家里出来，就收到了马小坤发给他的手机短信："龙叔叔，年夜饭不能陪您和金阿姨吃了，请别生气啊。祝新年快乐！"

除夕这天晚上，马小坤和师傅他们几个巡防队员被市局抽调到卧牛山上执勤。他们吃了一顿自己包的饺子，就早早整装上山了。

年夜饭，对于警察来说，真是已经麻木到了可有可无，因为很少有人每年的除夕夜都能安安稳稳地和家人一起过。他们中的大多数人将在自己的工作岗位上度过，有的坚守在接警台前，有的巡逻在空寂的路上，有的守卫在寒冷的卡口……他们不是不想和家人其乐融融地吃上一顿美味可口的年夜饭，而是不能。为了大地的安宁，为了古弦的祥和，为了百姓的幸福，他们只能牺牲小我，牺牲与家人团聚的机会。就比如马小坤的师傅蔡从军，从他踏上工作岗位那天起，已经连续三年没回家过年了，两年在看守所与劳改犯、犯罪嫌疑人等关押人员度过，今年是与巡防弟兄们吃了一顿最简单的饺子后在卧牛山上度过的。

雪霁的卧牛山银装素裹。山顶上的一峰寺，香火缭绕。

每年的除夕晚上至初一，香客们怀揣不同的心愿，云集寺内虔诚膜拜。祈祷家人在新的一年里健康平安、万事如意；也祈福自己的事业在来年的日子里蒸蒸日上、财源滚滚。

马小坤和师傅他们被安排在一峰寺前的长寿桥上。长寿桥架在两块陡峭的石壁之间，桥下就是万丈深渊，地理位置十分险要。以前曾有人自寻短见在此跳崖，无一生还。今晚马小坤他们在此执勤倒不是提防有人跳崖，而是黑灯瞎火的怕香客们在拥挤推搡中不慎掉崖。

蔡从军虽然也是外乡人，但他上过几回山顶了，对周边的情况已熟悉很多。而马小坤还是第一次来，之前他想过几次，可一直没有机会上到山顶。蔡从军指着山下闪烁的星星点火，介绍给马小坤听这是什么那是什么，但在漆黑的夜空下什么也看不见，唯有寒冷的山风呼呼作响。

子夜时分，是香客上山烧香最多的时候，用人山人海来形容一点也不为过。马小坤精神抖擞地守在桥的一侧，生怕有什么闪失。几个小时坚守下来，长寿桥附近的秩序还算可以，没有发生类似推搡、踩踏等情况。

马小坤站得有点腰酸脚疼。他走了几步，打了个哈欠，一看手机上的时间，已是凌晨三点。香客明显少了很多，但必须还得坚持到天亮才能下岗。

马小坤坐到桥头的一块石头上小憩，啃了一口中队领导在上山前发的面包。嘴里的面包有些干涩，他又喝了一口冰冷的矿泉水。终于赶掉了那只蠢蠢欲动的瞌睡虫。

在这夜色迷蒙的短暂宁静中，一个人最容易念想的是身边的亲人。马小坤第一个想到的是姐姐，昨晚的年夜饭吃得好吗？与谁一起看的春节联欢晚会？现在是不是进入甜美的梦乡了？马小坤又想到了龙海峰，想到了2009年灾后第一个春节，他和姐姐被龙叔叔接到古弦援建组驻地的板房里与他们一起吃年夜饭的情景。今年的年夜饭没能陪龙叔叔吃，心里觉得有些内疚。他不是不想，而是不能，但愿龙叔叔能原谅他。

春节长假的最后一天，马小坤终于轮到了休息，与姐姐马小芩一块儿去了一趟龙海峰家，拜了个晚年，算是了却了一桩心事。

龙海峰见到姐弟俩很高兴，忙叫妻子张罗中午的饭菜，又打电话给女儿女婿，让他们中午一起过来。他要和马小芩、马小坤补吃一顿团圆饭。

"小坤，巡逻队的工作还适应吧。"龙海峰关切地问马小坤。

"龙叔叔，开始有些不适应，现在已经适应多了。"马小坤说完，看到茶几上的一本相册便翻看起来。

"小芩，听你们院长说，你干得不错啊。"龙海峰夸奖道。

"龙叔叔，我的工作是您介绍的，我不能让您失望。"马小芩感激地看着龙海峰说。

龙海峰微笑道："听说过完这个年，你要当院长助理了。"

"真的吗？姐姐。"马小坤欣喜地问。

"院长在节前已找我谈过，不知我能否胜任，心里没个底。"马小芩说得有些不自信。

"怎么不能胜任，你要对自己有信心啊，我看你行！"龙海峰鼓励道。

听了龙海峰的鼓励，马小芩心里一喜，便低下了头。

马小坤拿着手里的那本相册问龙海峰："这些照片上跟您合影的人，都是我们四川灾区的吗？"

"是啊，每次看到他们，就会想起那个时候，就会激励我更加努力工作。活着真好啊！"龙海峰感慨道。

"龙叔叔，他们是不是都得到过您的帮助？"马小坤动情地问。

"不能这么说，应该是我们前方援建组的全体工作人员，包括后方的古弦市各级领导以及社会各界人士，他们都慷慨解囊献出了爱心。"

"嗯。"马小坤深情地看了一眼龙海峰，对他越来越敬佩。

马小芩见弟弟和龙叔叔聊得正欢，就到厨房间给金菊花当下手。两个人边择菜边聊天。

"小芩，有对象吗？"金菊花试探着问马小芩。

"金阿姨，还没有呢。"马小芩羞涩地说。

金菊花关心道："你老大不小了，该谈一个了。"

"好像还没有合适的，反正还早呢。"马小芩嘴上这么说，心里也很想找个臂膀靠一靠，毕竟二十五岁了。之前在老家谈过一个，但那个小伙子在地震中去世了。马小芩想到以前的那个男朋友，突然就悲伤起来。

金菊花发现马小芩眼睛红红的,眼泪在眼眶里打转,便关切地问:"小芩,你怎么了?"

马小芩拿手背轻轻抹了一下眼睛说:"没什么。"

"告诉阿姨,到底怎么啦?"金菊花关切地问。

"金阿姨,真的没什么。我只是想起了以前的男朋友。"马小芩低声说。

金菊花不再多问。以前她听丈夫说过马小芩男朋友的事。地震给当事人带来的伤痛确实是难以磨灭的。她也跟着马小芩一起悲伤起来。

金菊花今天烧了一大桌菜,有好几个带辣的菜是马小坤喜欢吃的。其实,来古弦这么长时间了,马小坤也逐渐习惯了这里的饮食,但骨子里还是喜欢吃辣的。

马小坤还没有品尝完金阿姨的手艺,手机响了,一看是师傅蔡从军打来的。说下午一点半之前到中队集合,有重要任务。

金菊花听了在一旁发牢骚:"什么重要任务,连一顿饭的工夫都不安逸。"

"当警察就是这样,时间不掌握在自己手里。"龙海峰同情又无奈地说。

马小坤微微一笑说:"当初选择当警察,就有所准备了,只是准备得还不够充分。"

冬日的阳光很温暖,马小坤喜欢这样的温暖。

窗台上的积雪已经融化得差不多了,迎春花正迎着寒风盛开着,春天的脚步已经越来越近。

马小坤今天刚上完夜班出来。他睡了一会儿就爬起来,站在宿舍的窗前,张大了嘴巴"咿咿啊啊"地认真练起嗓子来。

明天是元宵节。大队领导考虑到有许多外地警察春节连续加班,很多人都没回家过节,准备组织一次元宵联欢会,要求各中队至少出一个节目。马小坤所在的巡逻一中队一致推荐他献歌一曲。刚开始他深藏不露,后来跟队里的弟兄们混熟了就情不自禁地会哼唱起来,嗓音还不错,有点杨坤的味儿。

所以从那开始，大伙儿就不再喊他名字，直接叫他"坤哥"。

其实中队里的人都不知道，他原本的嗓音是很高亢的，特喜欢飙高音。高二那年，他参加东汽中学校园文艺会演的时候，唱的是《怀念战友》，当时听得台下的人激动不已，掌声雷鸣。也就这么一首歌，让他一下子怀念了好多"战友"，所以他发誓以后再也不唱这首歌了，事实上他也唱不了这首歌了。他的嗓子在废墟上呼喊亲人的时候早就喊哑了，一度失声连讲话都很困难，更不要说唱歌了。

马小坤现在最喜欢唱的是杨坤的《那一天》。或许《那一天》比那首《月亮可以代表我的心》更能说出他的某种心声，他的纠结，他的痛，他的爱。

正当马小坤清了清嗓子准备练唱《那一天》的时候，有人敲他宿舍的门。马小坤开门一看愣住了，怎么会是他？

"马警官，不认识我了？"说话的就是那天在路上摔了一跤被马小坤和他师傅一起送医院的福利印刷厂厂长张国华。

"认识，认识。"马小坤赶紧回过神来，"您不就是张厂长吗，怎么有时间上这儿来？"

"我是来找你的。"张国华手拄拐杖，斜挎着一只包，站在门口说。

"找我？有事吗？"马小坤很是惊讶。

张国华看着马小坤说："有点小事，顺便来看看你。"

"那请进。"马小坤把张国华让进屋里。

张国华环顾了一下房间说："这屋弄得挺干净的。"

"张厂长，您坐。"马小坤搬了一张靠背椅让张国华坐下。

"当警察一定很辛苦吧，尤其是你们巡警。每天在马路上看到你们，就有一种安全感，很亲切啊。"张国华似乎对马小坤的情况很了解。

马小坤心里很纳闷，一边泡茶一边问："张厂长，您怎么知道我住这儿？"

"我问你姐姐的。"张国华微微一笑，有些得意。

"问我姐姐？您跟她……"马小坤心里更纳闷了。

"我母亲身体不好寄养在老年护理院里,就是你姐姐给照料的。"张国华很有优越感地说。

"哦,难怪您认识我姐姐。"马小坤一副恍然大悟的样子。

马小坤将茶杯递给张国华。

张国华接过茶杯,看着房间里的两张床铺问马小坤:"你们是两个人一间?"

"是的。"马小坤说。

"说话方便吗?"张国华一副神秘的样子。

"方便啊。我同事在上班,他刚好跟我对着上。有话您尽管说。"马小坤这么说似乎想打消他的顾虑。

张国华看了一眼马小坤,然后从挎包里拿出两罐卧牛山绿茶说:"新茶还没上市,只能拿去年的秋茶给你意思一下。"

"张厂长,不能拿您的东西,快收回去!"马小坤制止道。

"这又不是什么贵重物品,况且我把外包装都拆了。"张国华把两罐茶放到桌子上继续说,"你就看在我这个残疾人拿东西不方便的分上,收下吧。"

马小坤听他这么一说,不便再推辞,否则太不近人情了:"张厂长,您找我什么事?上次见面您就说有事要我帮忙,后来又说以后再说,是不是还是那个事?"

"嗯,嗯,是的。"张国华点头说。

"重要吗?"马小坤很认真地问。

"怎么说呢,就是……就是想请你跟你姐姐说……说……"张国华吞吞吐吐,欲言又止。

"张厂长,您别客气,有事尽管说,可以帮忙的我一定会帮。"马小坤不知道对方葫芦里卖的什么药。

张国华很不好意思地又看了马小坤一眼说:"我想请你做个媒,给你姐姐传个话。"

"您想跟我姐姐……"马小坤终于有点明白了,这让他感到很突然,毫无思想准备。

"嗯。"张国华有些不好意思低着头。

"为何不直接跟我姐姐说呢?"马小坤不知如何回答张国华。

张国华努力地抬起头:"不好意思说,怕你姐姐不答应,这样会让彼此都尴尬。"

为了取得马小坤的信任,张国华讲述了他不同寻常的身世。

张国华原本也是一个健全的人,帅气,高大,一米八的个儿,从小立志当一名军人。

十八岁那年冬天,他如愿以偿成为沈阳军区一名空军地勤战士。在当兵最初的五年里,张国华从一名为飞机站岗放哨的警卫战士迅速成长为一位合格的指挥连指导员。由于工作出色,五年后张国华被调到军政治部组织处任干事。军机关来了一位才二十三岁的年轻干事,着实引起了不小的轰动和议论,也为古弦籍军人赢得了一份不小的光荣。

就在他事业蒸蒸日上的时候,张国华经历了一场生死劫难。那是寒冬的一天,军政治部召开全军支部工作座谈会,张国华负责接送和安排住宿等会务。上午九点,军区管理处来电话要个运面粉的公差。运面粉是个苦差事,几位老干事都争着要去。张国华说:"我年纪轻,还是让我去吧。"上午十点,面粉拉回来了,装面粉的汽车就停在军区大院一条地沟旁。张国华兴奋地摘下头上的毡帽往驾驶室里一扔,跳下车第一个跑到车屁股后面去卸面粉。由于面粉装得太高,车厢板一打开,车上的面粉就像一个个急着上前线的壮汉,直冲下来,一下子把他撞进四米深的地沟里。张国华头顶着地栽倒在沟底的石头上,当场昏了过去。

经过医护人员的全力抢救,昏迷了十八天的他终于从阎王爷那里逃了出来。当他苏醒过来的时候,左半身已经不能动弹。由于严重脑外伤,碎成三块的颅骨,换上了一块巴掌大的有机玻璃,后遗症使得张国华的左半身瘫痪,并留下了严重的癫痫病,成了一等残废。那年,他才二十四岁,美好的青春年华就像一朵刚刚盛开的鲜花突然枯萎了。遇上这样的事，谁都难于接受。就在他几乎陷入绝望的时候，那本《钢铁是怎样炼成的》的书，给了他生命的支点，主人公保尔·柯察金顽强的意志和非凡的毅力深深打动了他。在保尔精神的激励下，张国华重新扬起了生命的风帆。他暗下决心："我一定要以一个军人的刚强意志跟病痛作斗争！"

张国华在病床上整整躺了八个月，当能够下床活动时又穿上了四公斤重的钢架背心，这一穿就是三年。失去了左手和左脚功能的他，生活的不便是常人难以体会的。每天穿衣只能用一只右手生拉硬扯，刚开始穿一身衣服要花近一个小时的时间，特别困难的是给裤子扎腰带，往往右边刚拉起，左边又滑落，再拉起左边，右边又掉了，扎一条裤腰带要反复折腾好几回。最要命的是头顶上那块巴掌大的有机玻璃，像孙悟空的紧箍咒，遇上过冷过热的天气，就会热胀冷缩得头痛、头昏，难以忍受。面对困难和伤痛的双重折磨，他没有气馁，始终以坚强的意志和顽强的毅力笑对人生。

二十七岁那年，张国华拖着伤残的身体，像一只折翅的雄鹰，从部队提前病退，被安置在古弦市军队离退休干部休养所，享受一级伤残军人的待遇。离开部队时，部队首长特地给张国华买了一辆手摇轮椅。从此，轮椅便成了他生活的帮手。可坐在轮椅上的他，感觉自己像个傻瓜，终日无所事事。张国华感到了前所未有的失落。

张国华的父亲看在眼里、急在心里，就这样他进了父亲的福利印刷厂帮着父亲做一些力所能及的工作。父亲得肝癌走后，他就挑起了这家企业的担子。

马小坤听了张国华感人的故事，非常钦佩他身残志坚的人生，但依然不知该不该答应张国华的请求。他毕竟是一个半身不遂有残障的人，姐姐愿意吗？这让马小坤不知所措，甚是为难。不答应吧，肯定会伤了张厂长的自尊心；答应吧，怕姐姐不愿意而责骂他。

张国华似乎看出了马小坤矛盾忧虑的心思。他说："马警官，真的不好意思让你操心。但我确实很爱你姐姐，也是我这辈子第一次爱上一个女人。我知道自己的身体这个样子，可能会给她带来一些负担，但我现在生活能够自理，请相信我会给她幸福的。只要你把我的意思转达给你姐姐就可以了。如果她不愿意也没有关系，就算我没说。"他沉思了片刻，又说，"要不这样吧，马警官，或者干脆以你的口气先试探一下，这样你姐姐即便不同意，也不会影响我们以后的关系，因为我母亲还得请她照料呢。"

"嗯，那我试试。"此时的马小坤已完全被张国华的真诚打动了。

第六章

初春的阳光洒向人间,已经有了春的气息。春回大地,万物复苏,老年护理院里的花花草草也开始蠢蠢欲动起来。

庭院里最抢眼的是那些形如彩蝶飞舞的蝴蝶兰,一丛丛、一簇簇,顶在从植株叶腋中抽长出来的枝头上,宛如杂技演员手中的转碟;还有那些花冠群聚、重瓣叠彩的茶花,或一个个或三五成群,在光润的绿叶的呵护下,瑰丽多姿;而那些傲立在杆枯枝瘦上的梅花,在风中显得高洁和坚强。

马小坤走进老年护理院,就闻到了一缕幽香。他抬头一看,道路两旁的几株梅花正朝他微笑着。他油然想起了那句从小就视为座右铭的名言:"宝剑锋从磨砺出,梅花香自苦寒来。"

马小坤找到姐姐的时候,马小芩正在给一位瘫痪在床的老人喂饭。这位老人就是张国华的母亲。

去年五月,张国华母亲被送来老年护理院时,中风瘫痪已不能行走,身体十分瘦弱。

马小芩每天的工作,就是给老人洗脸、喂饭、擦身。为了避免褥疮的发生,每隔几个小时就要为老人翻一次身。考虑到长期卧床会造成肠胃消化不良,每天还要为老人按摩腹部，给她喝芹菜西红柿汁，促进排便功能。甚至有时候遇到排便困难，在用了开塞露后仍然无效的情况下，就得人工取便。马小芩就像对待亲人一样，从不嫌脏。因此，在张国华母亲眼里，马小芩就像她的亲闺女。

老人原本有一个女儿，也就是张国华的妹妹，十三岁那年夏天，不慎溺水身亡。如果活着的话，也该是马小芩这般年纪。

也许是缘分，也许老人长得有点像她母亲，马小芩特别喜欢照料她，而张国华的母亲也乐意让她服侍，有时遇到马小芩休息或有事不在，换了别人就会情绪不安。

一天晚上，值班护士在巡房时发现张国华母亲的状态异常，神志不清、面颊发烫。经医生检查后发现病人血压高、体温高、心率快，虽然立即给予了静脉输液等诊疗，但老人仍躁动不安，嘴里不停地喊着"马小芩"的名字。马小芩知道情况后，立即来到病床前，陪在老人身边，喂水、擦汗、翻身、物理降温，几乎一夜没合眼。经过精心照料，老人的病情终于平稳了下来。

如今，虽然马小芩提升为老年护理院院长助理，工作更加繁忙了，但对张国华母亲的照料仍然跟以往一样。这也成了护理院的一个特例。

马小坤见姐姐已给老人喂好饭，就上前跟马小芩打招呼。

"姐姐。"马小坤亲热地叫道。

"哦，你来啦。"马小芩知道弟弟今天有事要来找她。

"这位阿姨就是张厂长的母亲吧？"马小坤指着病床上的老人说。

张国华母亲刚吃饱饭，神清气爽，看到一个陌生小伙子提起她的儿子，就说："小伙子，你跟我儿子认识？"

马小芩也很惊讶："弟弟你怎么知道，你跟张厂长认识？"

"嗯。"马小坤微笑着点了点头。

"张阿姨，这是我弟弟。"马小芩连忙把马小坤介绍给张国华的母亲。

"长得跟姐姐挺像，很帅气的小伙子。"张国华母亲抬了抬头，试图想坐起来的样子。

马小芩俯下身拢了拢盖在老人身上的被子说:"张阿姨,我跟弟弟有点事,您先歇着,有事叫值班护士。"

马小坤本想跟姐姐去她的办公室,但转而一想,恐怕办公室里人多嘴杂,说话不是很方便,于是他把目光投向不远处一个假山池塘边的小亭子。

"姐姐,不要去你办公室了,我们就去那边吧。"走在马小芩身后的马小坤,快走了两步靠近姐姐说。

"你不怕外面冷?"马小芩放缓了脚步。

"我怕办公室说话不方便。"马小坤一副神秘的样子。

"什么事,搞得神神秘秘的。"马小芩回头瞄了一眼马小坤。

最后,姐弟俩去了马小芩的宿舍。

自从马小芩升任了老年护理院院长助理,院领导就给她调了一个单人宿舍。

马小坤坐在那个半旧不新的单人沙发上,鼓足勇气把与张国华最后商量好的话说了出来。

"弟弟,你怎么给我瞎操心。"马小芩听了弟弟的话,感到很突然。

"姐姐,我觉得张厂长这人不错,虽然有点残疾,但对人真诚,况且有生活自理能力,你可以考虑一下。"

马小芩突然沉默起来。她从没有过这样的念头,倒不是因为对方残疾,而是她至今还没走出以前那个男朋友的阴影。

马小芩与男朋友是一个村的,从小学到初中又一直是同班同学,可谓青梅竹马。虽然都在乡下务农,生活有些艰难,但共同的理想爱好,让两个年轻人的心紧紧联结在一起。他俩都喜欢年画,劳动之余,就现学现画。什么《迎春图》《百寿图》《二十四孝图》,什么《老鼠娶亲》《耗子嫁女》

《三猴烫猪》……两个人都画过。

马小芩之所以喜欢绵竹年画，一是绵竹年画中的许多内容体现了一种乐观向上的思想感情和古老的汉民族风尚。"绵竹年画"作为四川"一宝"、家乡"一绝"，与"天津杨柳青年画""潍坊杨家埠木版年画""苏州桃花坞木版年画"同为中国"四大年画"，并且已列为"中国非物质文化遗产"。每当马小芩想起这些，心中就会升腾起一种无比幸福的自豪感。二是男朋友喜欢。虽然他俩画得还不够精美，但更多的是为了交流感情。年画成了他俩一座可以天天相会的鹊桥。

那天，她从男朋友家里取了一幅年画，刚走不久，地震就发生了。等她回到男朋友家，发现他家的房屋已经全部崩塌，男朋友就这么活生生地被压在了废墟下面。她哭啊喊啊，终究没能挽回男朋友的生命。

马小坤见姐姐不吭声，问道："姐姐，你觉得张厂长这人怎么样？"

马小芩依然没吭声。说实话，她对张国华这个人印象不错，但了解还不是很多。况且他母亲是她手下的病人，人家知道了会怎么想。

"姐姐，你倒是说呀。"马小坤显得有些迫不及待。

"弟弟，我的事不是你该关心的，你先关心好自己吧。"马小芩不买马小坤的账。

马小坤出师不利，有点无奈，也有点生气。

"那我走了。"他起身告辞，临出门时又对马小芩说，"我希望你还是考虑一下。"

望着弟弟远去的背影，马小芩的内心起了波澜。她想起张国华的点点滴滴。

记得他俩第一次见面是张国华第二次来护理院探望他母亲，当初送他母亲入院是院长亲自接待安排的。后来院长就让马小芩主管对张国华母亲的护理，所以那天她与张国华第一次见面也是院长介绍的。说他是"古弦市劳动模范",还说被市委市政府授予"古弦市首届自强不息模范公民"的荣誉称号。第三次他来的时候,送了她一本介绍古弦十八景的画册,说是他们工厂印的。后来每次来,都会给她带点小东西,有他们厂印制的台历、笔记本……最贵重的是一条围巾,据他本人说,是厂里搞活动剩下的纪念品。

马小芩仔细回忆着。这些看似不起眼的点点滴滴,汇聚到一起就成了一条涓涓细流,淌进她那片干涸的心田。

马小坤刚走出老年护理院的大门,张国华的电话就迫不及待地追来了。

他问结果如何,马小坤告诉他结果很不理想。张国华在电话里愣了半天才问,是不是拒绝了。马小坤无精打采地说,没答应也没拒绝。张国华问马小坤,这是什么意思。马小坤说,我也不知道什么意思。不过,马小坤在电话里跟张国华分析说,没答应也没拒绝,有不想谈的意思,但也有默认的可能。他建议张国华应该主动出击,克服"爱面子"的心理障碍,要有男子汉大丈夫敢作敢为、不怕"上刀山下火海"的勇气。

与张国华通完电话,马小坤发现手机上有一个未接电话,是刚才他在通话的时候,龙海峰打来的。马小坤随即拨过去,原来是龙海峰问他有没有空一起去爬山。

龙海峰喜欢爬山,他邀约马小坤好几次了,但都因各种原因而未能一同爬过。马小坤除了除夕那天晚上黑咕隆咚地上过一回山,以后就没上过,偶尔去山边,也只是在山脚下的古弦公园里玩玩。所以,今天他就很高兴地答应了龙海峰。两个人说好了下午一点在卧龙山脚下的停车场碰面。

龙海峰身穿一件红灰色的"探路者"登山服,眼戴墨镜,手拿登山杖,一副很专业的样子。马小坤穿一身李宁牌运动服,着一双旧得不能再旧的耐克鞋。两个人沿着山路并肩而行。他们的目标是卧龙山最高峰上的剑阁。

周日的卧龙山游人如织。龙海峰和马小坤走到半山腰,就选择了一条人烟稀少、直通山巅的古道。

这条古道还是齐梁时期修建的，现在知道的人已经很少。由于荒废多年而变得坑坑洼洼，几乎已看不出路面了，连路基也变得时断时续。但这里松柏葱郁，涧水叮咚，鸟语花香，俨然是一个天然氧吧。

两个人走走停停，终于登上了山顶。

马小坤站在剑阁前的奇石峭壁上，眺望山下整齐划一的民居乡野和纵横交错的河流湖泊，一下子就明白了什么叫"锦绣江南"。他用双手拢住嘴巴，向远方高亢地喊了一声。这一声听似毫无内容的呐喊，却道出了马小坤深藏多年的心声，他越来越爱这座"锦绣江南"的城市，古弦就是他心目中的故乡。

龙海峰和马小坤在山顶那块突兀的石头上坐了一会儿，就准备下山。

这回，两个人走的是一条盘山公路。

盘山公路上的游人熙熙攘攘，还时不时有汽车开过。突然，一辆越野车越过他俩，在前面停了下来。车上的人摇下车窗喊马小坤的名字。

马小坤走近一看是商城派出所的蒋健民，便惊喜道："师傅，您怎么也上山了？"

"带老婆孩子上山玩玩。"

马小坤露出浅浅的坏笑，咬着蒋健民的耳朵低声说："师傅，您会哄老婆啦。"

"会你个头。"蒋健民拍了一下马小坤脑袋，他喜欢用"你个头"表示他那种亲密的状态。

马小坤探头看了一下车内的人，向里面的人招手示意："你们好！"

"你好！"坐在副驾驶上的蒋健民妻子也挥手回应。

蒋健民说，"要不要坐我的车？"

"不了，今天我和龙叔叔特地来爬山的。你们先走。"马小坤谢绝道。

"那我先走了，有空来我家玩啊。"蒋健民轻踩一脚油门，越野车缓缓启动。

马小坤与蒋健民挥手告别。

龙海峰问马小坤:"刚才那位是你同事?"

马小坤说:"我师傅,商城派出所的,我来古弦认的第一位师傅。"

"什么?我才是你的第一位师傅。"龙海峰开玩笑地说。

"龙叔叔,您别降低自己的身份哦。您是我的恩人,比师傅强一百倍啊。"马小坤半开玩笑半当真。

龙海峰和马小坤说笑着很快来到离山下不远的古城墙。

眼前这段古城墙腾山而筑,据说已有一千七百多年历史,有"江南小长城"之称。一条山道从古城墙中间一座高耸的城楼下穿过,拱形的门楼上书有"川城门"三个苍劲有力的隶书大字。

在马小坤的提议下,两个人登上那座气势雄峻的川城门城楼。极目远眺,山下古弦城的景致尽收眼底。

龙海峰指着城里七条宛如古琴上七根弦的小河,对马小坤说:"你有没有看到城里的七条河?"

马小坤认真数了数,果然有七条由西向东像七根琴弦那样的河流,闪着银光流淌在大街小巷之间。

"看到了。"马小坤兴奋地说。

"你看,联结这七条河的还有一条南北走向的河,那就是我们这座城的母亲河——古弦河。沿着这条河,可以通向长江和大海。"龙海峰如数家珍,越说越来劲。

远处已被高楼大厦隔成一截一截的古弦河,勾起了龙海峰童年的记忆。

那时候,城里用自来水的人家还不多,清澄的古弦河就是大人们洗刷东西的好去处。龙海峰喜欢跟着到河边玩耍。光溜溜的驳岸石阶是他最喜欢待的地方,每当赤着脚丫子,踩在漫过水的驳岸石上时,就有一种亲密接触后的舒服感。偶尔,那些胆大的小鱼儿会游到脚边,突然骚扰一下,而他只能羡慕地看着这些调皮的鱼儿自由自在地游来游去。

最羡慕的是那些坐在轻摇慢驶的乌篷船上的人，他们可以尽情观赏两岸时而枕着青瓦人家、时而依着碎石小路、时而驮着石板拱桥的景致。清清河水，悠悠小船，好一幅"小桥、流水、人家"的江南水墨画。

然而，这样的景致已被疯狂的人们糟蹋得惨不忍睹。如今，为了还古弦河一个清澈，市里每年要花一大笔资金来治理。

马小坤伸长了脖子，看了半天也没看清古弦河的样子，对龙海峰嚷嚷着："我看不到啊。"

龙海峰回过神说："看不到就别看了。"转而他又指着前方说，"你看这边是不是有座塔？"

"是的，上次姐姐已陪我去过，是一座四角形的方塔。"马小坤洋洋得意地说。

"那座方塔传说是一个拴牛桩，是用来拴住我们脚下这头卧牛的，所以我们这座山取名叫'卧牛山'，而这头牛的牛头就被这道城墙关进了城里。"龙海峰跟讲故事似的。

"哦，原来还有这么神奇的传说。"马小坤听了有些惊讶。

"古有'七溪流水皆通海，十里青山半入城'的诗句，描绘的就是古弦城、卧牛山和这段古城墙。"龙海峰说着把目光收回来。

两个人在城楼上站了一会儿，就沿着古城墙的台阶一路往南，很快就看到了一个倚山而建的楼阁。

龙海峰说："走，我们去那边喝个茶。"

"龙叔叔，你们古弦是不是喝茶的地方很多？"马小坤上次跟同事去城北的兴福寺就看到两旁有许多茶室。

"是啊，我们这里茶室很多，每每有景点的地方都有茶室。在我们这座城市里，很多人都有这样一种嗜好，白天'皮包水'，到了晚上'水包皮'。"

龙海峰笑盈盈地说。

"什么是'皮包水'?"马小坤好奇地问。

"'皮包水'就是喝茶啊。"龙海峰回答道。

"那什么是'水包皮'呢?"马小坤继续问。

"'水包皮'就是洗澡,我们这儿大大小小的澡堂不少,以前叫混堂,后来都改叫浴室或洗浴中心了。"龙海峰停下脚步,用手扶了扶腰,直了直身子。

楼阁位于城西,故称"西城楼阁"。

龙海峰和马小坤看到楼阁里有四五桌人,有的在喝茶聊天,有的在打牌娱乐,还有几个小朋友在嬉戏玩耍。

两个人挑了一处向外凸出的露天平台,要了两杯绿茶,边聊天边欣赏周边的风景。

眼前一群粉墙黛瓦的楼宇吸引了马小坤的眼球:"龙叔叔,那儿是什么房子?"

龙海峰向着马小坤指的方向看了一眼,自豪地说:"哦,那是我母校,古弦市第一中学。"

"很漂亮的学校!"马小坤没想到学校的房子造得很有品位。

"我上学的时候,还是破旧的老房子。现在的学习环境多好啊。"龙海峰感慨地说。

"我们老家的学校,多亏你们支援建设,现在也很好了。"马小坤也感慨道。

"是啊。十年树木,百年树人。当初我们援建的时候,除了让灾区人民早日住上房子,最重要的任务就是要让学生有上课的教室。"龙海峰深情地说。

龙海峰凝视远方,仿佛又看到了倾注他很大心血的山花中学、山花小学和幼儿园。

新建的山花中小学和幼儿园,是凝聚了百万古弦人民爱的结晶,是龙海峰他们援建组的一项重点工程。从选址考察到规划设计、到开工建造、再到最后竣工验收，龙海峰和他援建组的同事们都认真参与其中。

为了更好地发挥学校的功能性和符合当地的环境条件，龙海峰多次召开座谈会，在充分征询和收集了学校方面的意见后，主动向清华大学建筑学院的设计师们提供了详细的设计要求。在最后的设计论证会上，龙海峰提出的设计方案，获得了专家组的一致肯定，给予了"理念领先、设计先进、功能适用、环境环保"的高度评价。

为了保质保量按时完成工程建设，龙海峰他们又对每一道环节，每一个细节认真把关，很多时候与建设工人同甘共苦，吃住在工地上。

最令龙海峰骄傲的，也是最为师生们喜爱的是，在山花中学新校园内建造的一个颇具江南苏州园林特色的"古弦园"。

此园原本在清华大学建筑学院的设计中只是一个供消防用的水池。在施工快要结束的时候，龙海峰与援建组的技术人员在实地查看后，觉得一个孤零零的水池待在学校的一角显得很单一，与校园里美丽的环境很不协调。

这时，龙海峰脑海里突然灵光一闪，他想起了《论语》里的一句话："智者乐水，仁者乐山；智者动，仁者静；智者乐，仁者寿。"流水为动，山为静；青春为动，学为静。学校就是要培养有智慧有仁义的将来能成为国家栋梁的下一代，何不设计一个有假山有池塘的浓缩版苏州园林来体现这样一种意境呢。

有了这样一个思路，一个缔结古弦和山花两地情谊的，具有江南情韵的，古典和现代相结合的"古弦园"，在琅琅读书声中诞生了。

整个古弦园，虽然占地面积不到两千平方米，但小中见大，静中有动。花草树木，葱郁茂盛，一派生机勃勃。园内有池塘、有假山，碧波荡漾、曲径通幽；有水榭、有楼阁，水光倒影、温文尔雅；还有颇具水乡特色的石拱桥。古弦园里的那座楼阁叫"丛桂轩"，还兼做学校的一个微型图书馆，门口的立柱上书有一副抱柱联："风月一庭为益友，诗书半榻是严师。"每当八月桂花盛开的时候，周边种植的从古弦移栽的桂花树，就会香飘四溢，与书香同欢。而原本那位消防水泵的主人，则躲在水榭之下，成了一位垂帘听政的"皇后"。

龙海峰被一个电话惊扰。他把目光从远方收回,一听是老婆打来的。问他晚饭要不要回家吃。龙海峰说,他跟马小坤在一起,多炒几个菜,他们要一起回去吃。

夕阳的余晖里,古弦城像涂上了一层金色。

龙海峰和马小坤下了山,沿着护城河一路前行。河岸上的垂柳吐露着嫩绿的新芽,迎风飞舞。河中一条小船上站着一位老人在打捞漂在河面上的杂物垃圾。

这时,在河对岸水边玩耍的一个小男孩突然掉进了河里。船上的老人见状,迅速划过去救人。殊不知,老人还没把小男孩救起,自己却一个跟斗也栽进了水里。

"不好!"马小坤大叫一声。此时,龙海峰也看到了河里的情况。

危急时刻,两个人二话没说,脱掉外套,像两只急待捕鱼的鸬鹚,直扑河中。

早春的河水仍很凉。

马小坤和龙海峰似乎有一种天生的默契。马小坤奋力游向小男孩,而龙海峰则挥臂游向那位老人。就在人们还在岸上惊叹的时候,他俩已经将落水者托举上岸。

小男孩的家似乎就在附近,家长很快跑了过来,见自己的孩子安然无恙,激动得连声说"谢谢"。

好在有惊无险,老人也无大碍,只是一个劲地打着寒战。

可能有人报了警,不一会儿就来了一辆警车。马小坤和龙海峰将老人扶上了警车。为防万一,警车将老人送往医院。

马小坤和龙海峰回到对岸,拿了衣服,一路小跑。

路上的行人见他俩像水鬼似的,纷纷回头张望。两个人加快步伐,跑得更快更欢了。

不知从哪个渠道传出的消息，马小坤救人的事很快被大队领导知道了。说要上报局里，给他申报一个嘉奖。

那天中午刚吃过中饭，马小坤在洗手间的水龙头上洗苹果，见他师傅蔡从军走过来，就说："师傅，要不要来一个。"

"你吃吧。"蔡从军脸上挂着一脸的坏笑。

"师傅，你笑什么呀？"马小坤看着蔡从军异样的目光。

"英雄救美，也不跟兄弟们分享分享。"蔡从军闭眨了一下右眼说。

"什么英雄救美？"马小坤丈二和尚摸不着头脑。

"你还装，大队领导要给你上报嘉奖呢，就差人家送锦旗来了。"蔡从军朝马小坤的肩膀打了一拳。

马小坤一阵苦笑。心想，太八卦了吧，明明救的是一个小男孩，传到师傅的嘴里怎么变成英雄救美了。

"师傅，你别瞎说，我救的是一个小男孩。"马小坤生气得连称呼师傅的口气都变了，把"您"都说成了"你"。

"不是同时落水的还有一个大姑娘吗？"蔡从军瞪大了眼睛。

"哪有什么大姑娘，是一个在河里打捞垃圾的老头。"马小坤一本正经地说。

蔡从军听了哈哈大笑说："反正救人是事实吧，等你得了嘉奖，领了奖金，请我吃蕈油面啊。"

蔡从军喜欢吃面食，最喜欢的面浇头是用卧牛山上的野蘑菇熬制的蕈油。马小坤跟他去兴福茶园吃过一回。确实很好吃，一个字，鲜！

蔡从军又说："或者'上海滩'的南翔小笼包子也行。"他说的"上海滩"并非是真正大上海的那个"上海滩"，而是一家冠名"上海滩"的点心店。

马小坤瞟了蔡从军一眼："师傅，您怎么现在成吃货了。"

"民以食为天嘛，你不吃饱不吃好，哪来的力气每天进行'万里长征'。"

蔡从军也瞟了马小坤一眼。

"吃饱就行了，这跟吃好应该没关系吧。"马小坤张大了嘴巴说。

"怎么没关系，关系大着呢。你想，有了好吃的东西才会有胃口，如果不好吃就会没胃口，没了胃口就不想吃，不想吃就会不饱。"蔡从军掰着手指说。

"师傅，您这是什么理论？"马小坤不以为然。

"蔡氏理论。你说有没有道理？"蔡从军露出得意的神色。

"道理是有一点，但这得有个前提。师傅您一定没经历过饥饿，如果一个人在非常饥饿的情况下，就会觉得什么都好吃了。"马小坤纠正道。

"别跟我贫嘴，请客的事就这么定了啊。"蔡从军说着突然又想到了什么，"对了，周日有个青年联谊会，我已经给你报了名。"

"师傅，怎么没经我同意您就给我报了呀。"马小坤的眉宇间打起了结。

"我是你师傅啊，当然得为你做主。"蔡从军的口气像一位长辈。

"师傅，你太家长制了吧。"马小坤又改口说"你"了。

"没恋爱对象的都得参加，这是组织决定，我只是向组织推荐了一下而已。"蔡从军解释说。

"那我应该要感谢您咯。"马小坤斜看了对方一眼。

"感谢倒不必。不过，你得给我争口气，摘一朵最美的花回来。"蔡从军举手向空中做了一个有力的采摘动作。

"师傅，这又不是去果园摘苹果，你想摘哪个就摘哪个。"马小坤说着，狠狠咬了一口手中的苹果。

青年联谊会是团市委和市妇联共同举办的，地点就在风景如画的姜湖风景区内。

姜湖，因传说姜太公在此隐居垂钓而得名。一条横卧于湖中的拂水长堤将这个比杭州西湖还大一倍的水域划分为外湖和内湖。外湖烟波浩渺，水草依依，凫鸥翻飞；内湖绿波荡漾，菱荷滴翠，鸢翔鱼泳。宽阔的湖面与不远处的卧牛山交相辉映，有壮牛饮水之态，也有飞蝶扑山之势。

　　风景区内有荷香洲、桃花岛、钓鱼渚、鸣禽洲等七个洲岛形成湖中有岛、岛中有湖的独特景观。还有太公问钓、湿地闻莺、画舸晴波、弦歌渔乐、湖甸烟雨、双亭遗踪、拂水揽月、天香竞艳、风荷流香、云崖飞瀑"姜湖十景"。只是这七岛十景，并非一朝一夕都能欣赏到。

　　马小坤还没去过这个人间天堂，那天仅和龙海峰在卧牛山的山顶上远眺了一眼。

　　风景区很大，联谊会确切地点是姜湖公园内一个园中园，叫"拂水山庄"。据说，当年东南文宗钱谦益和一代才女柳如是浪漫的爱情故事就在此园写就。

　　马小坤和其他八名未婚警察气宇轩昂地来到联谊会现场时就引起了不小的骚动。他们虽然身着便服，但个个人高马大，在市局机关党委李书记"一二一"的口令下，排着一字队形，步调一致地走进会场，确实成了联谊会上一道亮丽的风景。动静最大的是卫生系统一群叽叽喳喳的年轻姑娘们，个个瞪大了眼睛，张大了嘴巴，简直像要把眼前这些帅哥吃了似的。

　　上午九点，青年联谊交友活动正式开始。主持人是一对来自古弦电视台的男女主播。

　　各位领导、各位来宾、青年朋友们：
　　　　大家上午好！
　　　　欢迎大家来到"青年联谊会"活动现场！今天，我们借"拂水山庄"这块风水宝地，举行由团市委和市妇联共同举办的"我和春天有个约会"青年联谊活动。希望大家通过这次活动，拓展交流空间，结交知音朋友，憧憬美好未来，共创时代伟业！
　　　　年轻的朋友们，在这春暖花开的季节，在这风景秀美的山庄，请带上你的自信，展示你的风采；带上你的真诚，收获你的爱情。在川流不息的人海里，寻找那个属于你的最爱。

有句话说得好，有缘千里来相会。虽然彼此还互不相识，但经过接下来的活动环节，相信你们一定会增进友谊。希望大家能从相识到相知，直到走向婚姻的殿堂。也许，你心目中的那个他（她）今天就在身边，请大家把握机会，祝大家好运！

马小坤坐在舞台的正中间显得有些不自在。他想跟旁边的同事说说话放松一下心情，可那人已经在东张西望寻找什么了。

两位主持人在介绍了一大串莅临本次活动的领导后，活动正式开始。

先是才艺表演，有才艺的人可以即兴上台露一手，展示一下自己。第一个上台表演的是一位来自市第一人民医院妇产科的助产护士李佳佳，她先自我介绍一番后，就开始表演那个大家都熟悉和喜爱的傣族舞蹈孔雀舞。李佳佳的舞姿非常优美，一招一式活脱一个小杨丽萍。

马小坤看得目不转睛，此人似曾相识，但就是记不起来在哪儿见过。身旁的同事用手肘捅了捅马小坤，示意他也上去表演一个节目。

马小坤本可以上去高歌一曲，但他最拿手《那一天》不适合今天的活动氛围，而那首《月亮可以代表我的心》的歌词他又背不全，想想还是别献丑了。

接下来有唱歌、古筝独奏、集体舞，甚至还有相声小品。

大概表演了十来个节目，就进入到下一个"互动游戏"环节。有"筷子传情""男女合力吹气球""纸杯衔传忘情水""五毛与一块""含情脉脉传绣球"等娱乐性、参与性都很强的趣味游戏。

在"纸杯衔传忘情水"游戏中，马小坤和李佳佳被抽在了一个组。

游戏结束后，李佳佳跟马小坤攀谈起来："你是公安局的吧？"

"嗯，你呢？"马小坤明知故问。

"市一院的。"李佳佳微笑着说，"还记得吗，我们见过。"

"见过吗？"马小坤确实记不起了，他送过的病人太多了，也不光是去过她一家医院。

"去年你们送一个大出血的孕妇到我们医院，我就在现场。"李佳佳说。

"噢，想起来了。是不是那天我们用凳子搬着送进来的那个孕妇。"马小坤终于想起来了。

"是啊，那天咱俩虽然没有说话，但彼此用目光交流过。"李佳佳含情脉脉。

"不对啊，那天那个护士好像戴一副眼镜。"马小坤仔细看了一眼对方。

"那个戴眼镜的就是我呀。"李佳佳瞪大了眼睛，一副眉目传情的样子。

马小坤认真打量着对方，努力寻找记忆中的人和眼前这个人的共同点。看她苗条的身材确实像一个人，但一个戴眼镜一个不戴。

"今天为了表演，我换了一副隐形眼镜。"李佳佳意识到马小坤的疑惑，立即解释道。

"哦，原来如此。"马小坤豁然开朗地点了点头。

"听口音你不像是本地人。"李佳佳想更多地了解对方。

"四川绵竹的。你呢？"马小坤也有进一步了解对方的想法。

"我是陕西安康的。"李佳佳很大方地说。

"安康！"马小坤一下子敏感起来。

这时，主持人招呼大家各就各位。

马小坤和李佳佳聊得有些意犹未尽，但两个人还是收住了话头，彼此看了看对方身上的号牌，就坐回到自己的位置上。

男主持人用洪亮的嗓音说："经过刚才的几个环节，大家互相都有了一定程度上的认识和了解，相信各位的心中都已经做好了选择。"

女主持人用甜美的嗓音说："接下来，让我们一同进入下一个也是最后一个最精彩的单元——"

"——玫瑰对对碰。"男女主持异口同声地说。

所谓的"玫瑰对对碰"就是把心仪对象的号码写在工作人员发给每人与自己相对应的号码牌上，进行速配。如果双方的号码都选择对方的话，就是速配成功。

当主持人报出马小坤和李佳佳的号码时,两个人情不自禁地对望了一眼。一个眉目传情,一个含情脉脉。

全场一百多号人中,速配成功的有十一对。

最后,主持人请十一对幸运的男女青年上台亮相。马小坤和李佳佳走在最前面,他俩挥着手向现场祝福的人们表示感谢。

主持人要这十一对男女青年谈谈各自的感受。大多数的人几乎说得差不多,都是一些感谢之类的话,感谢领导、感谢"青年联谊会"的组织者给了他们这次难得的机会;还有一些表决心的话,希望以此为新的起点更加努力地工作,希望能够在未来的日子里收获爱情的果实。

马小坤和李佳佳也谈了各自的感受。

马小坤说:"我相信一见钟情,但不是人人都会遇上能够一见钟情的人,感谢上苍让我有了这种美好的体验。也感谢在座各位对我们的祝福,谢谢你们!"

李佳佳心里也想说类似的话,但被马小坤先说了,觉得再这样说没意思,就另辟蹊径说:"我相信缘分。我和22号(马小坤的号码)冥冥之中就有一种缘分。在这次活动之前我们就已经见过,虽然只是一次擦肩而过的见面,不知道对方姓什么叫什么,也没有说过任何话,但我相信总有一天我们会认识的,会走到一起的。今天缘分到了。谢谢大家!"李佳佳说完,向全场的人深鞠一个躬。

李佳佳和马小坤分别的时候,两个人相约,下周日一起去卧牛山公园玩。

周日那天,马小坤和李佳佳如约而至。

当马小坤牵着李佳佳的手走在卧牛山公园里那条绿荫长廊时,突然发现一个熟悉的背影推着一辆轮椅,缓缓地走在前面。

第七章

卧牛山公园里那个推轮椅的不是别人,是马小坤的姐姐马小芩,而轮椅里坐着的就是张国华。

马小坤没想到,姐姐这么快就被张国华俘虏了。他觉得自己之前所做的一切是那么的多余。

如果两个人确实有感觉,别人掺不掺和都没有意义。爱情只是两个人的事,无关长相。没看到哪个丑女嫁不掉,那些嫁不出去的美女也不是真的嫁不掉,而是自己眼高才沦落为剩女;那些残疾者,即便双腿截肢、双目失明,只要努力、坚强、对生活充满信心,同样能够找到幸福的另一半。爱情也不分年龄。钱谦益与柳如是、孙中山与宋庆龄、鲁迅与许广平、张学良与赵一荻、徐悲鸿与廖静文……从古至今有多少才子佳人,留下了一段段惊世骇俗的忘年恋。

马小坤欣慰地望着马小芩和张国华在斑驳的树影下缓缓前行的背影。他放慢脚步,牵着李佳佳的手拐进了另一条小路。

马小坤和李佳佳第一次约会,就已经像一对热恋的情侣。两个人手拉着手,边走边聊。

"马小坤,你怎么选择了古弦?"李佳佳侧着脑袋看了马小坤一眼。

"父母在大地震中去世了。"马小坤极力压抑着自己的情绪,平静地说,"古弦有我姐姐和龙叔叔。"

"哦,太不幸了。"李佳佳惊讶地看着马小坤,然后又问,"龙叔叔是谁?"

"就是震后去我们老家支援灾区建设的古弦市的一位领导,他一直很关心我,资助我读完了四年大学。"马小坤深情款款地说。

"所以你来了。"李佳佳一副恍然大悟的样子。

"嗯,那你呢?"马小坤问李佳佳。

"我们学校很重视就业安置工作,每年有一批毕业生会派到长三角、珠三角等经济发达地区发展,所以我来了古弦。我的一个师姐也在古弦工作,古弦电视台《天生我才》节目组还为她录制了一部叫《守望健康,守护生命》的专题片呢。"李佳佳自豪地说。

"以后你也能像你师姐那样。"马小坤鼓励道。

"嗯。"李佳佳信心十足地点点头。

"你是哪个学校毕业的?"马小坤问。

李佳佳回答说:"安康职业技术学院,就是原来的安康卫生学校,我学的是助产护理专业。"

"护理专业还分助产护理,这与一般的护理有区别吗?"马小坤像一个不耻下问的好学生。

"当然有。第一,个子不能太矮,身体不能太瘦弱;第二,不光要考护士资格证,还要考助产师证。"李佳佳解释说。

"条件很苛刻呀。"马小坤没想到当个护士也这么不容易。

"是啊,我们助产士是专门针对产科接生护士培养的,一般护士不能做助产士,只有考取了助产师证的人才能在产房工作。"李佳佳带着几分骄傲的口吻。

"我看到医院的很多护士都很瘦弱,个子也不高。你们助产士怎么也像我们警察一样对个子和身体有要求?"马小坤喜欢刨根问底。

"助产护士接生的时候需要很大的手劲和体力啊,所以好多护士都不能胜任。"李佳佳眨着一副水灵灵会说话的眼睛道。

"哦，难怪你的手劲很大。"马小坤半开玩笑地微笑道。

马小坤顿时想起了一个人，立即收起了笑容。这个人就是毛雅妮。马小坤心里想，如果比手劲的话，毛雅妮肯定没她大。

"喂，你想什么呢？"李佳佳见马小坤突然一副沉思的样子。

"噢，没想什么。"马小坤回过神来说，"我是在想，你为什么不当医生要做护士。"

"我是初中毕业就考卫校的，学习成绩不行啊，医生当不了。况且，我喜欢护士这个职业。"李佳佳坦诚地说。

"你的理想就是做一名护士？"马小坤问。

"是的，做一名像南丁格尔那样的护士。"李佳佳情不自禁地举起手，念诵起南丁格尔的誓言，"余谨以至诚，于上帝及会众面前宣誓：终身纯洁，忠贞职守……"

马小坤深情地看了她一眼，也想起自己的入警誓言：我志愿成为一名中华人民共和国人民警察。我保证忠于中国共产党，忠于祖国，忠于人民，忠于法律；服从命令，听从指挥；严守纪律，保守秘密；秉公执法，清正廉洁；恪尽职守，不怕牺牲；全心全意为人民服务。我愿献身于崇高的人民公安事业，为实现自己的誓言而努力奋斗！

两个人走了一段路，马小坤见公园小湖边的树荫下有一张木质的长靠椅，就拉李佳佳坐了下来。

李佳佳轻靠在马小坤的肩膀上，飘逸的长发，让马小坤闻到了一股沁人的清香。

正当马小坤想去搂李佳佳的腰时，对方突然正直了身子问马小坤："你读的是哪所大学呀？"

"中国人民公安大学。"马小坤的手空悬在李佳佳的腰后回答道。

"哇，那是警察的最高学府啊。"李佳佳敬佩得差点鼓起掌来。

"马马虎虎吧。"马小坤尴尬一笑,将手缩回。

"你读的是什么专业,怎么当了巡警,没做破案的刑警?"李佳佳之前就知道他是一名巡警。

"巡警也是革命工作啊。"马小坤冠冕堂皇地说。

李佳佳问:"你的理想就是当一名巡警吗?"

"不,我的理想是当一名刑警。"马小坤神情黯淡。

"那你学的是什么专业?"李佳佳瞪大眼睛问。

"刑事科学技术。"

"什么是刑事科学技术?"

"就是警察中的技术员,以后当了刑警就能第一个进入案发现场,比领导还早。"马小坤得意地说得自己眼睛都发亮了。

"这么牛啊。"李佳佳也跟着眼睛发亮。

马小坤虽然暂时没有当上刑警心里有点不平,但巡逻队的工作还是做得兢兢业业。

一天,蔡从军哭丧着脸对马小坤说:"兄弟,咱们要离别了。"

马小坤奇怪地看了蔡从军一眼问:"怎么说这不吉利的话,离什么别呀?"

"真的,你要离开咱们巡逻一中队了。"蔡从军嘟哝着嘴说。

"离开?去哪儿?"马小坤装作一副蒙在鼓里的样子

"你以后恐怕连警服也不能穿咯。"蔡从军拉长了嗓音唉声叹气。

马小坤知道蔡从军喜欢故弄玄虚,便笑道:"我又没犯什么错误,不会开除我吧。"

"要是真的开除你,看你还笑。"蔡从军伸手刮了马小坤一个鼻子,恶狠狠地说。

马小坤正想反击,口袋里的手机响了。是中队长打来的,要他立即去他办公室。马小坤挂了电话,跟蔡从军做了个鬼脸,就径直去了中队长办公室。

其实马小坤也听到一些关于他调动的风言风语,只是领导还没有正式找他谈话之前，他是不会有任何表示的。待尘埃落定后，方能有所动作。看来中队长叫他去，十有八九是调动的事。

他知道将要去的地方是巡防大队的便衣中队，据说是领导鉴于他在巡逻一中队工作表现突出而决定的。

便衣中队不是人人都能去得了的，去的人几乎个个身怀绝技。与其他中队相比，工作要求更高，任务更加繁杂艰巨，作息时间也更不稳定。便衣中队，顾名思义就是一支不穿制服的警察队伍。一个人脱掉警服换上便衣也就意味着少了一种约束，因此一旦入选便衣中队，也就要求去的人具备更强的自觉性和敬业精神。

马小坤心里矛盾得很。当初他不想来巡防大队当巡警，现在他真舍不得巡逻一中队这些兄弟们，尤其是他的师傅蔡从军。但铁打的营盘流水的兵，总有一天要骨肉分离。便衣中队是巡防大队一支拉得出打得响、战功显赫的王牌中队，马小坤自然很想去那儿锻炼锻炼。

马小坤见了中队长，果然是这个让他既喜又忧的调动的事。中队长要求他把该移交的东西移交后，明天就去大队部报到，然后再由大队具体安排去便衣中队的事宜。

马小坤回到自己办公室，感觉气氛有些怪异。几个平时喜欢嬉笑打闹的家伙也都很安静地坐在一旁看报纸。

蔡从军走过来问："是不是定了？"

"定了。"马小坤心照不宣地说。

两个人的心情似乎都有些沉重。

"好了，你就放心去吧。领导决定的事，想留也留不住。"蔡从军拍了拍马小坤的肩膀。

"嗯，师傅，谢谢您！承蒙您悉心关照，才有了今天的我。"马小坤深情地说。

"哪里哪里，那是我们前世有缘。"蔡从军苦笑道。

"我们今世也有缘啊。"马小坤讨好说。

"今世不行啦,你看没做几天'夫妻'就给人家拆散了。"蔡从军说话的口气又开始调皮起来。

"距离产生美,像我们这样的'夫妻'或许感情会更加牢固呢。"马小坤也开起了玩笑。

"省省吧,人走茶凉,再好的'夫妻'也会变得冷淡的。"蔡从军已经完全从失去徒弟的阴影中走出来了。

"不会的。不是有'一日夫妻百日恩,百日夫妻似海深'的说法嘛,我们早过百日了。"马小坤的嘴也越说越滑。

"徒儿,别贫嘴了。今晚师傅为你备了壮行酒。五点半老地方饭店,不见不散。"蔡从军又恢复了师傅的样子。

"师傅,怎么又要顶风作案?"马小坤看着蔡从军。

蔡从军说:"我已经征得大队领导同意,况且又不花公家一分钱,掏的都是弟兄们自己的腰包。"

那天去便衣中队报到,马小坤显得有些悲伤,倒不是因为离开了师傅蔡从军和巡逻一中队的这帮好兄弟,而是那天的日子实在太特别了,早不去晚不去偏偏挑了个"5·12"的鬼日子。不过,他现在坚强多了,悲伤了一会儿就恢复了精神。

马小坤在便衣中队又一次成为别人的新徒弟。看来一个人资格再老,年龄再大,一旦到了一个新的工作岗位就成了初来乍到的新人,更何况马小坤还很年轻、工作时间也不长。

这次他认的师傅叫仲健,是便衣中队的中队长。仲健跟马小坤的第一位师傅、商城派出所的蒋健民一样也是从武警部队转业的,所不同的是,现在这位仲健才是真正的武林高手。早年在武警浙江总队当兵,是警卫大队驻扎在杭州西湖国宾馆的一名优秀警卫,经常担负保护中央首长的警卫任务。在短短三年的戎马生涯中,就已经荣立个人二等功一次、三等功两次、嘉奖十余次，被武警浙江总队评为优秀班长。由于品格优秀、成绩突出，仲健被部队选送参加武警杭州指挥学校的考试。在当年的部队院校考试中，他以超出该校录取分数线108分的优异成绩，被推荐至武警上海指挥学校（现今的武警政治学院）学习深造，成为一名合格的武警指挥官。九年前从部队转业回到地方后，一直在巡防大队工作，曾被省公安厅授予"巡防之星"荣誉称号。

马小坤了解了他这位第三任师傅的丰功伟绩后，敬仰之心油然而生。他感到自己很幸运，又攀上了一棵大树。

马小坤上岗没几天，就跟随师傅上演了惊心动魄的一幕。

当天上午九点左右，马小坤和仲健他们几位便衣队员来到新世纪大道旁的南海新村，他们决定在此蹲守。

倒不是这里已经发生了案件，他们才选择此地，而恰恰是这里近期没发生任何案件。

根据仲健的分析，最近一段时间，周边几个新村都发生了"白日闯"案件，犯罪分子下一个目标有可能选择南海新村。所谓的"白日闯"就是指犯罪分子选择周一至周五上午九点到十一点及下午一点到四点这个时间段，趁住户大多外出上班、家中无人的机会，入室盗窃。

南海新村有东、南两个出入口，仲健在每个出入口安排了两名队员，而他和马小坤作为机动队员在新村里巡察。

有人说，便衣队员个个都是火眼金睛。马小坤以前不相信，今天终于领教了。

就在他和仲健巡察了不到半个新村的时候，无线耳机里就传来蹲守队员的呼叫："仲队，仲队，东入口发现两名形迹可疑男子。"

"什么特征？"仲健一脸沉着。

"一胖一瘦，年龄均在二十五岁左右，胖的穿条纹衬衫，瘦的穿灰色长袖T恤，背一个蓝色运动包。朝一区西北方向去了。"

"盯牢他们。"

"明白。"

仲健向马小坤示意了一下，两个人迅速往一区跑去。

很快，仲健和马小坤在一区的花坛边发现了一胖一瘦两个可疑男子，同时也看到了紧随其后的两名跟踪队员。

"小马，看到没有，那家伙身上的包。"仲健指了指前方。

"嗯。"马小坤顺着师傅所指的方向看到那个穿灰色长袖T恤的家伙身上背着一只鼓鼓囊囊的蓝色运动包。

"包里可能藏有液压钳之类的作案工具。"仲健望着蓝色运动包下方的突出部位说。

"师傅，你的眼力这么厉害，连包内有什么作案工具都看得出来。"

"如果这两个人确实是盗贼的话，估计是那玩意儿。"

马小坤和仲健说话间，那两个男子已经进入了一区18幢一单元的楼道。

此时，另外一组队员听到指令也围拢过来。

一区18幢是一栋25层的高层建筑，每个单元有两部电梯和一个应急楼梯。两名男子没有乘坐电梯而是选择了应急楼梯，说明很不正常。这样做或许就是为了避开电梯里的监控探头。

为了不打草惊蛇，仲健示意大家堵住楼道口和电梯口，守株待兔。

大约过了半个小时，两个男子果然下楼了，其中那个穿条纹衬衫的胖子手里还多了一个黑色马甲袋。

双方在楼道口狭路相逢，对方意识到不妙，转身向楼上逃去。

"抓住他们！"仲健一声令下，几名队员冲上去。

走在后面的胖子首先被拿下。而逃在前面那个瘦子身手敏捷，虽然身上背一个包，但依然像猴一样爬楼速度很快，一会儿就上了好几层。

仲健让另外两名队员继续守住楼道口和电梯口，自己和马小坤飞身向楼上追去。

马小坤虽然对这么高的楼爬得不多，但体能还在。毕竟是学校的短跑王，还参加过北京马拉松赛获得过第十五名的好成绩。他攀爬的速度很快，而他师傅也紧随其后。

马小坤越爬越快，眼看与瘦子还有半部楼梯的距离。这时，瘦子卸下肩上的包，像投炸药包那样扔向他。

马小坤被沉甸甸的蓝色运动包击中，一个趔趄，整个人往后倾倒。说时迟，那时快。只见他师傅一个漂亮的飞身托举把马小坤在半空中截住，避免了一次危及生命的意外。

瘦子逃上了楼顶。仲健和马小坤也快速追到了楼顶。

"你们别过来！过来我就跳了！"瘦子眼看无路可逃，就狗急跳墙爬到了楼顶围栏上。身后就是像悬崖一样几十米高的楼壁，一不小心掉下去的话，不说一命呜呼，也得粉身碎骨。

仲健和马小坤连忙一个急刹车，停住脚步。

"我们是警察，你给我下来！"仲健怒吼一声，亮出警官证。

"你们离开，保证不抓我，我就下来。"瘦子左右摇晃着说。

"不抓你是不可能的。如果你态度好一点，找个立功机会，可以对你从宽处理。"仲健往前迈了一步。

"不许往前！再往前半步我就跳了！"瘦子的情绪十分激动。

"你不就偷了点东西吗，又判不了你死罪。不要为了跟我们赌气，把自己的命丢了。你说，为了不值几个钱的小东西丢一条命值吗？况且你的同伙已被我们抓了，这个你也看到的。如果你死了，他把所有的脏水都往你身上泼，反正已经死无对证，到那个时候，他坐不了几年牢就出来了；而你呢，永远鬼魂一个。"仲健不紧不慢地说，他要稳住对方的情绪。

"别跟我说这些！你们可怜我，就离开！"瘦子依然很激动。

"你这种态度，我们不会可怜你。我们是可怜你的父母才要你下来！才要你别拿自己的生命开玩笑！"仲健的话掷地有声。

"我没有父母。拿命开玩笑的不是我，是生活！生活！"瘦子声嘶力竭。

"正因为是生活在拿你的命开玩笑，那你就应该好好地活着跟它斗啊，斗过它呀。"仲健说得心平气和。

"警官，我说不过你。别来跟我上课。你们走不走？不走我就跳了。"瘦子要挟道。

"兄弟，你实在要跳，我们不拦你，其实拦也拦不住。按理我现在最重要的工作是挽救你的生命，而你不想让我把工作做好，对此我只能深表遗憾。如果你执意要死，我最坏的打算是回去领一个处分，别的我也无能为力。"仲健依然心平气和，但把话说到了极致。

瘦子听仲健这么一说，居然平静了下来。

仲健斗智斗勇的话让马小坤听得五体投地，以至于忘了自己的存在。他不知道此时自己还能说什么、干什么，似乎有些多余。他辨味着刚才师傅的那些话，心想，这算不算带有挑战性的一种智慧呢？

马小坤还未完全走出他的思绪，瘦子"嘭"的一声从围栏上跳了下来，乖乖地走向仲健。

仲健站在原地不露声色地掏出手铐，对瘦子说："要不要上铐？"

瘦子愣了一下，慢慢伸出双手。

"啪、啪"两声，仲健毫不客气地给瘦子戴上了手铐。

便衣中队这次抓获了两名"白日闯"对象，一下子就破获了全市入室盗窃案件十二起，案值二十余万元，追回现金、金银首饰、手表、笔记本电脑等涉案款物价值十三余万元。

庆功会上，马小坤问师傅："仲队，要是那天那个家伙真的从楼顶上跳下去怎么办？"

仲健笑笑说："我谅他不敢。"

"那风险也太大了，你这不是'逼良为娼'吗？"马小坤说这话的时候还是有些心有余悸。

"小马，你是科班出身的大学生，我是半路出家的兵蛋蛋，你帮我总结一下，那个家伙为什么最后乖乖地成了我们手下败将，我们是靠什么战胜对方的？"

马小坤咬着手指想了半天，最后看了仲健一眼说："恐怕是应验了这么一句话，狭路相逢勇者胜，勇者相逢智者胜。"

马小坤和李佳佳虽然很快进入了热恋的状态，但两个人的见面时间少得可怜，不是这个上班，就是那个加班，休息时间几乎凑不到一起。

在经历了半个月的分离后，今天终于有机会一起看场电影了。

"小燕子"导演的处女作《致我们终将逝去的青春》正在各大影城热映。马小坤去星美影城买了两张票，等李佳佳下了班一同前去观看。

这部电影前期的宣传造势很大，据说票房也不错，还说要冲击什么大奖。

马小坤就是冲着这些去的，但看完走出影院，脑子里居然一片空白，或者说，没有任何东西让他感动。青春，若只是用来怀念的话，倒不如回自己的母校再走一遭。

不过，他记住了里面一句台词："在这个世界上，没有人真正可以对另一个人的伤痛感同身受。"

只是，这种感同身受的伤痛感，马小坤与里面主人公的心境是完全不同的。或者说，他们所经历的伤痛完全不一样，根本不在一个层面上。因此，即便这句看似喜欢的话，还是没能引起马小坤的共鸣。

李佳佳说她也看得云里雾里。她对马小坤说，她的青春很单纯，在学校的时候，没爱过任何人。马小坤虽然一开始不信，但想起自己在大学的时候也没爱过谁，所以最后也就信了。

信任是爱的基础。马小坤能感觉到李佳佳对他的爱，有这样的感觉就足够了。

马小坤和李佳佳看完了一场郁闷的电影后，又开始过起了"牛郎织女"的生活。

便衣中队由于工作的特殊性，基本没有固定的休息时间，几乎都跟着案子走,有时甚至一个月都没有一天休息。

一开始,马小坤总有些不适应,暗地里骂仲健是"疯子"。但后来,有了李佳佳的理解和支持,他慢慢适应了,并且喜欢上了这种工作模式,因为这样工作起来更具挑战性,也更能出成效。

短短一个月时间,光经他之手直接抓获的就有八个犯罪嫌疑人:两名偷摩托车的,两个偷汽车内财物的,三个偷电瓶车的,一个抢包的。

就这样,马小坤在便衣中队如鱼得水,跟着师傅"吃香的、喝辣的"。

但任何事不可能永远是一帆风顺的。

一天,马小坤在古弦商业广场的停车场上,就遭遇了一件令他郁闷、悲伤了好几天的事。

那天傍晚,他和师傅早早吃了晚饭,就去古弦商业广场停车场守候伏击。因为最近一段时间,在停车场周边区域内连续发生了多起盗窃电动车案件。仲健决心要拔掉这颗钉子,马小坤知道师傅的心思,于是他主动请缨。两个人各带一名警辅队员,在东南和西北两个视野开阔的地方进行蹲守。

晚上八点刚过,在广场东北角的水木年华洗浴中心门口,马小坤发现了一个可疑的身影。一名穿着商场保安服的男子,一边走一边四处张望。过了一会儿,他从口袋里掏出一样东西,走到了一辆红色电动车旁似乎在捣鼓什么。马小坤仔细一看,男子手上拿的竟是一把专门用于撬车锁的"T"字形作案工具。他不敢相信自己的眼睛,难道这个商场保安就是盗车贼?

此时,和马小坤一起的警辅队员刚好去厕所解手。马小坤只能孤军奋战。他像一头动物世界里捕食的老虎,紧蹙着眉头,矮着身子轻轻向前移动。他要抓住这个等待已久的机会来个漂亮的人赃俱获。

只见那个俯下身子的保安,很快将电动车后轮的U形锁撬开,推着电动车快速离去。马小坤见时机已经成熟,高喊一声"站住!"就从后面扑了过去。

穿保安服的男子反应也很敏捷,一个侧身,扔下电动车,与马小坤扭打起来。

洗浴中心门口的几名店员见此情景,以为马小坤是偷车贼,纷纷帮那个穿商场保安服的男子的忙。待他出示警官证，已经被围观的人打得鼻青脸肿。

这时仲健远远看到马小坤这边有很多围观的人，知道有情况，就立即跑过来。但为时已晚，那个男子早已不见了踪影。

警方通过布控，不久在一出租屋内抓获了这个穿商场保安服的男子。原来此人是一个假保安。他利用保安服做掩护，已经盗窃了多辆电瓶车。

最终，人是抓获了，也算对马小坤有了一个交代，但他身上的皮肉之痛只能靠自己慢慢消肿了。

马小坤被同事送到了市第三人民医院。李佳佳赶到时，他已经做完了检查，正躺在观察室的病床上。

"还疼吗？"李佳佳轻轻地摸了摸马小坤额头上的一个肿包，心疼地问。

"有你在身边就不疼了。"马小坤深情地看着李佳佳。

李佳佳既心疼又有些责备："怎么会被人打成这样？"

"那帮家伙长狗眼了，我说我是警察，他们就不信。"马小坤愤愤不平地说。

"你也别怪他们，现在假的太多了。"李佳佳开导他。

"即便是小偷，那也不能随便打啊。"马小坤依然一副愤愤不平的样子。

"说明人家有正义感。"李佳佳继续开导他。

马小坤白了李佳佳一眼说："还有正义感呢，都把我打成这样了。难道你也支持打人？"

"不是支持，见到这种小偷就应该好好教训教训。上回我的一辆电动车被偷了，多不方便啊，上班差点迟到。"这回，让李佳佳愤愤不平起来了。

马小坤艰难地侧了一下身子变换了一个姿势，皱着眉头一副酸痛的样子。

李佳佳见状，忙问："小坤，哪里疼？"

"腰酸。"马小坤用手扶着腰说。

"别动，我给你揉揉。"李佳佳用手按在马小坤的腰部来回搓揉起来。

"不知道那个假保安有没有同伙？"马小坤享受着一级护理的待遇，心思又回到了工作上。

"别多想了,好好养你的伤。"李佳佳一边给马小坤按摩一边说。

李佳佳请了两天假,陪伴了马小坤两天。也许是爱情这副灵丹妙药,马小坤受伤的身体和心灵很快就康复了。

临近中秋国庆,公交车上的扒窃案件开始"抬头"。便衣中队领导决定抽调精兵强将,组成若干个"反扒"小组,对那些互称"匠人""钳工"的扒手进行一次集中打击。

仲健本想安排马小坤继续从事路面"反盗抢"方面的工作,但他吵着要去公交车上"练摊"。仲健想了想,最终也要让他全面发展的,就同意了他的软磨硬泡。临出"摊"前,仲健对他进行了一番速成培训。

首先要学会如何识别扒手,注意四个"看":一看衣着、二看表现、三看神态、四看动作。

一看衣着。扒手的衣着多数是上衣宽大、袖子较长,喜欢穿有暗扣和拉链的外套;脚穿轻便的系带鞋;喜欢戴帽子和墨镜。

二看表现。扒手的反常表现很多,主要有三。一是故意在车上窜动寻找目标;二是喜欢堵在乘客下车的后车门口便于逃跑;三是借车辆的晃动故意用胳膊下部或手背触探被扒者的衣袋看是否有钱,并察看对方的反应。

三看神态。作案前,两眼总是盯住人家的衣兜、皮包,并用余光扫视周围是否有人注视他。作案时,全神贯注,屏住呼吸,神情紧张,脸色多变。有专家总结扒手的眼神,四句话:寻找目标时,眼珠溜转;观察动静时,侧目斜视;正在下手时,两眼发直;作案得逞时,余光瞄人。

四看动作。扒手行窃的基本动作,一是贴靠,乘人多拥挤的机会,尽量与被扒者贴紧,或并位相坐,或相挨站立;二是挡掩,借车内外发生的新奇事,尽量分散被扒者视线和注意力,掩护作案;三是掏割,借故与被扒者相撞,乘机割包掏钱,或故意将被扒者的手袋撞落,在帮捡的刹那,将钱物偷走。

马小坤第一次实战操练是和警辅队员小王搭档。他们选择了一辆从卧牛山公园开往第一人民医院的最为拥挤的6路公交车。

两个人在卧牛山公园上了车,马小坤记着师傅说的"四个看"。

车到星美影城,挤上来了好几个乘客,小王很快就发现了目标。他用手肘捅了捅马小坤。马小坤心领神会,也注意到了那个贼娃子。此人个头不高,左手臂上挽一件外套,一副贼眉鼠眼的样子。看来,那件挽在手臂上的外套就是采用"障眼法"下手时的道具。不一会儿,那人靠近了一个背双肩包的女孩,乘公交车刹车靠站时一个瞬间的晃动,顺势就得手了一部手机。然后快速从后车门下了车。

马小坤和小王看得真切,见对方已经下车,连忙扒开人群,追了下去。

那人下了车倒不急于逃跑,而是吹着口哨慢腾腾地往图书馆方向去。

马小坤上前一把揪住对方说:"我们是警察,老实点,快把手机拿出来!"

贼眉鼠眼的家伙扭头仰看了马小坤一眼,故作镇静地说:"你说什么……什么手机?"

"别装蒜,刚才看你'背壳子'得了人家小姑娘一部手机。"马小坤把刚学到的扒手暗语都用上。"背壳子"就是"掏包"的意思。

贼眉鼠眼的家伙看了一眼眼前这两位克星,但仍是一副死猪不怕开水烫的样子。他快速向左边的小树林方向瞄了一眼,然后两手一摊说:"哪里有手机?不信,你搜。"

马小坤发现这个家伙朝小树林方向使了一个微妙的眼神,立即意识到被盗手机已转移给了同伙。他让小王看住那人,自己一个箭步冲向小树林。

马小坤如一颗出膛的子弹,直向小树林射去。

果真,小树林里躲藏着一个"贼眉鼠眼"的同伙。他见马小坤飞奔而来,就像一只惊弓之鸟,条件反射地拔腿而逃。

那人穿一件休闲西装,光头,细腿,奔跑速度很快。

马小坤哪里肯放,快速追了上去。

两人一前一后，像两个百米赛跑的运动员，沿着卧牛山大道靠山一侧的人行道一路往北。

卧牛山大道是一条城市主干道，一边是卧牛山的山脚，一边是商铺林立的店面房，靠山的一边几乎没有岔道口，所以视线很好。即便光头与马小坤的距离很远，但并没有逃脱马小坤的视线。

三十米……二十米……十米……五米，眼看就要追上了，只见光头把身上的手机扔进了人行道隔离栏的花坛里。

马小坤赶紧止步，从花坛里捡了手机。然后继续追赶。

光头回头看了一眼，似乎有些得意。两个人的距离一下子又拉开了许多。

其实，马小坤心里也有些得意，知道自己最拿手的是追人，他对追击有着一种无比自豪的喜爱和快感。

此时，两个人的距离似乎没有缩小多少，但也没拉开多少。马小坤追击的速度显然比刚才慢了一些。他不是体力不支，而是改变了追击的策略。他想把马拉松赛跑的经验应用到实战中，这样做的好处是可以保持体能，以便在最后抓捕时还有足够的体力。经过一段路程的较量，他估计对方有较强的爆发力，而自己的优势是耐力好，只要不出他的视线，即便对方是孙悟空，也逃不出他如来佛的掌心。

光头终于拐了一个弯，跑进了护城河边上的环城大道，这里的路面更加开阔。

两个人始终保持着十米以内的距离。

光头跑几步就回头看一眼，但每次回头总看见对方像跟屁虫那样紧紧咬着他的尾巴不放。他的体力在快速消耗，精神也到了崩溃的边缘。

光头跑到一公厕门口，突然一个趔趄，像经不起折腾的纸人一样软倒在地。

马小坤不紧不慢放缓了脚步跑过去说："知道我是什么人吗？"

"知道。警官大哥，我服输。"光头趴在马小坤的脚下，喘着粗气。

"那要不要给你上铐？"马小坤学着师傅的样子站在原地很优雅地掏出手铐。

光头坐在地上，摇着手说："别别，我错了。"

"错了？错了还跑！"马小坤将手铐攥在手里。

"不敢了。"光头说完像一堆狗屎那样瘫倒在地。

马小坤第一次在公交车上"练摊"，就让他旗开得胜。

便衣中队的这次集中打击，让各路大小扒手叫苦不迭，有的被抓，关进了看守所；有的转移到了别的城市；但也有一些狡猾的老手不动声色，稳坐钓鱼台。

就在马小坤旗开得胜信心满满的时候，不久后的一天，他就遭遇了一次滑铁卢。

这天上午，天公不作美，下着淅淅沥沥的小雨。

古弦的秋天就喜欢这个样子，让马小坤有些郁闷。但郁闷归郁闷，他还是带了警辅队员小王上了一辆18路公交车。

这是一条连接古城区和新城区的公交线路，客流量大。别的小组已在这条线上捉到了不少"虾兵蟹将"，已经是鸡肋，不值得再去关注。但马小坤不这么认为，觉得"海龙王"还在，况且自己从没上过这条线路，是个新面孔，不会引起"海龙王"的注意。

公交车行至方塔南街站点，拥上来一大群人。马小坤和小王站在车中央几乎不得动弹。车过了两个站点，车厢内总算有了些松动，乘客也如麻将牌似的重新洗了两回。

马小坤观察了半天，也没有发现可疑目标。正当他懊悔自己白来了这条线路时，忽听得前面的驾驶员加重了语气说："下车的乘客请往后走，大家拿好自己的东西，别掉了啊！"说完，车子就缓缓靠站了。

马小坤一个激灵，他立即意识到"海龙王"就在这车上，而且已经得手准备下车。驾驶员这样提醒乘客，肯定是他通过后视镜已经看到了车厢内的异常情况。

车还没停稳,一个中年妇女突然大呼小叫起来:"我的钱包没了!"

马小坤看到中年妇女身旁的一个穿米黄色夹克衫的中年男子已经挤到车门口。他想叫驾驶员别开车门,但为时已晚。车门已开,乘客像下饺子一样已经下了好几个人。

马小坤让小王留在车上询问那个中年妇女,而自己立即下了车。

雨中的中年男子与马小坤对视了一下。他看到马小坤那双犀利的目光,就立即奔跑起来。

马小坤心里窃喜道:小子,终于露马脚了,看你往哪儿逃?他想起第一次在公交车"练摊"经历,一下子就来了精神。

中年男子下车的站点附近是一个保护完好的古弦古城老街区,里面的小街小巷如蛛网那样纵横交错。

中年男子一下子就跑进了附近的一条小巷。马小坤立即追了进去。起初还能看到中年男子的身影,但七拐八拐转了几个弯,就不见人影了。

他问了几个行人,都说没有看到那个穿米黄色夹克衫的中年男子。马小坤有些沮丧,此时他的速度即便再有优势,也成了一种无用的资源。

马小坤像走进了迷宫那样,拐了四五个弯就已经分不清东南西北,最后竟走入了一条死胡同。等他从死胡同里退出来,又走过了几条小街小巷,最后却发现自己回到了原地。

中年男子仗着对周边环境的熟悉,早就跑得无影无踪。

马小坤沮丧到了极点,但一切已无法挽回。

雨还在不紧不慢地下着。马小坤抬头望了望白茫茫的天空,感觉自己像一只斗败的落汤鸡,一阵揪心的痛。

第八章

马小坤接到李佳佳电话的时候，一个人正漫无目的地在他那个曾经"失足"的地方闲逛。

李佳佳知道他今天休息，所以也跟护士长请了个调休假，想和他一起去苏州山塘街玩。两个人已相约过多次，但一直没有机会成行。

马小坤说，他正在古城老街区的小街小巷里反省。李佳佳觉得奇怪，听不懂他的意思。马小坤一时也解释不清，说让她过去，见了面再说。李佳佳说不认识路。马小坤让李佳佳打的过来，到花园南路的公交车站碰头。

清晨的古城老街区相比车水马龙的新城区，多了几分宁静和寂寞。那些风烛残年的墙壁上斑驳赤裸的青砖散发着青苔味，墙上的爬山虎仍一往情深地攀缘在主人的身上吐露着新芽。狭窄的小巷里偶尔还能看到有人在街边生着煤炉子，公共厕所旁的水池边站着几个妇女在洗马桶。

马小坤拿了一张从百度上下载的古弦城区地图，像一个测绘队员那样边走边记认着每条街巷的名字和方位。他决心要把古弦的大街小巷跑个遍。

马小坤一口气走了好几条小街小巷，看到一条叫君子巷的街口有家点心店，才想起早饭还没吃。于是进了店堂点了一份他从没吃过也从没见过的绉纱馄饨。薄薄的皮，小小的馅，盛在碗里像一朵朵小花，既好看又好吃。他恨不得再吃一碗，想起女友马上会过来，犹豫了一下还是作罢。

他刚走出店堂,李佳佳就来电话了,说已到花园南路的公交车站。马小坤让她稍等,说马上过来。如今他对这片老街区已经胸有成竹,很快从迷宫般的巷子里钻出来,跑到花园南路公交车站接她。

李佳佳见到马小坤的时候,很想扑上去亲一口。两个人已有一个月没见面了。

"小坤,你怎么一个人在这里啊?"李佳佳没忘记她心里的疑问。

"反省呀。"马小坤苦笑道。

"你做错了什么事要在这儿反省?"李佳佳被他说得有些担心起来。

马小坤沮丧地说:"那天在这儿放走了一个老扒手。"

"啊,是不是你故意放走的,被领导知道了,让你来这儿反省?"李佳佳一副很天真的样子。

"什么呀,是那个老扒手欺负我外地人不熟悉路,被他甩了。"马小坤说着就来了气。

"真的?"李佳佳抿嘴一笑。

"唉,太失败了。"马小坤摇着头。

"你不是老在我面前吹嘘自己的奔跑速度,怎么这次没跑过人家?"李佳佳有些幸灾乐祸。

"所以我来这儿反省啊。"马小坤嘟哝着嘴。

"那我们还去不去苏州山塘街了?"李佳佳想起了今天的主题。

"这儿的风景不输苏州山塘街,今天就陪我在附近转转吧,还有几条巷子我没走呢。"马小坤一副嬉皮笑脸的样子,他生怕女友生气。

"好吧。"李佳佳虽然有些不乐意,但还是答应了。她问,"那山塘街什么时候去?"

"下次,下次一定。"马小坤见女友如此大度,倒觉得有些内疚了。他想了想,突然改口道,"要不这样吧,上午你陪我再转几条弄堂,下午我陪你去苏州山塘街,让你比较一下哪儿好。晚饭就请你在苏州吃。"

"那怎么回来？晚上没车啊。"李佳佳一副担心的样子。

马小坤宽慰道："没车，我们可以打的啊。"

"你大款啊。"李佳佳白了他一眼。

"呵呵，为了爱就同意我装一回大款吧。"马小坤呵呵一笑。

"不许你奢侈。"李佳佳又白了他一眼。

"那这样吧，我们抓紧一点，争取中饭去苏州吃，下午赶末班车回来。"马小坤想了想说，"不过，你得答应我一个请求。"

"什么请求？"李佳佳问。

"以后我们出去散步，就去古弦城里那些没走过的小街小巷好吗？"马小坤试探着问。

"为什么？"李佳佳不解地问。

"我要把古弦城的小街小巷都走个遍，看谁还甩得掉我。"马小坤的牛脾气又上来了。

"原来是这样啊。"李佳佳没想到竟是这个原因。

"行不？"马小坤盯着李佳佳那双忽闪忽闪的大眼睛问道。

"行。"李佳佳一把搂住马小坤的脖子，朝他的脸颊狠狠亲了一口。

明天就是中秋了，马小坤这才想起还没有去龙海峰家拜访。

吃过晚饭他去了一趟新欧尚超市，各大品牌的月饼已开始打折抛售，打起了价格战。许多品牌月饼都快降到了跳楼价。今年的月饼市场本来不如往年，即便是原价也比往年低了很多，这跟国家出台的关于"中秋国庆严禁公款送礼"的通知精神有关。以往这样的通知也有，但往往走过场，看来今年动真格了。

马小坤挑了一盒价格适中的稻花香月饼，又去蔬菜水果区拿了一箱新疆阿克苏苹果。这几年的水果价格倒像孙悟空翻跟头节节攀升，算账的时候，令马小坤有些咋舌。

马小坤拎了月饼和水果按响了龙海峰家的门铃。

"小坤,你怎么来了?"开门的是龙海峰的妻子金菊花。

"金阿姨您好,好久没来了,来看看您和龙叔叔。"马小坤微笑道。

"快进来。"金菊花热情招呼说。

马小坤发现屋里没有龙海峰的身影,就问:"龙叔叔呢?"

金菊花低声道:"他身体有点不舒服已经睡了。"

"哦,那就别叫他了。"马小坤说着就把月饼和水果放到一旁的凳子上。

"怎么还买东西来,这些我们都有。"金菊花看了一眼月饼和水果说。

"不值钱,今天我去买时月饼都打折了。"马小坤愧疚道,"本来想早点来,值班加班一多,就把这事给耽搁了。"

"工作要紧,我们都很好。"金菊花说。

马小坤担心地问:"龙叔叔身体怎么了?"

金菊花说:"可能着了凉,有点感冒发烧。"

两个人正说着,卧室里传来龙海峰的声音:"老婆,是小坤来了吗?"

金菊花赶紧走到卧室门口,推开了一条门缝说:"老头子,怎么醒了?"

"快让小坤进来。"龙海峰咳嗽了一声。

马小坤走进龙海峰的卧室,看到他已经半坐在床上。

"龙叔叔,身体怎么样,要紧吗?"马小坤关切地问。

"没事,一点小感冒。"龙海峰用轻松的口气说。

"小感冒也不可掉以轻心,感觉不舒服,要及时去医院。"马小坤像关照孩子那样。

"哈哈,你来看我,病就好了一大半了。"龙海峰打起精神笑着说。

在龙海峰的心里,其实他已经把马小坤当成自己的儿子看待了,只是没有公开表露罢了。他知道马小坤去了便衣中队后,工作比以前更忙,而且工作时间也更没规律了。

公交车上的"扒手"刚刚扫清,大队领导又给便衣中队下达了新的任务。

沿江工业园区内近日连续发生多起以交通事故为名的系列诈骗案，上级领导希望便衣中队派出精兵强将，配合当地派出所尽快打掉这个诈骗团伙。

仲健问马小坤愿不愿意跟他一块儿去。

马小坤说："师傅，你这样问我等于没问。"

"怎么等于没问？我是优先征求你意见。"仲健很不理解马小坤的话。

"这还用征求吗，肯定愿意的。"马小坤一副诚恳的样子。

"这次去可能要在园区住上几天，我怕影响你跟你女朋友的关系。"仲健呵呵一笑。

"一个月不见面都考验过来了，还怕这么几天。"马小坤很自信地说。

"那可不一样。"仲健伸出食指在马小坤眼前左右摇晃了两下。

"怎么不一样？"马小坤疑惑了。

"过去你们是初恋，现在你们是热恋。"仲健说。

"一个月都见不上几次面，还热恋个啥呢。"马小坤对他师傅的说法不敢苟同。

"别骗我了，看你们早已一口一个老公，一口一个老婆了。"仲健做了个鬼脸说。

"师傅，偷看我手机。"马小坤急得跳脚拍手。

仲健一个坏笑："谁偷看你的了，还不是你自己炫耀给人家看的。"

"我才不可能呢。"马小坤恶狠狠地说。

"对了，什么时候请我喝喜酒呀？"仲健连忙转了话题。

"早着呢。"马小坤顺着对方的思路。

"早点好，早生儿子早享福。"仲健用长辈的口吻说。

马小坤问："师傅，您几岁结的婚？"

"我那个时候啊，当兵早不了。唉，人说三十而立，我三十一岁才有了个儿子，人家跟我一样的年纪，孩子都上初中了，我的孩子才刚刚读小学。"仲健一提起孩子这件事就觉得自己很亏。

仲健和马小坤带领四名警辅队员到达沿江工业园区后，就吃住在园区派出所。他们与派出所的四名警力，分成两个小组，每组五人。

根据已掌握的线索，犯罪团伙共有六人。作案方式先是上前搭讪，谎称自己或朋友出了车祸急需钱抢救，并说已经让老家的人把钱汇来，只是忘带了银行卡，希望能借用受害人银行卡接收一下对方的汇款。待对方同意后，就以查卡上的汇款是否到账为由索取受害人的银行卡密码。而这些受害者基本都是二十岁上下在园区打工的年轻人，他们刚从老家过来，社会经验匮乏。

仲健他们经过判断分析，嫌疑人几乎都选择8、9日这两天时间作案，是因为工业园区发工资的日期为9日或10日。因为在发工资之前，这些受害人银行卡上的存款一般不多，这也是受害人为何愿意借卡给嫌疑人的重要因素。殊不知，等他们新发的工资还没领走，银行卡上的钱就已经被克隆的银行卡取走。

专案组虽然在案发周边没有采集到嫌疑人的蛛丝马迹，但通过对作案时间的分析，他们对侦破这几起案子有了很大的信心和把握。再过两天就是7、8、9日，仲健和马小坤各带一组队员在园区选择了几个点位进行伏击。

9日上午10时许，犯罪嫌疑人果然再次出现。只见在园区长江路上，几名陌生女子一直在不停地询问路人，选择目标。马小坤在隐蔽跟踪中还发现一男一女在远处观望，凭直觉这两个人也是诈骗团伙的成员。他迅速通知周边伏击点上的队员，让他们密切注意这些人的行踪，同时注意观察周围人员的动态，防止还有别的同伙。经过半个多小时的跟踪甄别，共发现六名嫌疑人，他们得手后，在准备分乘两辆出租车逃离现场时，仲健一声令下，伏击队员迅速出击，当场抓获三名嫌疑女子，但还有一男两女已经坐上出租车逃离现场。仲健带上一组队员驾车追捕，并通知路面警力设卡拦截。很快，三名逃跑的嫌疑人也被抓获。

马小坤从沿江工业园区载誉而归那天，想借喘息的机会，去趟老年护理院看看姐姐，也想问问她跟张国华究竟是不是真的谈上了。

他给李佳佳打了个电话，报了个平安后，正想给姐姐打电话，张国华的电话却抢先来了。

　　张国华问他是不是有女朋友了，怎么好久没有信息。马小坤说，正想问他呢，是不是把他姐姐勾引去了。张国华呵呵一笑说，别说得这么难听。虽然对方没承认，但听他的口气肯定是已经搞定了。马小坤说，打他电话有啥事。张国华说，想请他和他姐姐一起吃个饭。马小坤说，他不想做电灯泡。张国华要马小坤实话告诉他，是不是也有女朋友了。马小坤说，是的。张国华说，这就好办了，叫上你的女朋友不就可以不做电灯泡了。

　　两个人就这么厮来打去，最后约定今晚在福意楼饭店不见不散。

　　福意楼饭店坐落在城区最热闹的步行街东入口，经营的都是本帮家常菜，并以极富江南特色的蒸菜为主。张国华之所以选择这里，正是这个原因，要让他们几个新古弦人品尝品尝正宗的古弦美味佳肴，而且那家饭店还有一个高雅的特色，就是一边吃一边还能点听吴侬软语的苏州评弹。

　　马小坤拉着李佳佳的手，走进这家装潢得古色古香的饭店时，张国华挂着拐杖、斜着身子已在门口迎候了。

　　"张老板，怎么好意思让您站在门口呢。"马小坤握着张国华的手说。

　　"哪里哪里，应该的。"张国华和马小坤打过招呼，就转向李佳佳说，"这位就是李佳佳美女吧。"

　　"张老板好！"李佳佳微微倾了倾身子说。她没有想到眼前这个张国华竟残疾得这么厉害，虽然马小坤之前已做过描述，但与她想象的还是很不一样。

　　"别叫我张老板，叫我张国华好了。"张国华连连摆手。

　　马小坤左右看了一下问张国华："我姐姐呢？"

　　"我正要问你呢，不是说好和你一起来的吗？"张国华看着马小坤说。

　　"哎呀，记错了。我还以为你和我姐姐一起来呢。"马小坤很不好意思地笑道。

　　"是不是有了媳妇忘了姐？"张国华开起了玩笑。

　　"我姐姐已经托付给你了，要忘也不是我的责任。"马小坤也说起了玩笑话。

张国华对马小坤说:"要不你先打个电话给你姐姐。"

"好吧。"马小坤说着掏出手机。

手机响了半天就是没人接。张国华有些着急了:"要不我让厂里的司机去护理院接。"

他们正说着,马小芩自个儿来了。

马小坤看到风尘仆仆的姐姐,惊喜地问:"姐姐,你怎么来的?"

"走来的呀。"马小芩满脸通红。

张国华一瘸一拐地走上前对马小芩说:"真不好意思,没去接你。"

"不是说好我自己来嘛。"马小芩笑盈盈地说。

四个人上了楼,在2号包厢坐定。张国华向门口招了招手,让服务员上菜。

一会儿,桌上的菜就上了好几个:竹香仔排、干蒸青鱼、方豆小蹄、菊花爆鱼、肉饼炖蛋……

张国华问大家喝什么酒。

"不喝酒。"马小坤摇着头说。

张国华说:"来了怎么可以不喝酒。"

"我们现在不能喝酒。"马小坤说。

张国华有些不解地问:"为什么?今晚又不值班。"

"不管值不值班,都不能喝,现在是非常时期,要是等一会儿有紧急情况叫我加班的话,喝了酒怎么行。"马小坤振振有词。

张国华又转头问马小芩和李佳佳,她们也说不喝酒。

"那来点什么饮料?"张国华继续问道。

两个女士都摇摇头,均表示不要。

马小芩说:"要不就来点白开水。"

张国华转头想叫服务员拿水,见她又端上来几个菜:叫花三鲜、糟蒸鲥鱼、一品白菜。

马小坤看到一下子就上了这么多菜，对张国华说："就我们四个人，菜太多了吧。"

"太多了，吃不了的。"马小芩也附和道。

"不多不多。"张国华一副财大气粗的样子。

"我看太多了，还是退掉几个吧。"马小坤坚持说。

"今天的菜早就点好了，不能退。我点什么你们就吃什么，客随主便嘛，大家吃菜吃菜。"张国华拿筷子指着桌上的菜，微笑着对大家说。

"张老板，太浪费了吧。"马小坤责备道。

"让你别叫我老板，多难听。"张国华白了马小坤一眼。

"那叫你什么，总不能直呼其名吧。"马小坤想难难张国华，看他怎么说。

"叫张哥。"张国华挤了一下眼睛说。

"叫张哥，可要给压岁钱的啊。"马小坤开玩笑地说。

马小芩白了马小坤一眼："怎么跟人家说话的，一点礼貌也没有。"

李佳佳捂着嘴，在一旁偷笑。

四个人就这么说说笑笑地开始动筷子。

马小坤看到一盆用荷叶包裹的菜，很好奇，就问张国华是一道什么菜。张国华说，就是我们古弦特产"叫花鸡"。

"为什么起这么一个怪怪的名字？"马小坤问。

张国华看了马小坤一眼，就娓娓道来："说到叫花鸡啊，这里还有一段传说。相传在明末清初，卧牛山下有一乞丐，一天他抓到一只鸡，但苦于没有炊具，无奈之下，将鸡宰杀去掉内脏后带毛涂上泥巴，用枯枝树叶架起了一个火堆，将鸡放入火中煨烤，待泥巴干熟后敲去泥壳，鸡毛随壳而脱，就成了一只白嫩清香的熟鸡。乞丐大喜过望，就狼吞虎咽起来，正好被隐居在卧牛山的大学士钱谦益路过看到。他一闻香气扑鼻就尝了一口，觉得味道独特。回家后就让家人稍加调味如法炮制，味道更加鲜美无比。后来，这种烹制方法很快在民间流传开来，因为我们古弦人把乞丐称作'叫花子'，所以把这种烹制出来的鸡命名为'叫花鸡'。再后来,这种做法被菜馆中的人学去,制法更加精益求精,外加了荷叶包裹后更是清香味美,赢得了众多食客的赞赏,从此名声远扬。据说这道菜已列入《中国名菜谱》。"

大家听得津津有味,都忘了吃菜。

张国华见状,忙用筷子指着桌上的菜说:"来,大家吃菜,别光听我胡侃。"

马小坤夹了一筷子叫花鸡,嚼了嚼赞美道:"嗯,味道真的不错。"

张国华说:"今天我点的都是我们古弦本地的家常菜,不用炒,也不用煮,都是隔水蒸出来的。"

"都是蒸出来的?"马小坤张着嘴,瞪大了眼睛,又好奇起来。

"是的。"张国华解释说,"蒸菜讲究的是原汁原味,这样的好处是清爽少油腻,营养不流失,算得上健康美食。"

"蒸菜有这么多好处啊。"马小坤感叹道。

"别看蒸菜做法很简单,只要把食材加上调料放到蒸笼里一蒸,像懒人做菜一样,其实是很讲究的。我曾经听一位老厨师说过,蒸菜要分清蒸、干蒸、糟蒸、粉蒸、包蒸、上浆蒸等好多种做法。"

"哇,'蒸'也有这么多学问啊!"马小坤听得瞠目结舌,惊叹道。

四个人美美地吃着。吃到兴致上,张国华提议说:"要不要点一段苏州评弹听听?"

"怎么饭店还有唱评弹的?我只知道有唱流行歌曲的,从来没听说还有唱评弹的。"马小坤又一次好奇起来。

李佳佳拉了拉马小坤的袖管兴奋地说:"我要听,我要听。"

"我也要听。"马小芩也微笑着说。

"你们听得懂吗?"马小坤转头看了她俩一眼说。

"听不听得懂无所谓,主要听它那个味。"张国华显然是讨好两位女性。

马小坤听张国华这么一说,也就无话可说了。

张国华自豪地解释道:"这家饭店之所以有点唱苏州评弹这个项目,是因为店老板原来当过古弦市评弹团团长，所以在这里听苏州评弹也是原汁原味的。"

"原来如此。"马小坤感叹道。

张国华微闭眼睛，摇头晃脑地说："边听糯声软语的评弹，边吃美味可口的蒸菜，该是一种多么美好的艺术享受啊！"

被服务员叫进来的是一个身材修长、弯眉细腰、手执琵琶、穿一款红色旗袍的年轻女子。她细声细气地问，要听哪段。

李佳佳看了看曲目单，举起手说："要听《苏州好风光》。"

女子拿过一张椅子坐下，调了一下琵琶上的弦，就弹唱起来：

上有呀天堂，下有呀苏杭。
杭州西湖，苏州么有山塘，
哎呀，两处好地方，
哎呀哎哎呀，哎呀，两处好风光。
……

李佳佳听到弹词中的"苏州么有山塘"，内心一震，便想起马小坤至今仍没兑现的诺言。唉，那天下午说好了要去苏州山塘街的，可最终还是没去成。他们已经买好了去苏州的车票，被他师傅的一个加班电话就轻易地拖住了后腿。

……
哎呀，四季好风光，
哎呀哎哎呀，哎呀，说不尽的好风光！

年轻女子音色甜美，轻弹柔唱，委婉动听，声声入耳。

张国华这顿价廉物美的蒸菜宴，算是给两对恋人的爱情添了一把火。添得红红火火，蒸蒸日上。

进入金秋收获的季节，窃贼们也开始蠢蠢欲动起来。市区几个街区相继发生了多起撬窃路边汽车内财物的案件。

很多小区在当初建造时没有考虑建汽车库和停车位。随着居民生活水平的不断提高，小小的古弦市这几年已是车满为患，许多车主无处泊车，只能将自己的爱车停在无人看管的马路边上；加上自身安全意识淡薄，有时会将现金和贵重物品放在车里过夜。这在一定程度上给窃贼们创造了有机可乘的"发财"机会。

便衣中队的工作特点就是随警而动，哪里案件多就往哪里去，哪里治安乱就往哪里冲。

队长仲健受领任务后，就召集全体队员开了个战前动员分析会，根据案发时段、案发区域以及窃贼的作案手段，分析了窃贼的活动规律，制定了一套打击方案。

为了早日抓获这伙猖獗的盗贼，中队队员分成了八个组，在全市八个重点案发区域展开伏击蹲守。

马小坤被任命为第五组组长。他带领三名队员选择了商城地区一条夜间行人稀少但停放车辆较多的马路。

古弦的深秋，昼夜温差大，白天还暖洋洋的天气，一到晚上就寒气扑面了。特别是到了凌晨时分，马路上的温度很低。这个时候，人也到了最困的时候，即便他们几个都坐在汽车里，但由于身体没有活动也变得僵冷了。

马小坤他们已经连续蹲守了七个晚上，可始终没有发现目标。

第八天凌晨三点，就在他上下眼皮打架的时候，突然听到前面有一声沉闷的声音。他摇下车窗，侧耳细听，又听到几声窸窸窣窣的声音。他和队员立即下了车，循着声音的方向合围上去。只见一个黑影已钻入一辆汽车。

马小坤见此情景顿然来了精神，一挥手，就冲上去来个瓮中捉鳖。

马小坤终于又迎来了一个休息日，其实这个所谓的休息日，也是昨晚加班加出来的。

这两天李佳佳被医院安排去了苏州培训，马小坤本来想去苏州与女友会面，好陪她去趟山塘街玩玩。但一问她们白天有课，晚上集体组织看电影。

马小坤上午睡了个懒觉。吃过中饭，他又去了古弦古城的老街区。

这次去倒不是因为陌生而要继续熟悉那里的道路，而是因为已经熟悉让他有了再次去的冲动。对于这座高楼林立的城市来说，他似乎更喜欢那些原汁原味的古街小巷。

古城老街区最大的特点是"小桥、流水、人家"，这样的江南景致让马小坤流连忘返。

马小坤看到临河的一家理发店，摸了摸自己蓬松的头发，就拐了进去。

理发店的空间不大，十几平方米。店堂里唯一一把乳白色扶手的铸铁理发椅，已是锈斑点点，像一位饱经沧桑的老人诉说着他的故事。

马小坤坐在理发椅上，望着大镜子里的自己，就有了回到童年的感觉。

小时候，马小坤最怕的是理发。每当理发师操起嗡嗡直响的电推剪时，心里总有些发毛。特别是听到电推剪发出"嘎嘎"的尖叫声，就会紧闭双眼。待理发师从工具柜的角落处拿起一个小油瓶，往电推剪里滴上一点油，听到"嘎嘎"空叫两声，电推剪的嗓门变得低鸣后，他才敢睁开眼睛瞄一下镜子里的理发师手中的那玩意儿。但此时最大的担忧不再是"嘎嘎"的尖叫声，而是怕电推剪的油会不会弄脏他的头。

每次理完发，马小坤最讨厌的是脖子里的那些碎头发。虽然理发师会往他脖子里扑一些爽身粉，但依然痒得难受。

马小坤从落地大镜子里看着眼前这位上了年纪的理发师，心里不再有童年的那份害怕，倒是有了几许温暖的感觉。老人手持电推剪一脸淡定地左推右推,让马小坤感到了一种前所未有的享受。

告别了理发师,马小坤想到了上次看到的那家浴室,就在附近的一条小街上。他决定去那里泡个澡,体验一下老古弦人的生活。

很快,马小坤驾轻就熟地找到了这家静静地躲藏在热闹喧嚣的城市背后的老浴室。

老浴室叫放春池。马小坤觉得这名字起得有意思,是不是可以理解为"一个放飞青春的池子"。

走进大门,门边就是一只卖浴票的柜台。马小坤见柜台里坐着一位中年男子,就掏钱买票。

"几个人?"中年男子问。

"一个人。"马小坤回答说。

"要什么价钱的?"中年男子又问。

"什么什么价钱?"马小坤被问得一头雾水。

中年男子一字一句地说:"你要买什么价位的票?"

"这里洗澡不是一个价,还分档次?"马小坤很惊讶。

"对,一等、二等、三等,上面都有。"中年男子指了指身后墙上挂着的价目表。

马小坤抬眼一看:一等座十五元、二等座十二元、三等座八元。

"有啥区别?"马小坤问。

"休息的地方不同,十五元有空调和电视,十二元无空调有电视,八元无空调无电视。"中年男子解释说。

"那洗澡的地方呢?"马小坤还是有些不明白。

"洗澡的地方当然是一样的。"中年男子看了一眼马小坤,显得有些不耐烦。

"哦。"马小坤想了想说,"那就八元的吧。"

马小坤买了票,掀开厚重的布门帘,就走进里面的更衣休息室。

更衣休息室分了好几间,有点像迷宫。马小坤问了里面的服务员才找到了对应三等座的更衣间。

每个更衣间大小不等。马小坤那间三等座放着十来张沙发床。沙发床像一张躺椅,挨着墙壁的一头略高。两床之间用一只茶几隔开,茶几两侧开放式的柜子里可以放内衣内裤之类的小东西。而笨重的外衣外裤,服务员会用长竹竿挑起挂到沙发床上方那个固定在墙上的挂衣杆上。挂衣杆的位置很高,下面的人够不着,也就避免了失窃的可能。这或许是一种最古老的防盗措施吧。

虽然三等座里没有空调和电视,但房间里也很暖和。马小坤抬头看了一眼,发现房间上方排着一圈铁管子,估计就是土制的暖气管。房顶上还挂着几个吊扇,那肯定是到了夏天使用的。

马小坤脱了衣裤,赤裸着身子走进雾气腾腾的澡池。

澡池不大,拱形的池顶有一些黑乎乎的水斑,池壁上的瓷砖倒是洁白干净。看到一个浴客躺在一张长条木凳上,旁边一个只穿一条裤衩的男子在给他擦背。马小坤差点笑出来。那张凳子简直像他老家杀猪用的屠宰台。

马小坤跨进澡池,水有点烫,但很快就适应了。他把整个身子都浸泡到水里,感觉浑身上下都充盈起来。

马小坤泡了一会儿又去淋浴区冲了一下。他感觉热乎乎的有点累,就走出洗澡池来到原来的那间更衣室休息。

服务员见马小坤洗好澡出来,就立即递上一块热毛巾,然后又拿了一块帮他擦干背上的水珠。

"谢谢!我自己来吧。"马小坤从没被人服务过,有些不好意思。

"唉,今天算你幸运,明天就不会为你服务了。"服务员叹了一口气说。

"怎么了?"马小坤不明白对方的意思。

"明天开始停业了。"服务员伤感地说。

"怎么,关门了?"

"嗯。"

"为什么呀？"马小坤惊讶地问。

"入不敷出啊，撑不下去了。"服务员摇着头，一副无奈的样子。

马小坤跟那个给他擦背的人交流后才得知，对方竟是这家浴室的老板。

原来这家浴室早先是国营的，后来企业改制就承包给了他。

经浴室老板这么一说，马小坤果然发现许多铺在休息椅上的浴巾下方还印有"国营古弦放春池"的字样。这些浴巾虽已很旧，布纹都洗得稀疏了，但上面的字迹依然清晰可见。

"这些浴巾一定年纪不小了吧？"马小坤问浴室老板。

"起码三十年以上。"浴室老板说这话的时候终于有了一些神采飞扬的感觉。

"不会吧，用了三十年都不坏？"马小坤简直不敢相信。

"说明以前的东西质量好。虽然不是说真的使用了三十年，但至少我们已经保管了三十年。"浴室老板自豪道。

浴室老板像遇上了知音一样，又拿出了他珍藏多年的竹制浴筹。他告诉马小坤，这种竹制浴筹就是浴票，可以反复使用，既节约又环保。

马小坤拿过一根仔细观赏起来，中指般宽长的浴筹像一件古董，已被岁月磨出了亮晶晶的包浆。正面刻有"放春池浴室"的字样，反面刻着"内座""带出无效"的凸文。马小坤拿着竹制浴筹有些爱不释手。

"你喜欢的话，送你一根留个纪念。"浴室老板看马小坤爱不释手的样子就大方地说。

"太感谢了！"马小坤喜欢收藏这些古色古香的小东西，感觉它们是有生命的。

李佳佳终于从苏州培训回来了。她买了马小坤喜欢吃的苏州特产"卤汁豆腐干"来到公安局集体宿舍。

卤汁豆腐干价钱不贵，但对于李佳佳是一份爱的心意。马小坤也喜欢李佳佳这种恰到好处的礼物。两个人都是从穷地方来的苦孩子，从小懂得节俭。

马小坤迫不及待地打开卤汁豆腐干的盒子，那香味就蹿了出来，溢得满屋飘香。他拿起盒子里备的小竹签，戳了一块先塞到李佳佳的嘴里，然后也给自己戳了一块。

李佳佳嚼着香喷喷、甜津津的卤汁豆腐干，发现桌子上有一本《简·爱》，那是她读书的时候最喜欢的一部名著。

"怎么，你在看？"李佳佳拿起书问马小坤。

"嗯，以前看了一半。睡不着的时候就随便翻翻。"

李佳佳随手翻了几页，突然看到夹在书中的一张照片。

"这不是毛雅妮吗！"李佳佳几乎惊呼起来。

"你跟她认识？"马小坤惊讶地问。

"何止认识。"李佳佳似乎有些不快，瞪了马小坤一眼说，"你怎么会有她的照片？"

"这个……"马小坤不想回答，但想了想，最终还是老实说了，"是那年她寄我书时，夹在书里的。"

"你们谈过恋爱？"李佳佳露出不快的神色。

"没有。"马小坤断然否认。

"那她怎么会寄书给你？"李佳佳一副吃醋的样子。

"我寄给她一本，她也寄给我一本。"马小坤只能实事求是地说。

"你们很早就认识了？"李佳佳露出诡诈的眼神。

"嗯。"马小坤点头承认。

"青梅竹马？"李佳佳狡黠地问。

"我们只是认识。"马小坤想解释清楚，但不知从何说起，补充道，"而且我们只见过一面。"

"你们是怎么认识的？"李佳佳简直是用审讯犯人的口气问。

看来马小坤今天是逃不过女朋友审查这一关了，他只能从头至尾、原原本本说出了珍藏在心底的在他看来是初恋但又不是初恋的故事。

第九章

马小坤万万没想到，关于毛雅妮的死讯竟是从他女朋友李佳佳口中得知的。

世界之大，无缘的人一辈子都可以不知道；世界之小，有缘的人想逃也逃不了。

马小坤心中珍藏的那个毛雅妮竟是李佳佳的闺蜜。她俩从小在一起长大，一起上小学，一起上中学，然后一起考上安康职业技术学院护理系。所不同的是，一个学的是普通护理，一个是助产护理。

李佳佳说，每年"5·12"国际护士节，她就会想起她的这位好友。

比起李佳佳，毛雅妮是一个瘦弱娇小的女孩。但就是这么一个瘦小的女孩，在2008年汶川大地震发生后，毅然决定跟随她正在实习的那家医院的医生护士一起奔赴灾区。她是第一批进入灾区的医务工作者，但就在赶赴灾区救援的途中遭遇泥石流献出了花季般的生命。

她为何要去，除了跟普通志愿者一样的爱心，是不是还怀有另一颗爱心呢？这就不得而知了。但马小坤认为与他有关，所以当听到这个噩耗的时候，马小坤哭了。他像一个脆弱的孩子那样哭得很伤心，以至于全然不顾身边李佳佳的存在。

李佳佳懊悔自己的冲动，懊悔把毛雅妮的情况告诉了马小坤。她一把搂住马小坤，也嘤嘤地哭了起来。

马小坤哭了一会儿，突然想起明晚大队要举办"古弦蓝骑"歌咏比赛。他参赛的歌曲是杨坤的《那一天》，很切合此刻的心情，于是在心里默默哼唱起来：

记得那一天，上帝安排我们见了面
我知道，我已经看到了春天
记得那一天，带着想你的日夜期盼
迫切得不知道何时再相见
记得那一天，等待在心中点起火焰
我仿佛感到了命运的终转
记得那一天，你像是丢不掉的烟
弥漫着我，再也驱赶不散
那一天，那一天我丢掉了你
像个孩子失去了心爱的玩具
那一天，那一天留在我心里
已烙上了印，永远无法抹去
……

次日晚上，巡防大队餐厅灯火辉煌，这里将举行一场别开生面的"古弦蓝骑"歌咏比赛。

各中队可选派两组人员参赛，以得分高低排出名次。为了表示公平公正，邀请了古弦市音乐家协会的五位老师做评委。

便衣中队选派了仲健和马小坤两名实力战将出征，师徒俩一个唱《我爱你中国》，一个唱《那一天》，都是他们的拿手歌曲。荣誉在前，志在必得。

抽签时，仲健抽得不错，几乎是中间的号；马小坤运气欠佳，抽到了2号，太靠前显然有些吃亏。

好在马小坤唱功不错，加上他的真情实感，比赛到第六名时他的分数依然排在第一。但随着比赛逐渐白热化，巡逻一中队蔡从军的一首《父亲》把马小坤刷了下来。

马小坤看了一眼这位相处了八个月的师傅，心里有一种说不出的滋味。他希望师傅能取得好成绩，但又希望没人能超过他。现在师傅第一个超过了他，也就意味着他的希望过早地破灭了。

蔡从军的一曲《父亲》唱得非常投入，感情饱满，情真意切，吐词换气几乎无懈可击。这首《父亲》，马小坤以前听他唱过几次，但这一次是唱得最好的一次，或许是因为比赛，也或许是他背后发生了一个跟父亲相关的故事。

终于轮到仲健了，马小坤和便衣中队的队员都为他们的中队长鼓掌打气。《我爱你中国》也是马小坤最喜欢的一首歌，但要唱好确实不容易，不过一旦唱好了，那绝对是一首可以冲击冠军的正能量好歌。马小坤以前听仲健唱过，如果发挥正常的话，完全可以胜过目前暂列第一的蔡从军。

仲健是个工作狂，也是个音乐迷，每天中午大家休息的时候，他总是抱着那只破吉他关在中队的厕所里自弹自唱。有人开玩笑地说他是一只"嗡嗡"叫的苍蝇，喜欢躲在厕所里闻臭味。其实他不是喜欢闻臭味，而是怕影响兄弟们午休。不过，他那高亢的声线还是时不时地穿过坚硬的墙壁和楼板，钻进兄弟们的耳朵里。

仲健最喜欢弹唱那些经典老歌。马小坤听他唱过《我的中国心》《大海啊故乡》《说句心里话》等等，给他留下深刻印象的是那首王洛宾的《在那遥远的地方》，特别是看到师傅演唱时的那个眼神，好像他在那个遥远的地方确实有着一位好姑娘。

《我爱你中国》的分数终于被那个大队办公室负责宣传的美女主持报出来了。

"12号选手仲健演唱的《我爱你中国》，去掉一个最高分10分，去掉一个最低分9.96分，最后得分9.99分。"

"999纯金啊。"马小坤站起来一个劲地鼓掌。便衣中队的队员也都手舞足蹈地站起来。

"请便衣中队的队员坐下，注意自身形象。"美女主持不留情面地说。

接下来的比赛几乎无悬念，最终在主持人宣布名次的激动人心中结束了赛程。

便衣中队仲健中队长的《我爱你中国》以绝对优势夺得第一，马小坤的《那一天》位居第四。便衣中队总分排名第一。

夜色中，仲队带领他的战队昂首挺胸，一路高歌走出巡防大队餐厅，歌声在大院里回荡：

> 我爱你，中国
> 我爱你，中国
> 我爱你春天蓬勃的秧苗
> 我爱你秋日金黄的硕果
> 我爱你青松气质
> 我爱你红梅品格
> 我爱你家乡的甜蔗
> ……

马小坤虽然在歌咏比赛中没得到他理想中的好名次，但第四名的成绩也为便衣中队集体第一立下了汗马功劳。因此赛后的心情和中队兄弟们一样也是很快乐的，甚至有一点点小小的幸福。

这幸福来自于李佳佳给他买了一件羽绒服作为比赛的奖励。

第二天，李佳佳就和马小坤去了一趟华联商厦。

"小坤，你看这件怎样？"在羽绒服专柜上，李佳佳给他挑了一件红色的新款羽绒服。

"颜色太亮了吧。"马小坤似乎不适应这种鲜艳的颜色。

"冬天的衣服就应该穿得亮一点。"李佳佳说出了她选衣的理由。

"红颜色的衣服从没穿过，我穿好看吗？"马小坤面露难色。

"一定很好看的。"李佳佳随手将羽绒服往马小坤身上比了比，上下打量了一番说，"真的不错，你试穿一下。"

马小坤不想让李佳佳扫兴，就拿过羽绒服试穿了一下。他走到试衣镜前看着镜子里的自己，好像换了人似的，精神了许多。

"很帅气吧。"李佳佳在一旁鼓励道。

"好是很好，就是穿在身上有些不习惯。"马小坤矛盾着说。

"万事开头难，只要你勇敢地迈出第一步，很快就会习惯的。"李佳佳继续鼓励道。

李佳佳最喜欢的颜色就是红色。她不喜欢大部分女孩都喜欢的那种粉色。粉色太嫩、太娇气，她喜欢浓烈一点、刚强一点的。而红色意味着喜气、吉祥、热烈、奔放、激情和斗志，更意味着一种生命的活力。

每次接生，当看到一个鲜活的生命经过母亲为他（她）铺就的"红地毯"来到这个世界上的时候，李佳佳总是很兴奋。红色对她来说就是生命的象征。她也希望马小坤能喜欢上红色，让红色为他助威，驱邪扶正，惩恶扬善，让他的事业红红火火。

李佳佳挽着马小坤的手臂，笑盈盈地走出了华联商厦，她终于说服了男友，买了一件她所喜欢的红色羽绒服。

一阵寒风吹来，李佳佳挽紧马小坤的手臂。马小坤也本能地缩了缩脖子。他看了一眼拎袋中的羽绒服，感到了甜甜的温暖。

马小坤的姐姐最近也沉浸在幸福的温暖中。

一天早上，马小芩打他电话说，她和张国华的婚期已经确定，准备在新年元旦那天举行婚礼，让他去老年护理院拿请柬。

马小坤搭同事的便车来到老年护理院，见张国华也在姐姐的宿舍里。

"小坤，你来了。"张国华先打招呼。

"怎么你也在啊。"马小坤微笑着说。

"嗯，我和你姐姐的婚事还得请你多帮忙啊。"张国华也微笑着说。

"张老板，恭喜啊！"马小坤嬉皮笑脸地作揖道。

"小坤，别再一口一个张老板，你该改改口了。"张国华半开玩笑半当真地说。

"叫姐夫还不到时候啊。"马小坤笑着说。

张国华瞪大了眼睛："怎么还不到时候，我和你姐姐的婚期都确定了，请柬都发出去了。"

"结婚证给我看一下。"马小坤分明是故意挑刺。

"还没工夫去领。"张国华顿了顿又说，"这个用不着你操心。"

"法律都还没有承认，干吗要我先承认啊。"马小坤歪着头说。

马小坤与张国华不知是前世结得什么缘，两个人碰在一起总喜欢这样没大没小、口无遮拦地损对方。

"小坤，来了。"马小芩从外面走进来，总算打断了两个男人嘴上的较量。

"嗯，姐姐。"马小坤回应道。

"龙叔叔全家，还有龙叔叔他们援建组的，还有你们单位的领导和同事，这些人你负责邀请。"马小芩说着就从马甲袋里拿出一沓请柬，"我把请柬给你，到时你填了名字帮我送一下。"

"姐姐,龙叔叔家的请柬最好你自己去送,我去送不妥。"马小坤面有难色地说。

"怎么不妥?"马小芩疑惑地问。

"姐姐,你想啊,这是你的终身大事,就像第二次投胎,这么重要的事你不亲自去登门邀请的话,礼貌吗?"马小坤解释说。

"好吧,那我抽时间去一次。"马小芩听弟弟这么一说,想想也是。

"援建组的叔叔阿姨,你倒可以让龙叔叔代劳的,到时你把请柬给他好了。"马小坤建议道。

马小芩数着手中的请柬问马小坤:"你单位领导和同事有多少人?"

"姐姐,我无所谓的,你给我多少名额,我就请多少。"马小坤说。

马小芩用手指掰算着人数:"扣除龙叔叔一家四人,援建组九人,给你单位领导和同事十七个名额够了吗?"

"十七个太少,起码多配一桌,给二十七个。"张国华在一旁插嘴说。

马小坤想了想说:"我看十七个够了。"

"那就给你十七个。"马小芩说着数了一沓请柬递给马小坤。

张国华对马小芩说:"还是多给几个吧,少了你让小坤不好做的。"

"好吧。那就再给十个。"马小芩又数了十张请柬。

马小坤接过请柬说:"那我走了。"

"急什么,婚礼地点还没告诉你呢。"马小芩叫住马小坤说,"时间:你写2014年1月1日下午5点28分;地点:红玫瑰大酒店古弦厅。"

马小坤听姐姐这么一说,一算时间,离婚礼只有半个月了。

"姐姐,那我走了。"马小坤看了一眼张国华,想了想说,"姐夫,有事需要帮忙的话尽管叫我。"

张国华听到马小坤叫他"姐夫",心里很受用,忙说:"小坤,一切我都安排好了,到时你带一张嘴来就可以了。对了,别忘了带你女朋友一起来啊。"

"对,别忘了叫佳佳一起来。"马小芩想到自己刚才把李佳佳给忘了。

"忘不了,除非和她分手了。"马小坤随口而出。

"小坤,不许说这种不吉利的话!"马小芩狠狠白了马小坤一眼。

三个人正说着,马小坤的手机响了。他一看来电显示,是中队打来的,以为又有什么紧急任务了,赶紧接听。

"马小坤吗,有人来中队找你。"对方说。

"谁呀?"马小坤一听不是有任务就心宽了许多。

"他说是你老乡。"对方说完停顿了一下,显然在问那人的名字,然后告诉马小坤说,"他叫程二朵。"

"二朵?你让他听电话。"马小坤听说是程二朵找他,兴奋得差点跳起来。

"喂,是二朵?"

"嗯。"

"你等着,我马上回去!"马小坤挂了电话,告别了姐姐和张国华就直奔中队。

马小坤见到程二朵的时候,几乎是扑向对方的。

此时两个人的状态,可以用当初他俩在火车上相识时曾经说过的那句话来概括,"老乡见老乡,两眼泪汪汪"。

马小坤把程二朵请到自己的办公室,兴奋地说:"兄弟,怎么被你找着的?"

程二朵舒了一口气说:"打了114查询台,问了公安局的总机,后来又通过总机问了你们局里人事科的电话,才知道您在便衣中队工作。"

"那你干吗不直接打我手机?"马小坤边说边给程二朵泡茶。

"人事科的人不肯告诉我您的手机号码,说要找去中队找,所以我只能直接来了。"程二朵无奈地说。

马小坤笑着说:"我以为这辈子再也见不着你了。"

"是啊,当初忘了问您要个手机号码。"程二朵感慨道。

"我也是,当初可能太激动了,等你走后才想起怎么没问你要个电话号

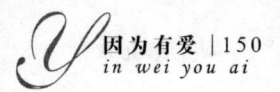

码。"马小坤笑道,"看来两个都是粗人。"

"您是警察,我们干粗活的才是粗人呢。"程二朵说。

"二朵,第一次来古弦吧?"马小坤微笑道。

"嗯。"程二朵显得一副心事重重的样子。

"在这儿多玩几天啊。"马小坤显然还没觉察对方的神情,依然微笑道。

"大哥,我不是来玩的。"程二朵淡淡地说。

"来找工作?"马小坤收住微笑问。

"也不是。"程二朵摇了摇头。

"那你来古弦干吗?"马小坤疑惑地问。

"我来找一个女孩,但找了两天都没找到。"程二朵露出了一副失望的样子。

"你已经来古弦两天了,干吗不找我?"马小坤责备道。

"我,我怕麻烦您。"程二朵说着低下了头。

马小坤声音高了一个八度,说:"有什么麻烦,你不认我这个大哥吗?"

"不是的。"程二朵低低地说。

马小坤问:"你要找的女孩是你什么人?"

"我女朋友,在南京认识的,四川绵阳人。那天吵了几句,我打了她一下就把她给气跑了。"程二朵说着简直有了想哭的感觉。

"你怎么可以动手打人呢!"马小坤忍不住责备道。

"我错了,所以我要找到她,向她赔礼道歉。"程二朵涨红了脸说,"听说她姐姐在古弦打工。"

"你知道她姐姐在什么单位打工吗?"马小坤问。

程二朵没精打采地说:"不知道,只知道她姐姐在一家服装厂工作。"

"古弦服装厂有好几百家,你去哪儿找啊,不知道地址厂名,不是大海捞针嘛。"马小坤无奈地看着程二朵。

"所以我就想到了您。大哥,现在只有求助您了。"程二朵恳切道。

"兄弟,放心,只要她姐姐在古弦工作,一定可以找到她。"马小坤安慰程二朵说。

"嗯。"程二朵感激地点了点头。

马小坤问："你女朋友叫什么名字？"

"姚玉英。"程二朵说。

"她姐姐呢？"马小坤又问。

"叫姚什么英……"程二朵想了好一会儿才说，"姚彩英。"

马小坤在公安局内网的外来人口数据库里很快查到了二十个叫"姚玉英"的人，但一个都对不上号。然后又查了"姚彩英"，共有十八个，其中确有一个在胜和服装厂做缝纫工的四川绵阳人。

胜和服装厂在商城派出所管辖区内。马小坤给师傅蒋健民打了个电话，就和程二朵一起来到商城派出所。

马小坤到商城派出所时，蒋健民已等候在派出所的大门口。

"师傅，不好意思，又来麻烦您。"马小坤见了蒋健民就抱歉道。

"没关系。走，我领你们去。"蒋健民说着一挥手，就在前面带路。

胜和服装厂离商城派出所不远，走了约莫五分钟就到了。

接待蒋健民的是一个浙江老板，他说，厂里工人除了几个生产组长，他都不太认识。于是叫来了负责招工的办公室主任。

办公室主任说："姚彩英半个月前就离厂了。"

"去哪儿了？"蒋健民问。

"不太清楚，据说去深圳了，她老公在那儿打工。"办公室主任说。

"人都离厂半个月了，你们怎么不来派出所申报注销？"蒋健民瞪着眼睛责备道。

"不好意思，蒋警官，最近忙了点，明天就去补办注销手续。"办公室主任迎着笑脸说。

"你们把员工的名单重新梳理一遍,新来的要及时登记,走的也要及时注销,下次我要来检查的。"蒋健民显出一副很严肃的样子。

"是,是。"办公室主任点头哈腰地说。

程二朵很失望地走出服装厂大门。

马小坤安慰他说:"我们再想办法找找,兴许还能找到。"

"别找了,如果她姐姐走了,她肯定也不会在古弦了。"程二朵哭丧着脸道。

"别着急,说不定过几天等她气消了,会来找你。"马小坤继续安慰道。

"已经一个月了。"程二朵叹着气说,"唉,我看她这次真的跑了。"

马小坤看了一眼十分沮丧的程二朵,不知该如何安慰他。

"对了,这两天你住哪儿?"马小坤忽然想到了程二朵的住宿问题。

"我哪都没住,夜里就在网吧待一晚。"程二朵苦笑着说。

"今晚你先住我宿舍,明天我再帮你找找。"马小坤觉得程二朵太委屈自己了。

"大哥,不了,我得赶回去,工地上的活很多。"程二朵感激地看着马小坤。

"你在哥哥的建筑公司干?"马小坤想起了程二朵在火车上说过的话。

"嗯。"程二朵点了点头。

"好吧。那我送你去车站,看看还有没有车。"马小坤拿出手机看了看显示屏上的时间。

程二朵说:"有的。我来的时候,已经看过了,去南京的末班车要到下午五点呢。"

马小坤把程二朵送到了长途车站。临分手的时候,两个人终于没有忘记交换手机号码。

"大哥,谢谢您!我走了。"程二朵握着马小坤的手泪汪汪地说。

"自己保重啊!如果有姐妹俩的消息,我会及时和你联系的。"马小坤顿了顿又说，"以后有什么需要帮忙的尽管来电话。下次有时间来古弦玩。"

"嗯。您有时间也来南京玩。"

程二朵一步一回头地走进检票口。马小坤望着他的背影，难过得眼圈都红了。

这时，有人喊马小坤的名字。他回头一看，是巡逻一中队的师傅蔡从军。

马小坤惊异地问："师傅，您怎么在这儿？"

"你怎么也在这儿？"蔡从军也很惊诧。

"我送了一个朋友回南京。"马小坤极力从刚才的情绪里摆脱出来。

"哦。"蔡从军的情绪有些低落。

"师傅您出差吗？"马小坤猜测道。

"不，回家。"蔡从军木然地说。

"回家！元旦春节都还没到呢，怎么就想着要回家了？"马小坤感觉对方的情绪有些不对劲。

"父亲走了，我得回去一次。"蔡从军说着就悲伤起来。

"啊，走了！什么时候？"马小坤惊讶道。

"已经一个多月了。"蔡从军悲伤地说。

"哦。"马小坤想安慰师傅，但又不知说什么好，"家里怎么没有及时通知您？"

"家里来电话了，但那段时间我正在外地'追逃'，根本回不了家。"蔡从军说得悲伤又无奈。

马小坤叹了一口气："唉，我们这些当警察的，'忠孝两难全'啊。"

"是啊，连父亲最后一面也没见着。"蔡从军越说越悲伤。

蔡从军每次回东北老家都要几经周折，先要坐车去上海，然后乘飞机到哈尔滨，再从哈尔滨坐汽车才能到家。或者坐车去苏州，再乘火车，那路上的时间会更长。所以，不是想回马上就能回的。他告诉马小坤，他这次回家是给父亲安葬。

"师傅,您父亲年纪应该不大啊,怎么就……"马小坤心里不想再问下去,但嘴上还是说了。

"他有严重的高血压,那天晚上在学校备完课,一个人在回家的路上就突发心肌梗死。"蔡从军的眼泪在眼眶里转。

"师傅,您也别太难过,自己保重!"马小坤安慰道。

这时,去上海的车已经开始检票。蔡从军和马小坤挥手告别。

马小坤本来约好今晚要与李佳佳一起吃晚饭。后来程二朵来了,就临时取消了。现在程二朵走了,他又想起了李佳佳。

马小坤拨通了对方的手机。"佳佳,晚上还是一起吃吧。"

"怎么又变卦了,你不是说跟那个老乡吃吗?"李佳佳嘟哝道。

"他回南京了。"马小坤说。

"但我和同事约好了,一起吃了晚饭去钱柜唱歌。"李佳佳为难地说。

"哦。"马小坤有些失望。

"我们刚到饭店还没吃呢,要不你过来一起吃?"李佳佳在电话里调皮地说,"不过,你得买单噢。"

马小坤爽快地说:"不就买个单嘛。"

看来,恋爱中的男人都很慷慨。这恐怕已成为一条被无数人证明过的金科玉律,一条颠扑不破的真理。

张国华最近这段时间也很慷慨。除了慷慨解囊筹备人生头等大事的婚礼外,又慷慨激昂地奔赴全市各机关院校作报告。这次他被古弦市评为"感动古弦·身残志坚十大道德模范",参加了市里组织的巡回宣讲团。双喜临门,摇着轮椅忙得不可开交,可谓"忙并快乐着"。

张国华的事迹感动了无数人。

那天,他和巡回宣讲团另外四位成员来到市公安局作了一场精彩的报告。

马小坤也去听了,虽然他已知道张国华的那些事迹,但在特定的场景下依然听得十分投入。最让他泪水涟涟的是一个与他同龄的叫殷明伟的残疾青年的事迹。

殷明伟出生在古弦农村的一个贫困家庭，小时候因不慎被高压电击伤失去了右手，左手也严重伤残。虽不能像正常人一样握笔写字，有时还会遭受异样和嘲笑的目光，但他选择了乐观面对。通过艰难困苦的努力，他用那只严重伤残的左手学美术、练书法，完成了一次又一次的自我超越，并以优异的成绩考入了工业职业技术学院工业设计专业。

用殷明伟的话说，"只要努力，只要坚持，机会是均等的；只要脉在动，心在跳，少一双胳膊有什么可怕呢。"他凭借着这股拼劲，在大学里担任了班长、社团干部，荣获了省优秀学生干部、优秀共青团员、大学生社会实践先进个人等荣誉称号。

在校期间，殷明伟还创办了"创业学社"这一学生社团。组织同学开展油画大赛、陶艺设计大赛等十余场各类竞赛，培养同学们的创业能力。他亲手建立了手工实体创业门店，与学社成员一起参与了《多功能床用托架》等多项发明，并通过了国家专利认证。他的"创业学社"被评为"全国高校优秀社团"。他还用自己的奖学金和"创业学社"的盈利收入，救济身边同学、资助贫困学生。

殷明伟探索创新社团发展新模式，引导大学生进行自主创业的事迹，被《人民日报》《中国青年报》、新华网、人民网、中国教育网等多家新闻媒体报道。

马小坤听完殷明伟自强不息的演讲报告，油然想起了他那个也喜欢美术书法又有一副好嗓子的高中同学唐春光。

与殷明伟不同的是，唐春光在地震中失去了一条右腿。当年他因伤没能参加高考。听说第二年考取了四川工业管理职业学院。但自从马小坤考上大学后两个人就再也没有见过面。

马小坤越想越挂念这位昔日的好朋友,不知他现在还好吗?

张国华和马小芩婚礼的日子越来越近了。

马小芩想起龙叔叔家的请柬还没给,虽然她在电话里已"吹过风",但请柬还得上门去送。于是马小芩准备乘中午休息的间隙去一趟龙海峰家。

新年元旦的脚步虽然还没到,但古弦的街道上已经张灯结彩,充满了节日的气氛。

马小芩看着车来人往、一派兴旺的景象,内心充满了喜悦,仿佛街上那些匆匆的行人都在为她张罗婚事似的。她轻哼着邓丽君的《甜蜜蜜》,脚下的步子也变得轻盈起来。

马小芩走进幽静的明日新村,好像离开了婚礼的热闹喧嚣进入了洞房。她内心这么想着,脸上顿时泛起了一阵红晕。

过了小区的九曲桥,马小芩忽听得前面不远处有人在惊呼什么,便快步跑过去。

在一栋楼房前,有四五个人正叽叽喳喳地说着并往上仰视。

马小芩顺着围观者的目光抬头一看,只见六楼一户人家的窗沿上居然趴着一个小男孩。对楼的一位大妈正拼命地朝那个小男孩大喊:"孩子别爬,快别动,别动!"但那个无所畏惧的孩子像一个蜘蛛侠,还是把腿跨出了窗外,先是左腿,然后用手拉着窗户又跨出了右腿。小孩爬得很快,不一会儿整个人就挂在了窗台上。

小男孩扒着六楼的窗台,拼命在哭。他终于意识到自己的危险,可双脚已悬在空中,无力再爬上去。

五楼的一个男子站在斜对面的阳台上试图用一把铝合金梯子顶住小男孩的双脚,但梯子太短,够不着小男孩的脚底。他做了几次努力都宣告失败。

眼看着小男孩扒着窗台的沿口支撑不了多久,但楼下的人只能眼睁睁地干着急。

小区的保安拿着对讲机匆匆赶来，也是束手无策。

这时，突然有人惊呼道："孩子撑不住了，要掉下来了！"

马小芩似乎看到小男孩的身子晃动了一下。她下意识地丢掉手里的包，一个箭步冲了上去，张开双臂去迎接。

"嗖"地一下。马小芩在刺眼的阳光里看到一个飞速下坠的黑点，很快很快，黑点越来越大，盖住了天空，盖住了马小芩眼前的一切。

黑点瞬间又变成了红色。马小芩像抱住了一个红彤彤的太阳，重重的、红红的、烫烫的，感觉整个身体一下子都被融化在一个红色的世界里。

小男孩在她的怀里像一只小兔子拼命地蠕动着，哭喊着。马小芩安静地枕在花坛沿口的花岗岩上，嘴角露着微笑。

龙海峰正在家里午休，被小区里的呼叫声惊醒了。等他赶到出事现场，马小芩已倒在血泊中。

龙海峰走近一看，是马小芩。他几乎是扑上去的，大声喊着马小芩的名字。

"快叫救护车！"龙海峰像一头怒吼的狮子冲着身边的保安大叫。

当张国华摇着轮椅匆匆赶到医院时，马小芩已被蒙上了洁白的床单，静静地躺在太平间里。柔弱的身体从头到脚被这纯白的颜色遮盖着，显得惨白惨白的。

张国华用颤抖的手掀开洁白的床单。

那一刻，他的脸色也是惨白惨白的。张国华欲哭无泪，悲痛到了极点。

这时，马小坤也满头大汗地赶来了。虽然外面的空气很冷很冷，他的身体也很冷很冷，但还是汗流浃背，几乎虚脱。

"姐姐！你怎么啦……"马小坤扑在马小芩的身上失声痛哭，"你怎么可以抛下我一个人先走！"

马小坤的哭声如汹涌澎湃的洪水冲击着在场所有的人耳膜，也冲击着太平间里那静得不能再静的空气。

生命无常——即将的婚礼，变成了葬礼。

殡仪馆一号告别厅庄严肃穆。

门口上方布幔上粘有"马小芩一路走好"的黑底白字的条幅在凛冽的寒风中微微颤动。

大厅正中悬挂的那张马小芩笑容灿烂的照片，更增添了几分凝重的气氛。摆放在两旁花圈上的黑色"奠"字和白色挽联，默默地诉说着人们的哀思。

马小坤呆呆地望着姐姐的照片，自责地在想，如果那天他去龙叔叔家送请柬而不是非要姐姐亲自去的话，也许就没有小男孩爬窗户从楼上摔下来这件事了。或者说，即便有这件事，姐姐也遇不到了。

龙海峰站在马小坤身边，默默擦着眼泪，内心也在自责。那天马小芩打电话告诉他举办婚礼的事，如果执意关照她别送请柬来了，也就不会遇上这件要命的事了。

市见义勇为基金会、市民政局、市妇联、市残疾人联合会等部委办局的领导，被救孩子的家属、小区部分居民有组织或自发前来参加追悼会，向马小芩遗体告别。

马小芩追悼会和遗体告别仪式由老年护理院院长主持，龙海峰致悼词。

龙海峰在致辞时，回想起马小芩的音容笑貌，几度落泪，几度哽咽。这或许是他有生以来最艰难最痛苦的一次发言。

在低沉的哀乐声中，人们缓缓走过马小芩的灵柩，与这位英年早逝的最美新娘见上最后一面。

躺在鲜花翠柏中的马小芩是那么安详，就像是睡着了一样。

她似乎在告诉前来与她告别的人们，她一切都好，只是睡着了而已。

安放马小芩遗体的灵柩，是一辆改装过的灵车。殡仪馆的工作人员，手脚麻利地将马小芩的遗体从鲜花翠柏中抽出来，准备运往火化房。

张国华被他的几位好友扶挟着，只能远远望着，哭喊着。

这时，马小坤突然哭喊着跑过来，拉住了马小芩的灵车不放。仲健等几位同事见状，赶紧上前把马小坤和灵车分开。

马小坤试图挣脱同事们的围堵，但灵车早已像幽灵一样不见了踪影。马小坤望着空荡荡的大厅，声嘶力竭，号啕大哭。

第十章

马小坤还未从失去姐姐的悲痛中走出来,他又踏上了新的工作岗位。

古弦市为了适应经济发展,与周边城市又打通了一条新的快速路。为此,巡防大队新成立了一个城际卡口中队,以守住古弦城的一扇新大门。

这次马小坤终于丢掉了"徒弟"这顶的帽子,被提升为城际卡口中队第一卡口检查站警长。但对于一个新成立的中队来说,大家都是初来乍到的新人,没有先后之分。资格再老,也只能回到新的起跑线上。所谓的警长也只是意味着多了一份多干活、干好活的责任。

城际卡口中队分设四个卡口检查站,除了一正一副两名队长用于组织管理和必要时作为替补队员垫缺外,其余民警和警辅队员全部分到各卡口班组实行轮班制,确保每个卡口检查站昼夜二十四小时运转。

与马小坤搭档的叫徐凯,比马小坤大两岁,古弦本地人。

两个人一交流,对方居然是扬州大学文学院汉语言文学专业毕业的师范生。这让马小坤大跌眼镜。在他的印象里,学中文的都是一介文弱书生,与警察这一风风火火的职业简直风马牛不相及。

马小坤有个中学同学,从小喜欢文学,是郭敬明的铁杆粉丝,长得也有点像郭敬明,文弱瘦小。那年考取的也是一所什么大学的汉语言文学专业。

但眼前这位叫徐凯的家伙,非但没有半点娘娘腔,而且还一副高大威猛的样子,身高竟比马小坤还略高一点。

马小坤第一次知道徐凯的"身世"就好奇地问:"你怎么没去中学当语文老师,而选择了警察?"

"警察是我从小的理想。"徐凯有些沉重地说,"当然,也是父母的心愿。"

"那怎么没直接考公安大学或警校?"马小坤问。

"当年高考没考好,只能将就上了一所大学。"徐凯自惭形秽地说,"不像你考上了牛哄哄的公安大学。"

"没上警校也能当警察,看来你有一个好爸爸吧。"马小坤猜测道。

"没有。"徐凯愣了一下,然后又说,"我是靠自己的本事参加公务员考试考进来的。"

"哦,通过社会招警的公务员考试挺难的啊。"马小坤露出敬佩的目光。

徐凯故意用轻松的口吻说:"世上无难事,只要肯登攀嘛。"

原来,徐凯在当警察之前确实在苏州吴中区当老师。为了实现儿时的梦想,也为了照顾母亲,去年他参加了古弦市公安局招收新警的公务员考试。在警校培训了几个月后被分到巡防大队城中卡口中队,因此正式上岗也只有几个月的时间。之前,马小坤和徐凯并不熟悉,但两个人碰到了一起,很快就成了一对好搭档。

卡口检查在整个巡防工作中是最单调,也是最枯燥一个工作,但又是一项十分重要的也特能磨砺人的耐心、韧性、体能和意志的工作。要在众多车辆和人群中甄别出违法犯罪嫌疑,其实是一件很不容易的事。没有火眼金睛的眼光,没有随机应变的能力,没有身强力壮的体魄,是胜任不了这一工作的。因此这项看似简单的工作其实一点也不简单,而单调枯燥却是实实在在的。用马小坤的话来说,就是"远观——拦停——近察——收证——询问——检查——放行(或扣留)"七个步骤。

春节前的一天晚上，寒风凛冽。马小坤和徐凯带领小杨、小黄两名警辅像夜鹰一样站在闻不到一丝节日气息的卡口上，密切注视着前方的道路。今天是他们组队以来上的第一个夜班。马小坤希望他的战队有一个良好的开端。

午夜十二点左右，两束长光划破夜空向卡口慢慢移动过来。深夜经过卡口的车辆，不管什么车，马小坤特别关注，由于车少，有足够的时间检查，所以逢车必查。他当即挥舞停车牌示意汽车驾驶员靠边停车接受检查。驾驶员用余光扫了一眼路障，点了一下刹车，似乎不想进入卡口的检查区，但车子的半个身子已经进入路障设置的范围，最后不得已把那辆奥迪车停靠在检查区内。

马小坤向驾驶员一个敬礼，说："您好，请出示一下您的驾驶证和行驶证。"

"警官，这么冷的天，还坚守在路上，真是太辛苦你们了。"驾驶员边掏证件边跟马小坤套近乎。

马小坤看一眼车里，除了驾驶员外，车内别无他人。

驾驶员手忙脚乱地在车上翻找证件，但翻了半天也没拿出一本证件。

马小坤见对方磨磨蹭蹭："是不是无证驾驶？"

"不不不，我有证件。"驾驶员说话时似乎在刻意掩饰某种慌乱，最后从车内的工具箱里拿出了行驶证，然后又慢腾腾地从自己身上掏出了驾驶证。

"这辆奥迪车是谁的？"马小坤接过证件一看，车辆行驶证上的名字不是驾驶员本人。

"我朋友的。"驾驶员转动着眼珠子说。

此人的言行举止让马小坤感觉他有嫌疑，但在没有查证的情况下不好轻易下结论。他示意徐凯和警辅队员小杨将车上的人看好，自己回卡口执勤室内核查这两个人的身份信息。

网络查询平台上很快显示出驾驶员的驾驶证信息与身份证信息不一致。按理，驾驶证与身份证的号码是相同的，而那人的驾驶证号却显示的是另外一个人的身份证号。马小坤心里一愣，难道那人的驾驶证是伪造的？

当马小坤要求驾驶员出示居民身份证时，那人却说居民身份证丢了。

于是他将驾驶员带下车，对车辆和他的随身物品进行仔细检查，发现在副驾驶前面的工具箱内有一张驾驶员本人的居民身份证。

明明有居民身份证，为何说丢了？马小坤觉得此人的疑点更大了。将驾驶证和居民身份证一比较，发现那本驾驶证确系伪造，且两本证件上的名字不同。而将居民身份证的信息输入全国在逃人员信息系统后，很快就跳出了一条重要信息，眼前这位驾驶员为涉嫌诈骗的在逃人员，已被外地公安机关上网通缉。

这个在逃多年的诈骗嫌疑犯终于落入了法网。

首战告捷，马小坤、徐凯和小杨、小黄两位警辅队员兴奋了一夜。

那天休息，徐凯邀请马小坤和小杨、小黄去他家做客。

马小坤到古弦工作后，除了去过龙叔叔家做客外，还是第一回去同事家做客，有些受宠若惊。于是到欧尚超市买了一袋新疆大红枣和一盒瓶装蜂王浆作为上门礼。不知道他是不会买东西还是懒得动脑筋，竟跟上次去龙海峰家买的一模一样。

徐凯家的房子不大，但在底楼，有个小院子。小小的院子里，除了有两棵盆栽的大铁树和一些吊兰、五针松之类的小盆景，院墙边角处还落地栽种着蔷薇和蜡梅。

马小坤还没进门就已经闻到了一股蜡梅的清香。他抬眼望去，围墙上方有几朵黄灿灿的蜡梅花正傲立枝头，静静地看着他。

蜡梅有着一颗纯净高洁的慈爱之心，有着一股高风亮节的浩然正气，有着独立、坚毅、忠贞、刚强的品格。

"墙角数枝梅，凌寒独自开。遥知不是雪，为有暗香来。"马小坤心里默诵着。他很喜欢王安石的这首诗。

徐凯开了门,把马小坤让进屋说:"人家都到了,你是最后一个,待会儿罚酒。"

马小坤笑着说:"我是被你家的蜡梅树勾引去了,要罚你罚它。"

"小杨、小黄,你们说,迟到者要不要罚酒?"徐凯大声道。

"罚!罚!罚!"小杨和小黄异口同声地说。

马小坤往上提了提手里的大红枣和蜂王浆说:"徐凯,没什么可带的,给你父母意思一下。"

"你太客气了。"徐凯的声音一下子由高变低,"不过,我父亲不在了。"

"你父亲……"马小坤有些突然。

"牺牲了。"徐凯脸色凝重。

"你父亲是……"马小坤忽然想起两个人第一次见面聊天,难怪那天说他有一个好爸爸时徐凯愣了一下,脸色有些沉重。

"警察,禁毒的,在一次去云南办案的时候……牺牲了。"徐凯低沉地说。

"哦,不好意思,我不该提起你父亲。"马小坤的心情也低沉下来。

徐凯振了振精神:"没什么,父亲已经离开我们好多年了,我早就坦然面对了。"

马小坤略有所思地说:"上次你说,当警察是你从小的理想,也是父母的心愿。这下我明白了。"

徐凯拿出父亲的相册给马小坤看。

马小坤拿过相册翻了几页,心想:照片上徐凯的父亲长得很英俊,浓眉大眼络腮胡,稍作打扮再配上一副墨镜,很适合做打入毒贩内部的卧底。

四个人正看着照片,徐凯的母亲买菜回来了。

"阿姨好!"马小坤和小杨、小黄三个人齐刷刷站起来,像经过彩排似的异口同声跟徐凯母亲打招呼。

"你们好!尽管玩啊。"徐凯母亲和善地说。

徐凯母亲个头不高，五十来岁，一个瘦小的女人，但看上去很干练，一副风风火火的样子。

马小坤望了一眼她的背影，油然想起了自己的母亲。

徐凯发现马小坤呆愣着，一副心事重重的样子，便问："马小坤你怎么啦？"

"没什么。"马小坤回过神。

徐凯以为刚才聊了他父亲那个沉重的话题让马小坤难受了，便收起父亲的相册对大家说："要不玩一会儿牌吧？"

"好啊。"小杨第一个表示赞同。

"玩吧。"小黄也附和道。

"你们这边的规矩我不懂啊。"马小坤露出一点畏难情绪。

"规矩都是人定的，只要我们四个人认可就行了。"徐凯边抹桌子边说。

"玩什么牌？"马小坤问。

"当然是'掼蛋'咯。饭前不'掼蛋'，等于没吃饭。否则今天白请你们吃饭了。"徐凯从桌子的小抽屉里拿出两副扑克牌。

"什么是'掼蛋'？"马小坤一副无知的样子。

"'掼蛋'你不会？跟'争上游''八十分'差不多的玩法。"小杨轻蔑地笑着说。

"没玩过。"马小坤摇了摇头。

"我教你，当年我可是扬州大学的'掼蛋'王。"徐凯骄傲地对马小坤说。

四个人各坐一方，来了一场警察对警辅的"掼蛋"友谊赛。

马小坤虽然第一次玩这种叫"掼蛋"的扑克牌，但手气不错，每副牌拿到手上，炸弹总是一串串的。真是无知者无畏，每次一阵狂轰滥炸后他就第一个轻松胜利了。

小杨和小黄连输三局，两个人唉声叹气没了精神。说他们一个手气好，一个技术好，上午不能再战了，要战下午再战。

徐凯看了看墙上的挂钟说:"好吧,吃了饭再战。谁输谁请客。"

"'掼蛋'谁发明?"马小坤玩出了兴趣,觉得'掼蛋'这种玩法既简单又变化多端,斗智斗勇技巧性强,所以又刨根问底起来。

小杨看看小黄问道:"谁发明的?"

小黄看看小杨反问道:"谁发明的?"

两个人面面相觑。

徐凯理着牌说:"你要问谁发明的,不可能是具体哪个人,只能说是劳动人民智慧的结晶。"

"你这样说,也太笼统了吧。"马小坤显然不满意他的回答。

徐凯看了马小坤一眼:"据说最早是从苏北淮安的博里镇那边流传出来的。"

"为何要起'掼蛋'这个怪名字呢?"马小坤喜欢打破砂锅问到底。

徐凯说:"'掼蛋'这个名字起得一点也不怪,很有劳动人民豪迈的气概。"

"你又来了,哪来那么多劳动人民,一会儿智慧的结晶,一会儿豪迈的气概。这只不过是一种游戏罢了。"马小坤瞪大眼睛看着徐凯。

"No,错。"徐凯伸出食指摇了摇说。

"那你说,怎么个'劳动人民'法?"马小坤很想听听徐凯的高见。

"我的一个大学同学就是淮安博里镇的,以前我问过他'掼蛋'到底是什么意思。他说,以前他们农村每到稻子麦子成熟的时候,收粮食的方法叫'掼把'。就是把成熟的稻子或麦子从地里收割后,运到生产队的打谷场上,扎成一把一把;打谷场上有好多个刻有深槽的石磙子,人们将捆扎好的秸秆朝石磙子上摔打,颗粒就会从秸秆上脱落下来。这个摔打的动作就叫'掼'。"徐凯说到兴头上,站起来边做动作边说,"最经典的'掼',就是先把秸秆举过头顶,然后在空中划出一道漂亮的弧线,这样下去就'掼'得更有力了。"

"难怪有的人打牌,喜欢把扑克牌举得高高的,然后使足劲'啪'的一声往下甩。原来是个掼秸秆的动作啊。"小杨茅塞顿开地说。

马小坤听徐凯这么一说觉得有点道理:"那个'蛋'又如何解释呢?"

徐凯说:"'蛋'其实就是炸弹的意思,'掼蛋'里的炸弹不是最牛吗。但农村人只听说过炸弹这玩意儿很厉害,很少有人见过真家伙,所以就用鸡蛋的'蛋'代替了。"

"你的这个说法不确切。"马小坤突然开了窍,说出了他的见解,"我倒认为,'掼蛋'有点像比赛'扔臭鸡蛋','掼'本来就是扔的意思,谁先扔完谁先赢嘛。"

"兄弟,淮安是一个革命老区,况且那里的人也不富裕,哪有那么多臭鸡蛋让你扔。"徐凯据理力争。

看着两个人一本正经的样子,小杨和小黄在一旁抿嘴偷笑。

好在徐凯母亲已把饭做好,来催他们吃饭。一场剑拔弩张的口水仗就这样在徐凯母亲的开饭声中偃旗息鼓了。

春节将至,人们开始忙碌起来。

街道上到处是购置年货的行人和车辆,宽敞的街道一下子变得很狭窄,因堵车排成的长龙成了古弦城一道新的风景。

有人说,现在的年味越来越淡了。但即便如此,过年对于普通老百姓来说依然是一件很重要的事。平时不能见面团聚的乘着过年的机会一家人围坐在一起吃个年夜饭、喝杯团圆酒,聊聊过去的工作和生活,说说未来的期盼和打算。

马小坤现在最害怕的是过年。

每到过年的时候,他就会想起父母、姐姐,想起那些逝去的亲人。特别是大年三十那个晚上,一个人会感到特别孤独和绝望。小时候那份美好温馨的记忆已成了一个无法追回的遥远的梦,且一点点被现实的风雨锈蚀,变得越来越支离破碎、越来越模糊不清。

好在今年除夕,他们班组刚好轮到上夜班,可以和同事们一起度过一个寒冷却又不失温暖的不眠之夜。

本来,李佳佳想让马小坤跟她一起回安康老家过年,与她父母见个面,把婚事定下来。但由于工作的原因,马小坤节前走不了。所以两个人商定,李佳佳先回去也好给父母先吹个风,然后马小坤过了除夕再过去。

那天,马小坤把李佳佳送到苏州火车站。

节前的火车站,人山人海。不管是广场上还是候车大厅内,都是拎着大包小包准备回家过年的人们。

马小坤一手拉着拉杆箱,一手护着李佳佳,随着拥挤的人群,一路护送到站台。

很快,列车就进站了。马小坤也挤上了车,将拉杆箱放到车厢的行李架上才放心离开。

"我走了。"马小坤拥抱着李佳佳耳鬓厮磨。

"嗯。"李佳佳眼里噙着泪花。

"一路平安!"马小坤说着又吻了一下李佳佳的脸颊。

"嗯。"李佳佳有些依依不舍。

列车很快启动了。

李佳佳隔着窗户跟马小坤挥手告别。

马小坤跟着小跑了几步,直到列车消失在远方。

马小坤走出火车站来到站前广场上,就看到不远处聚着一堆人。

他走近一看,围观的人群中有一位衣衫破旧的老人拉住了一个小伙子。旁边有好几个人七嘴八舌地在指责这个年轻人。

马小坤刚开始还以为老人抓到了一个小偷,后来一听不是这么回事。问了旁边的人才知道,六年前老人最小也是最宠的儿子因为和母亲吵了几句便离家出走至今杳无音信,老人思子心切已经天南地北寻找了整整六年,行程几万里，差不多花光了积蓄。这次意外地被他在这里碰到。所以拉住了儿子的手不放，要儿子跟他回老家。可那个年轻人死活不承认那个老人是他父亲。两个人就这么僵持着。

马小坤挤上前说："不是都有身份证吗，是不是父子，拿出来一看就知道了。"众人纷纷表示赞同。

老人拿出了身份证。马小坤一看是安徽霍山县落儿岭镇的，叫苏奎平。老人的年纪其实不大，才五十三岁，但这么多年的四处奔波、风餐露宿，已经被"摧残"得像个七十多岁的老人。

马小坤又让那个小伙子出示身份证。他说丢失了，正准备去车站公安窗口办理临时身份证明。

这时，广场上的两位执勤警察走上来问怎么回事。马小坤拿出证件亮明了自己的身份，把情况说了一下。执勤警察就把两个人带到车站派出所值班室。马小坤也一起跟过去想看个究竟。

小伙子报出了自己的姓名、住址和身份证号码。民警很快查清了他的身份。竟然与老人是同一个省同一个县同一个镇的，难怪老人听到熟悉的乡音就误认为是自己的儿子了。毕竟父子六年没有见面了，况且从人口信息库里的照片看，他与老人的儿子确有几分相似。但相似毕竟不是真实，民警排除了他俩的父子关系。

当民警确定无误地告诉老人这个"噩耗"的时候，老人失声痛哭。

马小坤心疼地看着这位伤心欲绝的老人，掏了两百元钱塞进他的手里说："苏大伯，别难过，儿子会回家的。"

临别时，马小坤向苏奎平要了他儿子的姓名、年龄、身高、体貌特征等基本信息和他家的地址、联系电话等，说以后帮他留意他儿子的情况，如有消息马上联系他。

大年三十的脚步终于阻挡不住地来了。

下午五点是卡口交接班时间。马小坤早早来到检查站接替辛苦了一天的兄弟们。当班民警告诉他，大队领导已来慰问过，饺子都送来了，放在厨房里。

马小坤换上制服，佩戴好装备，站在警容镜前整了整头上的栽绒警帽，然后又握紧拳头给自己做了一个鼓劲的动作。

马小坤正准备上岗，龙海峰开了他的轿车来到卡口上。

"龙叔叔，您怎么来了？"马小坤惊喜地迎上去。

"来看看你嘛，顺便给你们带点下酒菜。"龙海峰微笑着从车里下来。

"下酒菜？"马小坤对龙海峰说，"我们又不能喝酒。"

"喝点饮料总可以吧。"龙海峰说着往车尾走。

马小坤跟在龙海峰后面说："饮料最好也不喝，我们卡口上的年夜饭要求是速战速决。"

"都大年三十了，只要不耽误工作，搞几个菜，喝点饮料，我想领导也不会说什么的。"龙海峰打开后备厢，拎出两只大袋子说，"拿着，这些菜是我特地让我老婆给你们做的。"

"今晚我们吃饺子，用不着这么多菜呀。"马小坤说着接过大袋子。

"吃饺子，也可以吃菜啊。"龙海峰关了后车厢盖说，"一年就这么一顿年夜饭，你这个警长不为自己，也得为手下的兄弟们想想。"

"领导，遵命！"马小坤一个立正敬礼，手上的袋子差点掉落。

徐凯和小杨、小黄见状，都哈哈笑了起来。龙海峰也笑了起来。

"你们笑什么笑，还不谢谢领导。"马小坤把脸一绷，一本正经地说。

"谢谢龙叔叔！"三人异口同声地说。

"不用谢，不用谢。"龙海峰微笑着说，"也没几个菜，天冷，等会儿吃的时候再热一下。"

"龙叔叔，外面冷，去里面坐一下吧。"马小坤说着往检查站里走。

龙海峰摇了摇手："不了，家里还等我回去吃年夜饭呢。"

"那就不留您了。"马小坤停下脚步说。

"你们辛苦啊！我代表古弦百万人民向你们表示诚挚的敬意和衷心的感谢！"龙海峰微笑着向大家挥手告别。

马小坤一个挺胸立正,大声说:"兄弟们,听我口令——立正——敬礼!"

龙海峰见四个小家伙来真的了,笑着说:"别搞得像领导视察似的。"

"龙叔叔,您代表古弦百万人民来慰问我们几个小警察,我们的马警长能不搞得隆重一点吗。"徐凯也没大没小地开起玩笑来。

待龙海峰走后,徐凯问马小坤:"你的这位龙叔叔真能代表古弦百万人民吗?"

"怎么不能,你知道他做过什么?"马小坤一副自得的样子。

"做过什么?"徐凯张大了嘴巴。

马小坤骄傲地说:"做过古弦市委副书记、市人大副主任,你说能不能代表?"

"能。"徐凯点头称是,但他又说,"不过,我好像没有听说过他有这么多官衔啊。"

"亏你还是土生土长的古弦人,连我们的父母官都不知道。"马小坤装出一副严肃的样子的说,"徐凯同志,鉴于你的无知和错误,现在请你到马路上罚站两个小时。"

说完,四个人哈哈大笑起来。

龙海峰送来的熟菜很丰盛,大多是干货,有鲍鱼、鳝丝、海蜇、烤鸭、熏鸡、牛肉……四个人轮流吃着,个个吃得狼吞虎咽。

大家吃完饺子,也就意味着今年这顿年夜饭已经吃好。接下来便是在黑夜里守年岁。

马小坤站在路口的寒风里注视着前方,半个小时都不见一辆汽车经过。

他想起去年除夕那个晚上在山上执勤时的情景,那是人潮涌动,人山人海,与这里冷清的场面形成了鲜明的对比。但越是冷清,越要提高警惕。

这时,天空下起了雪。轻轻柔柔的雪花飘落在马小坤的帽子上、脸上、肩上,让寂寞中的他感到了一丝莫名的温暖。

马小坤指挥着,让徐凯和小杨、小黄他们把那顶白天用的遮阳伞重新支撑起来。

雪越下越大。

马小坤把头上那顶栽绒警帽的耳舌头翻转下来,往脸颊上贴了贴。风雪中的他好似一个活雷锋。

突然,马小坤发现前方有个黑影在风雪中移动。他警惕地注视着。

黑影渐渐向他走来。马小坤终于看清了对方的模样,是一个衣着单薄的年轻人。

"喂,去哪里?"马小坤迎上前问道。

"去前面的小镇找老乡。"年轻人瑟瑟发抖地说。

这个时候找老乡,肯定不正常。马小坤一看那人的样子就知道不是什么好青年,但还是客气地把他带进了检查站。

"有身份证吗?"马小坤抖了抖身上的雪问对方。

"有。"年轻人从身上掏出一个旧得已经卷边的身份证。

马小坤接过身份证一看——安徽省霍山县……他一愣,脑海里立即闪现出那天在苏州火车站遇见的那个苏奎平。但仔细一看,面前这个年轻人不是落儿岭镇的,也不姓苏,而是叫钱宝生,1995年出生,比苏奎平儿子苏大明小四岁呢。

"报告管教,能不能给我点吃的?我已经饿了一天了。"那个叫钱宝生的年轻人可怜兮兮地说。

马小坤听到这声很别扭的"报告管教",立即疑惑地盯着钱宝生观察起来。

"警官,刚才我报告错了,你们不是管教。我刚从'号子'里出来,还没转过弯。"钱宝生点头哈腰地说,接着又连忙补充道,"不过,我出来这几天,一天都没干坏事。"

马小坤瞪了他一眼说:"怎么不回家?"

"没家。"钱宝生木然地说。

"怎么没家?"马小坤问。

钱宝生淡淡地说:"父母离婚了,他们都不要我。"

"不可能吧,当初你是判给谁的?"马小坤又问。

"判给母亲,但母亲改嫁后,后爸就把我赶出来了。"钱宝生露出一丝哀伤的神情。

马小坤把钱宝生的身份证递给徐凯,让他在电脑上比对一下身份信息。自己去厨房间拿了一些吃剩的烤鸭和牛肉出来。

钱宝生见了香喷喷的烤鸭和牛肉就像黄鼠狼见了鸡,扑上去狼吞虎咽地大口吃了起来。

马小坤苦笑了一下:"慢点吃,等一会儿还有饺子呢。"

徐凯从电脑上查出的结果,与钱宝生说得差不多,一年前因多次偷窃超市的东西,被判拘役六个月,三天前刚刑满释放。

这种人放在社会上是很危险的,一旦没有生活来源,就会重蹈覆辙、重走邪路。谁该为他们买单呢?

马小坤一直思考着这个问题,可这样的社会问题不是一朝一夕能解决的,更不是他一个小警察能够解决的。

雪终于停了,大地一片银装素裹。

远处的天空渐渐有了声色,璀璨的烟花和响亮的爆竹声划破了夜空的静谧,变得喜气洋洋。

不一会儿,烟花和爆竹声就密集起来,把整个夜空装点得光彩夺目。

新年,真的来临了!

从苏州去安康的列车每天有三趟。由于春运期间的火车票很紧张,马小坤虽然提前买了,但也只买到了那趟时间又长、花钱又多的K282次。

好在这次买的是硬卧票,不会像上次来古弦时挤在闷罐式的硬座车厢里那样难受。

马小坤半躺在车厢的下铺,听着喇叭里《友谊地久天长》的萨克斯音乐,闲适而安宁。

但即便再闲适,坐久了也会腰酸背痛,马小坤想站起来舒展一下身体,突然发现头顶上挂下两只赤裸的脚。马小坤抬头一看,是睡他上铺的一位戴眼镜看上去挺知书达理的女孩。

"对不起。"女孩不好意思地跟马小坤打招呼。

"没关系。"马小坤和善地说。

经过交流,马小坤知道对方也是去安康的,是一个土生土长的安康人。

安康女孩问:"去安康出差?"

马小坤顿了顿说:"不……去玩。"

"安康没啥好玩的呀。"安康女孩用疑惑的眼神打量着马小坤说,"你不会骗我吧。"

"我去安康下面的一个县城。"马小坤不想说得太具体。

"哪个县城?"安康女孩也是个喜欢打破砂锅问到底的主儿。

马小坤只好笑盈盈地回答:"岚皋。"

"岚皋?"安康女孩张大了嘴巴惊讶地说,"那里太穷了,是个苦地方啊。"

"我就想去苦地方看看。"马小坤想不明白,难道岚皋真的像这个女孩说的那样吗。

"去看谁呀?"安康女孩做了一个挤眉弄眼的坏笑说,"不会是去看女朋友吧?"

马小坤笑而不答。

"是不是被我猜中了?"安康女孩兴奋地说。

安康确实不是马小坤此行的最终目的地。虽然李佳佳从小跟外婆一直生活在安康市区,但自从三年前外婆去世后,每次回家就去离安康市区七十多公里的岚皋县城她父母那里。

当初，马小坤跟李佳佳通电话的时候，李佳佳说她来火车站接他。但考虑到火车到站已是晚上九点半，所以马小坤说他第二天早上自己坐车去岚皋。

马小坤下了火车，就打出租车来到汉江南岸的市区。

面对车水马龙、霓虹闪烁的街道，马小坤感觉一切都是那么陌生而又那么亲切。当年记忆中的街道似乎已经不复存在，但江风吹在脸上依然那么清爽。变化的是城市，不变的是心灵。

马小坤安顿好自己的行李，就给李佳佳报平安。告诉她今晚就住在汉江边上的金苑大厦。出租车司机本来是拉马小坤到了水电大厦，他怕引起李佳佳误会，所以改到了金苑大厦。

一大早，马小坤就被马路上的汽车喇叭声叫醒，一看时间才五点半。醒了再睡的话，就有点睡不着了。

马小坤从酒店出来，在路边的一个小饮食店吃了早餐，就上了汉江大桥。

站在桥上向远眺望，平静的江面笼罩着一层若隐若现的薄雾，似乎会有美人鱼出现的征兆。不远处的安康港像一个沉睡的老人，库克号游轮静静地依偎在她的身旁一动不动，只有稀稀拉拉的几个老年人冒着严寒在码头的水泥地上舞弄着太极拳和木兰扇；稍远处，一帮人在跳晨舞。

马小坤下了桥，沿着江堤而行。猛一抬头，看见面前一座"安康洪水历史标志塔"。他突然想起那年和毛雅妮曾在这塔下留过一张合影，应该是姑妈给他俩拍的，只是那张照片已不知去向。

不一会儿，马小坤就走近了那群舞者。这是一个很简朴的露天舞场，舞者以中老年为主，有的已年过古稀，喇叭里正播放着一首耳熟能详的歌曲，那是一首他大学时参加过合唱比赛的歌。随着音乐的节奏，马小坤跟着轻轻哼唱起来：

今天是你的生日，我的中国
清晨我放飞一群白鸽
为你衔来一枚橄榄叶
鸽子在崇山峻岭飞过
我们祝福你的生日，我的中国
愿你永远没有忧患，永远宁静
我们祝福你的生日，我的中国
这是儿女们心中期望的歌
……

马小坤终于坐上了去岚皋的公共汽车。

之前他有过一张安康地图，知道去岚皋要经过姑妈家那个水电厂家属院。于是他一上车就注视着右前方，生怕一不小心会错过。马小坤记得很清楚，水电厂家属院应该在路的右侧，门口还有一个3路公交车站，那年姑妈带着他和毛雅妮去汉江边玩就是坐的3路公交车。

马小坤伸长了脖子望着右前方，虽然他知道现在望什么都是徒劳的，但他还是忍不住观察着车窗外的景物。

汽车上了207省道沿着汉江一路南下，已经开了好长一会儿，马小坤这才发现不对劲。其实汽车早已驶出市区。他们现在走的是一条新的207省道，而经过水电厂家属院的是原来那条老的207省道，一条在汉江西岸，一条在汉江东岸，简直南辕北辙。即便现在毛雅妮还在那个家属院里，也只能是牛郎织女隔江相望了，况且她已经……马小坤一阵感伤。

汽车沿着山谷里的河流依山而行，虽然是隆冬，眼前的景致仍是山清水秀，风光无限。山上的植被很多，偶尔有几处裸露着山体的肌肉，如一道道伤疤，留下了人为开挖的痕迹；与山路平行的岚河，宛如一条婀娜多姿的美人鱼，忽左忽右，始终伴随着。

马小坤感慨着大自然的鬼斧神工。他拿出手机调至相机模式，咔嚓咔嚓拍了几张。

汽车终于到达岚皋。李佳佳已经等候在车站出口处。

两个人见面，自然拥抱着亲热了一番，然后又亲热地相拥而行。

李佳佳的家离车站不远，就在岚河北岸的"城市新洲"住宅小区。

"一路上累了吧。"李佳佳深情地看着马小坤。

"还行，坐卧铺比那个硬座好多了。"马小坤满脸笑容。

"昨晚在安康睡得怎样？"李佳佳露出幸福的笑脸问。

"想你了，你说能睡好吗。"马小坤做了个调皮的表情。

"还说呢。我不是想来接你的嘛，被你拒绝了。"李佳佳嘟哝着嘴。

"我是怕你晚上不安全。"马小坤将脸往李佳佳的脑袋上靠了靠说。

"不会是去会某个安康美女吧。"李佳佳朝马小坤做了个鬼脸。

"安康美女早死了。"马小坤脑子里可能想到了毛雅妮，就不假思索地脱口而出。

"不许乱说！"李佳佳娇嗔地看着马小坤，"难道我不是安康美女？"

"你是岚皋美女，比安康美女更美。"马小坤连忙恭维说。

"岚皋就是安康，在美女这个问题上两者没——有——区——别。"李佳佳拉长了说话的声调。

"对对对，你就是安康美女、也是陕西美女、也是中国美女。"马小坤干脆调侃道。

"我只属于安康，我只做安康美女。"李佳佳一脸娇媚。

"好好好，祝你做一个安安稳稳、健健康康的安康美女！"马小坤在李佳佳面前别无选择，只能投降，就差举起双手了。

马小坤很快就见到了未来的岳父岳母。

李佳佳的父亲李京龙是岚皋法院的一位法官，母亲顾景芝是岚皋中学的一名教师。两位长辈见了这位未来的乘龙快婿，感觉很满意，当即拍板敦促两个人尽快完婚。

看来做父母的心情都一样，除了望子成龙、望女成凤，都希望子女早日成家立业。

第十一章

早春三月，万物复苏。一年一度的"梨花节"将在四川绵竹市隆重举行。

龙海峰受绵竹市领导之邀前往参加。临行前，他想叫马小坤一起去，也好让他回趟老家看看。

马小坤本来也有要回一趟家的想法。当初村里和龙叔叔他们援建组出资为他家盖的新房因闲置着，村里的竹编工艺合作社想出资租用，上次赵巧妹已来电话催过。另一个促成他回家一趟的原因是，他希望姐姐的骨灰能与父母合葬，毕竟她和张国华还没正式完婚，不想为难他，况且中国人讲究个叶落归根。这个他也已经跟张国华商量好了。所以这次能和龙叔叔一同回去就再好不过了。

于是，他向中队和大队领导请了假，得到批准后就与龙海峰一同前往。

汽车上了沿江高速就直奔上海浦东机场。

龙海峰以前每次去四川绵竹，总是先从上海浦东机场坐飞机到成都，再乘汽车到绵竹。这次也不例外，所以马小坤也有了一次坐飞机的机会。

马小坤出了娘胎第一回坐飞机，心里既兴奋又担心。

兴奋是肯定的。不要说第一回坐飞机了，小时候第一回坐父亲的自行车都觉得很兴奋，把两只小手左右一伸展，就有了那种飞翔的感觉。

他担心的倒不是自己的安全,而是"姐姐"能不能跟他一起顺利登机。

临行前他问过同事,为此还有过一场大辩论。小杨说,骨灰盒能不能带上飞机要看各家航空公司的规定,有的可以有的不可以,而且不同的机场也有不同的规定和限制。小黄说,骨灰盒可带上飞机,但要托运。徐凯说,骨灰盒可直接带上飞机,不需要托运,当年他去云南把父亲的骨灰运回家就是直接带上飞机的。小黄说,那是因为你父亲是英雄,给予了特殊待遇。

后来,马小坤听从了小杨的建议,打电话询问了机场和航空公司,他们的说法基本相同,但也有差异。机场方面说,骨灰盒可直接带上飞机,不必托运,但死者家属应带上相关死亡证明书和当地公安机关开具的安全携带证明,为了安检需要,选择那些容易穿透低量X射线材质的骨灰盒,否则可能会开盒检查。航空公司说,骨灰盒可以带上飞机,但要作为非托运行李带上客舱的话,前提条件是不引起其他旅客不快,因此为了防止出现不必要的麻烦,建议托运。

马小坤最不愿意听到"托运"两字。"姐姐"也是人,怎么可以跟货物放在一起托运呢。而且听说机场"托运"都是野蛮装卸,乱甩乱扔。龙叔叔的好几只行李箱都是被"托运"托坏的。所以,不管怎样,他一定要把"姐姐"直接带上飞机。

马小坤坐在车上苦思冥想,怎样做才能不引起同机旅客的关注和不快,又能妥善安置好"姐姐",让她不受委屈?

马小坤扶着前排副驾驶的靠椅问龙海峰:"龙叔叔,上了飞机随身行李可以放在身边吗?"

坐在副驾驶上的龙海峰说:"一般不可以,都要放在行李舱内。"

"把东西放在自己身上也不行吗?"马小坤本想上了飞机把"姐姐"一直捧在手里。

"也不行,除非那些你需要随时添加的衣服之类的东西。"龙海峰明白马小坤问的意思。

马小坤又问:"龙叔叔,上海飞成都要多长时间?"

"三个小时多一点吧。"龙海峰回头看了一眼马小坤。

马小坤抚摸着身边那只专门安置"姐姐"的旅行包，心里默默地说：姐姐，看来上了飞机只能委屈你了，我不能再陪在你身边了。

汽车像一只快速爬行的甲壳虫，穿过上海市区，穿过黄浦江隧道，很顺畅地到达了浦东机场。龙海峰告诉马小坤，以前每次去浦东机场赶飞机，路上总要堵几回车，很少有今天这么顺畅。马小坤嘴上没说，心里在想：也许托了姐姐的福，但愿接下来的路也能顺顺畅畅。

马小坤带上"姐姐"，跟着龙海峰进了机场，在出发大厅托运好行李，换好了登机牌，就忐忑不安地来到安检口。

上帝保佑！"姐姐"和他一样很快通过了安检。马小坤迅速抱起"姐姐"，回头看了一眼那道令他心惊肉跳的安检门，长长地舒了一口气。

马小坤看到也已经安检完毕的龙海峰，正想跟他走，突然身后有人拍他的肩膀。马小坤吓了一跳，差点叫起来。回头一看，是商城派出所的蒋健民。

"师傅，您吓死我了。"马小坤捂着胸口说。

"这么安全的地方，你吓什么呀。"蒋健民依然胖乎乎一副可爱的样子。

"我以为身后站着一只大灰狼呢。"马小坤跟这位师傅感情特别好，一见面就没大没小。

"在浦东机场如果真能碰见一只大灰狼的话，那你就出名啦，说不定还能成为《时代》周刊的封面人物。"蒋健民开起了玩笑。

"我才不想做什么封面人物呢。"马小坤问蒋健民，"师傅，您去哪儿？"

"西双版纳。"蒋健民也问马小坤，"你呢？"

"回四川老家。"马小坤见蒋健民穿一身花里胡哨的衣裳，便猜想说，"师傅，您去西双版纳旅游啊？"

"旅游？没那福气。"蒋健民拍了拍马小坤的肩膀说，"出差。"

"办案？"马小坤马上意识到。

"嗯,跟禁毒大队的弟兄们去抓一窝'耗子'回来。"蒋健民用嘴努了努前面两个戴墨镜的年轻人。

"哦,那得注意安全啊。"马小坤一本正经地关照道。

"没事,你又不是不知道我的能耐。"蒋健民显得很自信。

"师傅,您在我面前可以逞能,但在那帮亡命之徒面前还是小心谨慎为好。"马小坤突然想起了徐凯的父亲,为眼前这位师傅担心起来。

"徒儿,放心,我死不了。如果真的光荣了,那样也很好,可以成全我老婆了。"蒋健民装出一副很轻松的样子。

"师傅,您又来了,说到自己老婆就没正经话。"马小坤瞪了他一眼。

"反正她一直跟我闹着要离婚。"蒋健民两手一摊无奈地说。

"不会吧。"马小坤皱起了眉头。

龙海峰正到处寻找马小坤,发现他和一位中年男子在说话,便走过来招呼说:"小坤,你在这儿啊,我以为你走丢了呢。"

"哦,龙叔叔,我来介绍一下。"马小坤指着蒋健民说,"这位就是我经常跟您提起的商城派出所的蒋健民,我的第一位师傅。"

"蒋警官,您好!"龙海峰出手说。

"您就是龙书记吧。"蒋健民握住了龙海峰的手说。

"师傅,您认识龙叔叔?"马小坤站在中间问道。

"当然认识。我听所里的老同志说过,想当年,龙书记是我们商城的风云人物。"蒋健民像一个知根知底的老熟人。

"哪里,哪里。"龙海峰谦虚道。

"你龙叔叔是一位德高望重的领导啊。"蒋健民很庄重地对马小坤说。

"不敢当,老了,早就退居二线了。"龙海峰笑了笑。

"你们一起去四川?"蒋健民问。

"嗯,他是我们四川老家的大恩人。"马小坤对蒋健民说。

"我知道,当年对口援建四川灾区,龙书记就是我们古弦援建指挥组的最高领导。那年成立援川警队，我差点也被选上。"蒋健民像个什么都知道的老百晓。

"后来怎么没去成？"马小坤问。

"想去的人很多，后来体检说我有一个什么'+'，就这样被年轻人抢去了。"蒋健民说话的口气里似乎还有些遗憾。

三个人有说有笑地向登机口走去。

马小坤上了飞机，小心翼翼地把"姐姐"放在他头顶上方的行李舱里。他坐下来，又仰头望了一眼，然后闭上眼睛默默对姐姐说："姐姐，带你回家了。"

飞机上了跑道，开始加速滑行，一会儿就腾空而起。

马小坤没感觉到有一种飞翔的快感，反而觉得耳朵里"嗡嗡"作响，像被扔进了一个密不透风的闷罐里。连龙海峰跟他说话的声音都听不清楚。

"小坤，坐飞机的感觉怎样？"龙海峰知道马小坤第一回坐飞机，发现身旁的马小坤一脸凝重便问道。

"龙叔叔，您说什么？"马小坤听不清龙海峰说话的声音。

"我说，你现在有——什——么——感——觉？"龙海峰凑近马小坤的耳朵加大音量一字一句地说。

"感觉耳朵有点疼，心在悬上来。"马小坤终于听清楚了龙海峰的话，突然在想，"姐姐"会不会也有这样的感觉呢？

"张开嘴，然后做几个吞咽动作，过一会儿待飞机平稳飞行后就会好的。"龙海峰做起了示范。

马小坤学着龙海峰的样子做了几下，耳鸣的症状果然好多了，但耳朵还是有点微微的痛。马小坤用手捂了捂耳朵，试图消除疼痛，但还是无济于事。

飞机爬上了一万米的高空，马小坤身体所有的不适都消除了。

他通过舷窗发现，原本高高在上的云彩都臣服在他的脚下。这下他终于有了像孙悟空那样腾云驾雾的感觉。

三个多小时的飞行,很快就到了成都双流机场。

来机场接龙海峰和马小坤的是原山花镇党委书记、现任绵竹市委宣传部副部长童青松。

龙海峰和童青松可谓是一起经历了四百多次余震、共同生活战斗了八百多天的老朋友,两个人的见面礼就是溢于言表的一个深深的拥抱。

"龙大爷,欢迎啊!"童青松热情地搂住了龙海峰。

"童部长,辛苦您亲自跑一趟。"龙海峰终于松开了童青松的拥抱,客气道。

"应该的,能来接您是我的荣幸。"童青松脸上洋溢着灿烂的笑容。

"童叔叔,您好!"马小坤站在一旁终于插上了话。

童青松听到喊声,这才注意到站在龙海峰身旁的马小坤:"这不就是当年考上公安大学去北京读书的山花才子马小坤吗?"

当年就是因为他的介绍,龙海峰才知道马小坤的情况而决定全力资助这位失去双亲的贫困大学生。

"小坤大学毕业后就到我们古弦工作了。"龙海峰介绍道。

"很好,很好,长成大小伙子了,很帅啊,快认不出了。"童青松很欣慰地拍了拍马小坤的肩膀。

"谢谢童叔叔关心!"马小坤腼腆地说。

三个人边走边说,向机场停车场走去。

童青松请龙海峰和马小坤上了一辆别克商务车,驾驶员帮着把他俩的行李也搬上了车。别克商务车驶出了机场,就如一匹快马,直奔绵竹。

龙海峰望着车窗外的景致感慨道:"灾区的变化很大啊。"

童青松也深有感触地说:"是啊,虽然地震是一场灾难,但在全国人民的大力支援下,我们现在的生活比过去不知好了多少倍。"

龙海峰欣慰地说:"时间过得真快,一晃已经快六年了,那年我第一次来绵竹时的情景还历历在目,真是今非昔比!"

"龙大爷,这次来绵竹可以说是回娘家,您可要多住几天喔。"坐在副驾驶上的童青松回头看了龙海峰一眼。

"不行啊,我还兼着市里一个'帮困基金会'的工作,况且小坤的假期短,我得和他一起回去。"龙海峰无奈地说。

童青松力邀道:"小坤可以让他先回,反正您现在的工作比以前轻松多了,有时间多住几天。这次来了不知何年何月再来。"

"放心吧,我会常来的。"龙海峰笑呵呵地说。

"好啊,我们随时欢迎!"童青松微笑道。

三月的绵竹,风和日丽,春意盎然。漫山飞雪的梨花,金黄灿烂的油菜花、粉嫩娇艳的桃花,把延绵百里的龙门山脉装点得多姿多彩、分外妖娆。

"2014四川花卉(果类)生态旅游节分会场暨绵竹市第十六届梨花节"在绵竹市龙门山脉脚下的九龙镇悦音广场隆重开幕。

那天龙海峰作为特邀嘉宾,西装革履地参加了梨花节的启动仪式。他看到了许多绵竹的老领导、老朋友,握手、拥抱、打招呼成了他最频繁的动作。

在开幕仪式上,龙海峰听童青松介绍:梨花节已经成为绵竹市一张重要的城市名片。随着绵竹"九龙山－麓棠山乡村旅游景区"等融自然与人文风光于一体的沿山旅游景区的日趋成熟,他们将倾力打造"春赏花、夏纳凉、秋品果、冬观雪"的观光休闲特色乡村旅游。通过观赏休闲农业、游览乡村美景、开展本土文化活动,进一步展现绵竹沿山旅游文化特色和灾后重建成果,提升绵竹休闲农业和乡村旅游品牌,促进农民增收。今年的梨花节以"酒香画城、山水绵竹"为主题,包括"四汇斋杯"绵竹年画进校园绘画大赛(决赛)、农产品展销活动、梨花节摄影展、踏青活动、民俗文化活动、大型文艺演出、全民强身健体登山活动、科技文化卫生"三下乡"活动及文艺演出、沿山游钓鱼活动、乡村"趣味运动会"等涉及旅游、文化、经济、社会的三十余项活动,这些活动将在绵竹的山花、广济、金花、遵道、九龙、汉旺等乡镇相继举行。

在山花镇的梨花节分会场土特产集中展销区,数十家山花本土企业摆出自家拿手特产,吸引了众多游客。在一处摊位上围着不少游人,原来大家都抢着在品尝山花著名的"赵板鸭"。摊主将香喷喷的板鸭切成了一块块小块,供游客们品尝。而在另一处茶叶摊位前,不少游客在品尝了山花最具代表性的特产"三溪香茗"后,也都竖起了大拇指啧啧称道。

龙海峰也饶有兴趣地挤在人头攒动的游客中,看到这些琳琅满目具有地方特色的土特产品时,他露出了欣慰的笑容。

在一个竹编工艺摊位前,龙海峰惊喜地遇见了赵巧妹。

赵巧妹戴一副无框眼镜,穿一身镶有玫瑰花图案的旗袍,显得特别优雅妩媚,神采飞扬。

"龙大爷!您怎么也来啦!"赵巧妹先发现了人群中的龙海峰。

"小赵,是你啊!"龙海峰简直不敢相信自己的眼睛,难道眼前这位就是几年前又黑又瘦的赵巧妹?

"嗯,龙大爷。"赵巧妹露出了羞涩的微笑。

"龙大爷,巧妹她现在是我们村里竹编工艺合作社的领导了。"跟她一起在摊位上展销服务的一位妇女介绍道。

"好啊,当领导不错。"龙海峰爽朗地笑着说。

"龙大爷,别听她瞎说。"赵巧妹瞪了旁边那个妇女一眼。

"工艺合作社能把那些能工巧匠组织起来,把我们的传统手艺传承和发展下去,是一件功德无量的事啊。现在各地对非物质文化遗产都在抢救保护,再不这样都要失传了。"龙海峰深有感触地说,在他当人大副主任的时候对这方面的提案就特别关注。

"龙大爷,挑一个喜欢的,送您。"赵巧妹见海峰拿起一幅"三星高照"竹编年画左看右看便道。

"哦,那可不行。"龙海峰将手上那幅精美的"三星高照"竹编年画放回到原处。

"都是自己编的,花不了几个钱。"赵巧妹笑盈盈地说。

"那也不行。"龙海峰摇着手。

"龙大爷,您一个人来的吗?"赵巧妹扶了扶眼镜问。

龙海峰说:"我和你们村的马小坤一起来的。"

"对了,我正要找他呢,想让他把他们家的房子租给我们工艺合作社做工场。"赵巧妹快人快语。

"我听他说起过的,这次他回来就是要和你们商量这件事。"龙海峰说。

"那他人呢?"赵巧妹急促地问。

"小坤他姐姐去世了,他这次把骨灰带了回来,他去亲戚家商量安葬的事。"龙海峰露出伤感的神色。

"啊,怎么走的?"赵巧妹倍感惊讶。

"救一个从楼上摔下来的小孩,孩子得救了,她却……"龙海峰低缓地说。

"小芩还年轻啊,真是苦命。"赵巧妹感叹道。

"对了,你的个人问题怎样了?"龙海峰油然想到了这个人人关心的问题。

"本来我不想嫁人了,就和女儿两个人过算了,但村里好多人都做我工作要我再找一个,女儿也希望我找一个,所以我考虑再三,前些日子相了一个,人不错,有技术,对我女儿也好。"赵巧妹不紧不慢地说。

"好啊,应该追求你自己的幸福。"龙海峰半开玩笑地说,"什么时候喝你喜酒?"

赵巧妹羞涩地道:"还早呢。到时请您,您一定要来的啊。"

"一定一定。"龙海峰想都没想就脱口答应,接着他又转了话题问,"孩子读书还好吧?"

"成绩一般,今年初二了,明年中考不知道能不能上高中。"赵巧妹有些担心地皱起了眉头。

"你女儿很乖巧,再努力一年,我想会考上的。"龙海峰依然能记起赵巧妹女儿陈怡的模样。

"借龙大爷吉言!"赵巧妹眉头的结顿时打开了。

马小坤没有陪龙海峰参加梨花节开幕式,而是回家安顿好了姐姐,就去了罗荣新村姨妈家。

在山花镇,马小坤的近亲只有这位姨妈了。他是想跟姨妈商量如何安葬姐姐的事,因为这方面的规矩他一点也不懂。

马小坤一进村口,就被那里干净美丽的环境吸引住了。

一栋栋新房子白墙灰瓦,整齐有序地伫立在道路两旁。宽敞平坦的水泥路简直像城市里的街道,清洁干净,直通到每家每户。各家的宅前空地用低矮的鹅卵石围着,像一个开放式的花圃,里面种植着各种花草果树,山茶、月季、紫叶李、朱槿牡丹、梨树和谐地相处着,成了好邻居。每户人家的大门口都高挂着大红灯笼,贴着大红春联;还有几户人家贴着大红喜字,门口还停放着崭新的轿车。

马小坤目不暇接地看着,原来记忆中的罗荣村已被眼前的一切彻底颠覆。唯一还有记忆的原物,是原来在姨妈家屋后的两棵高大挺拔的杜仲树。

微风中的杜仲树,像两位饱经沧桑的老人,又像一对恩恩爱爱的夫妻,见证着这些年村里发生的翻天覆地的变化。马小坤听龙叔叔说过,为了保护这两棵杜仲树,他们在为罗荣村重建的时候,煞费苦心动了一番脑筋,将村里那条原本又脏又窄的臭水沟挖成了一条清澈的小河,在河的中央用鹅卵石为这两棵杜仲树筑建了一座小岛,让它们也有一个安居乐业的家园。

马小坤站在横跨小河的一座石拱桥上,望着眼前"小桥、流水、人家"的美景,仿佛回到了江南水乡的古弦。

马小坤不知道姨妈的新居是哪一家,问了几位村里人才找到,但姨妈和姨夫都不在家。邻居说他们一家人去镇上玩去了，他也是刚从镇上那个人山人海的集市上赶回来。

马小坤不知道姨妈和姨夫现在有没有手机，无法跟他们联系。虽然他也可以去镇上找，但怕一来一回反而错过，反正事情还得回家商量，况且自己也觉得有点累，所以还是决定等他们回来。

姨妈家对门的邻居听说马小坤是从古弦来的，就热情地招呼他进屋，又是让座又是泡茶。马小坤没有坐下，而是欣赏起这户人家的环境。

这是一套一百二十平方米的大房子，平整如镜的大理石地砖、富有个性的电视幕墙、晶莹剔透的水晶吊灯……客厅、卫生间、厨房间的装潢，几乎与城市里那些时尚人家没什么区别。客厅正中墙上的镜框里挂着一幅雍容华贵的牡丹图；花格木墙下的一个硕大的鱼缸里，数十条色彩斑斓的热带鱼正尽情地在水中欢游。

"这房子装潢得不错啊。"马小坤看着这户人家豪华气派的装饰，发出了啧啧的赞叹。

"马马虎虎。"男主人谦虚地说。

"别站着，快坐啊。"女主人从里屋走出来见马小坤站在沙发旁，便招呼道。

"喝口茶。"男主人也招呼说，"估计你姨妈也快回来了。"

"谢谢！"马小坤坐到一张三人沙发里，就和男主人攀谈起来，"建这么大的房子要花多少钱啊？"马小坤自家的房子都是姐姐和村里以及龙叔叔他们一手操办的，自己对房子的造价一点概念都没有。

"我们是灾后重建农房，政府补贴一部分，村里根据每家每户不同的经济条件，适当扶助一部分，另外还可以优惠贷一部分款，所以当初自己花的钱不多，大概八万块钱左右。如果放在平时，是造不起这种房子的。"男主人滔滔不绝地说，"而且我们周边环境和基础设施建设都是古弦来的援建单位免费提供的。"

"真的不错。"马小坤想起自己家的新房子，没有他家那么大，而且也没什么装修,几乎是毛坯房。

"那天我们搬新居,摆了'坝坝宴',来吃的人很多,一拨又一拨,绵竹和山花的好多领导都来了,你们古弦援建组的龙大爷也来了。"男主人兴奋而感激地说,"多亏了党和政府,还有你们古弦人民的无私帮助啊。"

"我也是山花人,不是古弦人,只是现在在古弦工作。"马小坤纠正道。

"古弦好,你代表我们山花人去古弦为他们服务也很光荣嘛。"男主人说。

"是啊,没有他们的无私帮助,也没有我们今天这么幸福的生活。"马小坤感慨道。

"吃瓜子。"女主人也坐过来,从茶几上的果盆里抓了一把瓜子放到马小坤跟前。

"谢谢阿姨!"马小坤礼貌地微微起了起身子。

女主人一边嗑着瓜子,一边打开电视。马小坤也顺着女主人的目光看了起来。

电视幕墙前的那台液晶大彩电正播放着中央台的"星光大道",山楂妹正深情地演唱着一首《活出个样来给自己看》:

活出个样来给自己看
千难万险脚下踩
啥也难不倒咱
只要你的心中有情有爱
风里走雨里钻
刀山雪岭也敢攀也敢攀
活出个样来给自己看
苦辣酸咸全咽下
啥也难不倒咱
只要你的心中有情有爱
天也蓝地也宽

再苦再累心也甜心也甜

马小坤很投入地听完了这首歌，内心慷慨激昂起来，感觉自己的血脉里被注入了一股巨大的能量，浑身是劲。

姨妈和姨夫带着儿子终于回来了。

马小坤见到了可爱的小表弟。小家伙今年五岁，一副小大人的样子，已经上幼儿园了。真是只怕不生，不怕不长。

马小坤从双肩包里拿出了一辆遥控汽车。小家伙见了爱不释手，闹着就要玩。马小坤拆了包装，安装了电池。遥控汽车在小表弟无规则的操纵下，一路横冲直撞，把家里的一只小猫咪吓得窜来窜去。

姨妈家的房子比刚才对面那户人家的面积要小一些，但也够他们一家三口居住了。

这里的房子大多是前后结构，姨妈家的房子也不例外。前面是客堂、卧室还有卫生间；后面是安放农具等东西的杂物间和猪舍等附房，猪舍下面是沼气池。

姨妈叫马小坤先坐一会儿，自己忙着去后面猪舍喂猪。马小坤见小表弟一个人玩得很开心，根本顾不上他了，就跟着姨妈去了猪舍。

猪舍里养着两头肥头大耳的猪，见主人进来喂食，就探着脑袋、嗅着鼻子往上拱。

"姨妈，你家的猪长得好膘壮啊。"马小坤赞许道。

"嗯，过段时间就可以出栏了。"姨妈边说边往食槽里倒猪食。

两头膘肥体壮的猪见到吃的，不再往上拱，而是往下拱了。

"小坤，在古弦那边生活得惯吗？"姨妈说着敲了敲猪食盆将粘在猪食盆上的饲料往食槽里倒。

"还行。"马小坤看了一眼姨妈，发现她头上已有几缕白发。

"你一个人回来的？"姨妈边问边用铁勺子搅拌了一下食槽里的饲料。

"不，跟龙叔叔一起来的。"马小坤微笑道。

"哦，就是当年来支援我们的那位龙大爷吧。"姨妈脑海里立即浮现出了龙海峰的形象。

"是的，他是被绵竹市领导邀请来参加梨花节开幕式了。"马小坤说。

"这次你姐姐没回来？"姨妈想起那段苦难，想起龙海峰对他们姐弟俩的关心照顾，很自然地问。

马小坤沉默了，他还没想好如何跟姨妈说。本想临走时再把这噩耗告诉姨妈，免得一见面就悲伤哭泣。但被姨妈这么一提起，情绪就忍不住上来了。

"小坤怎么啦？"姨妈见马小坤不说话，转头看了一眼，发现他神色不对。

"姐姐她……"马小坤哽咽地说。

"你姐姐怎么啦？"姨妈皱起了眉头。

"她不在了。"马小坤声音低得像蚊子叫。

"什么？你说什么？"姨妈一下子紧张起来。

马小坤悲伤地说："姐姐她……为了救一个孩子去世了。"

"到底怎么回事？"姨妈目光呆滞地问道。

马小坤把姐姐去世的前后经过一五一十地说了……

姨妈扶着猪栏栅伤心地恸哭起来。

马小坤的姨夫听到猪舍里的哭声，以为猪死了，赶紧跑进来问："怎么啦，是不是猪出问题了？"见两头猪吃饱喝足了好好的，才发现自己老婆和马小坤两个人的神色都不对，又问，"到底发生什么事了？"

"小坤的姐姐……死了。"姨妈一把鼻涕一把泪地悲痛万分地说。

"啊，怎么可能呢？去年她还来信说，等春暖花开了，要回来请大家喝喜酒。"姨夫一脸的困惑。

三个人出了猪舍，把悲伤带到了本来喜气洋洋的客堂。小表弟还在开心地玩他的遥控汽车，全然不顾大人们的表情。

马小坤揉了揉红红的眼睛说："姨妈、姨夫，在山花我只有你们两位亲人，这次回来就是想把姐姐安葬了，但不知道怎么做，所以想来问问你俩的意见。"

"小坤，你放心。你的事就是我们的事，姨妈给你做主。"姨妈抹了一把挂在眼角的泪。

姨夫在一旁说："小坤，这次回来可以多住几天吧？"

马小坤望着姨夫道："那边工作忙。安葬了姐姐就得回去。"

"下葬得选一个吉日。"姨妈郑重其事地说。

"七不出、八不葬，我看周六那天是吉日。"姨夫掰了掰手指头。

"那看来还得待两天。"马小坤面露难色。

"你姐姐就这么一次，你就成全她吧。"姨妈悲痛地说。

马小坤不好说什么，一切只能听从姨妈姨夫的安排了。

姨妈说了，下葬用的东西都由她来准备，到时只要马小坤到场就可以了。

龙海峰接到马小坤的电话时，他刚参加完梨花节的欢迎晚宴。说是晚宴，其实不是像以往那样排场很大的圆桌大餐，而是不能浪费、吃多少取多少的自助餐，现在都在提倡勤俭节约，所以吃的时间也缩短了许多。

马小坤把他和姨妈姨夫商量的结果告诉了龙海峰，说他今天晚上就住在姨妈家了。

龙海峰说这样也好。他现在要回绵竹市区的宾馆，本想在山花镇梨花节分会场参观的时候，抽空去一趟山花中学、小学和卫生院，后因集体行动时间不允许，所以明天他还会来山花，到时让马小坤陪他一同去。

马小坤躺在姨妈家全新的席梦思床上，想了很多，几乎一夜无眠。

第二天，龙海峰先去了一趟绵竹市区的南轩中学，代表援建组全体成员探望一位他们捐资助学的陶心如同学。

南轩中学是四川省的一所示范性高中,是省校风和实验教学的示范学校。原为宋代理学家张南轩之故祠,绵竹人常以"南轩故里"为荣。但那年大地震将鸟语花香的校园震成了一片废墟。如今投资达1.7亿元由江苏援建的新校园又焕发了活力。

龙海峰漫步在风景如画、亭台楼阁、小桥流水相映成趣的校园内,为能在这所学校读书的同学们感到高兴。陶心如今年已经读高二了,这让龙海峰和他的战友们倍感欣慰。

龙海峰带去了凝聚援建组全体成员心意的一台笔记本电脑,询问了她目前的学习情况,鼓励她好好学习,争取考上一所理想的大学。

龙海峰告别了陶心如,就风尘仆仆地赶到山花镇。马小坤已经在山花中学校门口等他了。

"龙叔叔。"马小坤看到龙海峰就急着打招呼。

"小坤,让你久等了吧。"龙海峰快步走到马小坤身边说。

"没有。"马小坤笑了笑。

"走,看看我们古弦人建造的新校园。"龙海峰快人快语。

山花中学的陈校长听说龙海峰要来,赶紧到校门口迎接。

"龙大爷,欢迎欢迎啊!"陈校长握住了龙海峰的手久久不放。

"每次来总是给你们添麻烦。"龙海峰握着陈校长的手说。

"哪里的话,想请都请不到您呢。"陈校长微笑道。

"学校的房屋这几年使用下来质量如何?"龙海峰关切地问。

"质量很好,结实得像堡垒,估计10级地震都能扛得住。我们的老师和学生能在这么好的环境下教书、读书,要好好感谢你们啊!"陈校长谈笑风生地说。

"听你这么说,我就放心了。"龙海峰一脸高兴。

陈校长说:"龙大爷,今天不急着走吧?"

龙海峰道:"不急不急,今天就是专门来学校看看的。"

"龙大爷,我有个请求,不知道您愿不愿意?"陈校长试探着问。

"什么请求?只要我能办到的,我都愿意。"龙海峰爽快地说。

"中午就在我们学校吃个便饭,下午我们有一堂'感恩、励志、健康、快乐'的主题教育讲座,想请您为我们全校师生讲几句。"陈校长把心里的想法和盘托出。

"陈校长,你给我搞突然袭击啊。"龙海峰事先不知道,感觉挺突然。

"我知道您的口才和水平,以您的知识面,不用准备,给我们讲十堂课都没问题。"陈校长恭维道。

"陈校长,你想害我啊。"龙海峰说。

"想当年,您也是山花中学的名誉校长,今天来了当然要逮住机会害您一回咯。"陈校长逗笑道。

龙海峰和马小坤在山花中学的食堂吃了便饭,两个人就散步到校园一角的"古弦园"。

这个颇具江南苏州园林风格小园子,倾注了龙海峰和援建组同仁们很大的心血,也是龙海峰一个特别骄傲的地方,如今也成了同学们课间休息特别喜爱的去处。

古弦园门口花坛里的一块巨石上,镌刻着"铭记、奋进"四个红色的大字,时时提醒和激励着这里的莘莘学子。

园里几株原本还是幼苗的小树,如今已枝繁叶茂。在文昌桥上,龙海峰和马小坤碰到了赵巧妹的女儿陈怡。扎着一对小辫子的她,正兴高采烈地拿着一个大面包在给池塘里的红鲤鱼喂食。

"是陈怡吗?"龙海峰上前打招呼。

陈怡回过头,看了一眼龙海峰,先是一愣,继而高兴地跳起来说:"龙叔叔,怎么是您呀!"

"没想到吧。"龙海峰慈祥地微笑道。

"嗯。"陈怡又发现了龙海峰身后的马小坤,惊喜地说:"这不是小坤哥哥吗!"

"陈怡,你好!"马小坤上前招呼。

"小坤哥哥,你是不是去龙叔叔那儿工作了?"陈怡忽闪着大眼睛问。

"是啊。"马小坤略显骄傲地说。

"龙叔叔,等我以后考上了大学,毕业了也要去古弦工作。"陈怡噘着嘴说。

"好啊。"龙海峰风趣地笑着说,"不过,你们都到古弦了,家乡的建设谁来担当呀?"

"我们这边人多,缺我一个无所谓。"陈怡机灵地说。

"中午怎么不休息,到这儿来喂鱼啊。"龙海峰微笑着嗔怪道。

"它们也要吃饭啊。"陈怡又撒了一把面包屑说,"我听张老师说,这些鱼儿还是当年您和援建组的叔叔阿姨们放养的呢。"

龙海峰扶着桥栏杆,低头俯视水中的鱼儿,倍感欣慰。当年的这些小鱼苗现都已经长大,有的足足有一尺多长了。如果没有陈怡这些有爱心的孩子们的呵护,这些鱼儿可能都夭折了。

龙海峰抚了抚了陈怡的小脑袋,慈爱地说:"乖孩子,谢谢你照顾它们。"

下午学校的那场主题教育讲座,龙海峰和马小坤都参加了。

"好一朵美丽的茉莉花,芬芳美丽满枝丫,又香又白人人夸……"在同学们演唱的《茉莉花》的歌声里,龙海峰走上了山花中学的大讲台。

龙海峰站在讲台上,面对台下近千名师生,感慨万千。他想起当年满目疮痍的场景,想起援建时的艰苦卓绝,想起大家齐心协力的奋斗场面,内心的话像奔腾的江水,滔滔不绝地倾泻而出……

围绕"感恩、励志、健康、快乐"这一主题,龙海峰一口气讲述了他心中的爱、心中的梦、心中的希冀。

最后他勉励同学们，做一个懂得感恩、有梦想、有励志精神、有健康心态、学习进步、生活快乐的人。

龙海峰从山花中学出来，又和马小坤去了对面的山花小学、幼儿园和山花卫生院，拜访了那些他熟悉的老师、同学和医生。

在山花卫生院洁净宽敞的就诊大厅里，龙海峰眼前忽然一亮，发现墙上的"医生公示栏"内有一张古弦市第二人民医院妇产科主任医师林红艳的照片。

难道她又来山花了？龙海峰心里一阵激动。

问了陪同他参观的卫生院赵副院长，才知道林红艳每年都要牺牲自己的休假时间来山花卫生院进行义诊。

龙海峰心里默默赞叹道：看来，她对山花百姓的感情不比我差啊。

龙海峰和马小坤赶到麓棠村时，已是晚饭时分。他不想惊动村里的领导，就和马小坤在村口路边的一家小饭店要了一荤一素一汤，外加两碗米饭。没有七大碟八大盆，没有推杯换盏劝酒豪饮，两个人吃得很惬意，一样给饥肠辘辘的肠胃加满了油。

龙海峰本想自掏腰包和马小坤在麓棠温泉度假酒店住一晚。那天在梨花节开幕式上，酒店老总刚好也在现场。他也受过龙海峰的恩惠。当年，如果没有龙海峰的鼓励和帮助，他对这个已经投入了不少财力物力的项目，由于地震的原因差点知难而退了。所以当他知道龙海峰要去麓棠，一定要龙海洋去他酒店免费住一晚上。温泉度假酒店的普通标间网上定价是每晚四百五十五元。龙海峰说，如果他去住的话也按这个价。酒店老总拗不过龙海峰，最后商定给龙海峰的价格是每晚三百元。但马小坤不想去，他想住自己家里，问题是家里连一床像样的被褥都没有。

消息灵通的赵巧妹得知龙海峰和马小坤回麓棠了，就打电话给龙海峰，邀请他俩住她家里。马小坤还是坚持回家住。龙海峰不明白马小坤为何"一根筋"。但马小坤心里清楚，今晚必须陪"姐姐"一起住在家里。他也知道，自己住完这一晚上，以后恐怕再也住不上这个家了。

最后没办法，赵巧妹拿来了两床被褥，总算圆了马小坤的心愿。

马小芩骨灰安放这天，洁白如雪的梨花飘满了十里龙门山脉的每座山坡，似乎都是来为这位英年早逝的好姑娘送行，寄托它们的哀思。

马小坤手捧"姐姐"，走在送葬队伍的最前面。龙海峰和马小坤的姨妈姨父，还有众乡亲跟在后面。

这天刚好是周六，赵巧妹和她女儿陈怡也来了。

长长的队伍像一条刚刚冬眠醒来的白蛇，缓缓地行进在蜿蜒曲折的山路上……

在山花，与漫山遍野盛开的梨花相映成趣的是那些在风中摇曳的薰衣草和山脚下成片成片的玫瑰园。

山花人把这些沿龙门山脉成片开发的玫瑰园称之为"中国玫瑰谷"，一点也不为过。绵竹市政府已在沿山新建的柏油马路旁竖起了"九龙山－麓棠山旅游区·中国玫瑰谷"的标志牌，正吸引着越来越多的游客前来探花闻香。

麓棠村玫瑰园里的玫瑰花已经结满了花蕾，含苞待放，还有不到一个月就可以采摘了。

龙海峰和马小坤行走在差不多已经快一人高的玫瑰树丛中，玫瑰树丛就像一群群可爱的孩子围在他们身边。这让龙海峰心潮澎湃，两眼湿润，仿佛看到了五年前那个奔走在田野上的自己。

五年前，那是绵竹市地震灾后举办的第一次梨花节，龙海峰作为贵宾应邀参加。就在那次梨花节的开幕式上，绵竹市委领导提出了"灾后重建"和"创新发展"齐头并进的思路，让他这位曾担任过古弦市委副书记、古弦经济开发区党工委书记等职，现如今又是古弦援建组的指挥官，有了一个灵光一闪的想法。

他们对口援建的山花镇所处的位置正好在龙门山脉的沿山风光带内，有条件发展观光农业、旅游农业，于是便主动和山花镇领导探讨这个问题。时任山花镇党委书记的童青松告诉龙海峰，四川西昌有一家专门搞新品培育、推广，如长番茄、方西瓜、圆黄瓜、四季樱桃、大马士革国际香型玫瑰等的农业公司，曾到山花沿山的麓棠、天宝几个村落考察过，认为这里的土地含毒量低，气候温润，水汽足，很适合种植大马士革玫瑰，而北京有一家公司对此也有过投资意向，只是由于地震把这件事给震没了。

龙海峰受过高等教育，本来就是一位有敏锐的超前意识的科技创新型领导干部。他对花卉有过研究，知道这种被世界公认为优质品种的大马士革玫瑰是油用玫瑰中的上品，其提炼制作的精油是玫瑰精油中的极品，素有"液体黄金"之称。如果合作成功，这样的土地使用率不是一般传统农业可以比拟的，而且玫瑰花还可以观赏，以"山水玫瑰"为主题，打造沿山观光旅游特色区域，尽快让当地百姓走上致富之路，这也是一次灾后农房重建、土地置换与发展生态农业、开发沿山特色旅游的难得的契机，可谓一举多得。

龙海峰鼓励童青松把种植玫瑰付诸行动，并把自己的想法和盘托出，很快得到了山花镇党委、政府班子成员的支持，也得到了绵竹市委、市政府领导的首肯。就这样，为地方党委政府和灾区人民谋划产业发展和致富之路的"额外任务"又落到了龙海峰和他领导的古弦援建组肩上。用童青松的话说："你们古弦地处经济发达的长三角，始终走在改革开放的前沿，有丰富的招商引资经验，我们相信你们！"

担子落在肩上，就得挑起走好。为了进一步论证玫瑰种植的可行性，龙海峰和援建组的几位精兵强将在百忙中抽出时间，从山花出发驱车五百多公里赶到西昌，两次实地考察了那家农业公司一个专门对大马士革国际香型玫瑰育种、种植、加工的生产基地。

有了种子，有了技术，但还需要资金。龙海峰就想到了北京那家曾有投资意向的公司，但这家公司原本主要是搞房地产的，方案提出来后，山花镇的领导有些举棋不定，生怕自己征了地，人家不搞玫瑰园而搞房地产。龙海峰为他们鼓劲，把自己多年招商引资积累的经验无私地传授给了对方。谈判中，龙海峰指出，一定要以能否带动百姓致富为前提，如果搞房地产的话，只是短期效应；只有搞玫瑰园，从一产的玫瑰种植到二产的玫瑰加工、提炼，再到三产的观光旅游，产业链拉长了，农民增收的渠道多了，才能真正带动百姓致富。

谈判是一项费时费神考验耐力和智慧的工作，光签署的框架性协议就达二十多次。

功夫不负有心人，玫瑰园项目最终确定下来，同时也得到了绵竹市委市政府的高度重视，并准备将周边几个乡镇一起纳入规划之中。

如今玫瑰园已在龙门山脉下广袤的土地上生根开花结果，一条沿山长达数十公里的"中国玫瑰谷"已经风姿绰约地展示在世人的眼前。

阳光照在这片即将收获的玫瑰园里，让龙海峰感到阵阵温暖。他从绵延的思绪中把自己拉回到现实，发现不远处的马小坤正跟一位戴眼镜的年轻人在聊天。

龙海峰拨开枝繁叶茂的玫瑰树走了过去，发现与马小坤聊天的那个年轻人拄着双拐。

"小坤，这位是……"龙海峰走近马小坤问。

"龙叔叔，我来介绍一下。"马小坤微笑着说，"这位是我的高中同学唐春光。"

"你好！"龙海峰习惯性地伸手想握唐春光的手，才意识到对方不方便。

"龙叔叔，您好！"唐春光用胳肢窝顶住拐杖，吃力地伸手握住了龙海峰。

"怎么，你认识我？"龙海峰风趣地问。

"刚才听马小坤介绍您了，其实早就听说过您的大名，照片也见过，只是没见过您真人。"唐春光腼腆地道。

"龙叔叔，他现在可是绵竹玫瑰开发公司山花种植基地的总管大人。"马小坤拍了拍唐春光宽大的肩膀道。

"哦，来这儿几年了？我怎么没见过？"龙海峰微笑道。

"两年了，大学毕业就来了这儿。"唐春光笑眯眯地说。

"哪所大学毕业的？"龙海峰问。

"四川工业管理职业学院，原本是大专，今年才升格本科，更名为四川工业科技学院。"唐春光有些不好意思地说。

"那你的专业……"龙海峰疑惑地问。

"我学的是农业经济管理。"唐春光动了动拐杖，变换了一下站姿。

"不错，不错。"龙海峰赞许道。

"我这位同学很不错的，别看他这个样子，还天天跑来坑坑洼洼的田间地头。"马小坤也敬佩道。

"没什么，已经习惯了。"唐春光笑了笑。

"小伙子，好好干，玫瑰事业大有发展前途啊。"龙海峰高兴地说。

"龙叔叔，听说这里的玫瑰就是您给引进种植的。"唐春光露出敬仰的目光。

"不能这么说，应该是集体智慧的结晶啊。"龙海峰说着呵呵笑了起来。

唐春光如数家珍地介绍说："公司目前的发展势头很好，已推出多款纯天然玫瑰精油、玫瑰纯露和纯天然大马士革玫瑰干花蕾等系列产品。前年又申请了四川省标准化种植项目，将科研作为产业发展的第一驱动力，在土壤改良、苗木繁育、设备与工艺流程方面探索新的突破，打造'生态、有机、科技、健康'为主题的玫瑰产业和玫瑰文化。明年，玫瑰的种植规模将达到两万亩。"

"不错啊。"龙海峰风趣地说，"当年我就看好玫瑰这位姣好的姑娘，听你这么一说，我这个做爹的就放心了。"

"龙叔叔，既然您已经放心了，那我们该走了。"马小坤看了看时间催促道，因为在回古弦之前他还要去母校看望班主任蔡老师。

从绵竹到德阳不到一个小时的车程，但马小坤觉得很漫长，仿佛在时光隧道里走了很久很久。此时，浮现在他眼前的是班主任蔡老师的形象，他的笑、他的哭、他的慈爱、他的严厉……

蔡老师与东汽中学那位在地震中因保护学生而牺牲的"感动中国人物"谭老师是同一年进校教书的，他俩是好同事、好朋友，但地震让他俩瞬间阴阳两隔。当人们刨开废墟时，谭老师的身体早已僵硬，但在他那双如翅膀一样伸展的手臂呵护下，四名同学奇迹般地生还了。当时，蔡老师在救援现场，哭得泣不成声。

在学校举行的追思会上，蔡老师慷慨激昂地说了这么一段话："为了孩子，他以师者的本色诠释了一位人民教师的职业操守，以自己宝贵的生命换来了四位学生的希望，用脆弱而又坚定的双臂撑起了爱的责任。他的质朴，他的憨厚，他的慈爱，还有那特有的悲悯情怀，让他在危难来临那一刻丝毫没有犹豫而做出了勇敢的抉择。他的一生平凡而伟大，为后人树起了一座永远不倒的丰碑！"

马小坤来到东汽八一中学，望着学校大门口那座高耸的钟楼和主楼顶上竖立的"励志、笃学、诚实、拼搏"八个红色、庄重的隶书大字，心潮澎湃。

他为自己的母校而骄傲，也为那些像谭老师那样过早离世的老师、同学而哀思。

东汽中学在地震发生之前，就计划要从汉旺镇搬迁到绵竹市区，但还没来得及实施，灾难猝然而至。震后的新校园重新选址，搬到了德阳市高新区旌湖之畔。因由中国人民海军和中国海洋石油总公司共同援建，所以更名为"东汽八一中学"。

新校园环境优美，设施齐全，教学实验楼、图书馆、办公楼、宿舍楼、食堂、运动场等一应俱全。为了方便那些有残障的学生和老师，学校的教学楼都配有电梯，所有建筑的入口处均有轮椅坡道，楼群之间用平面廊连接，可以无障碍通行；有专供残疾人使用的卫生间，还有安装了报警求救系统的残疾人专用宿舍。

马小坤看到新母校如此完备和人性化的设施，心里感到无比欣慰。

在高三（1）班的教室门口，马小坤终于见到了刚下课的蔡老师。

蔡老师还是戴着那副黑框眼镜，花白的头发，瘦削的脸，看上去明显苍老了许多。

"蔡老师，您好！"马小坤恭恭敬敬地向老师问好。

"马小坤！"蔡老师推了推鼻梁上的眼镜，惊喜地说，"怎么是你？"

"我回了一趟山花老家，顺便路过看看您。"马小坤微笑着说。

"现在在哪儿工作？"蔡老师关切地问。

"去了龙叔叔那里的古弦市公安局。"马小坤指了指身边的龙海峰说。

"您好！"蔡老师主动上前握手。

"您好！"龙海峰也伸出了友好之手。

蔡老师想了一下说："怎么好面熟，在哪儿见过您？"

"哈哈哈，我也是半个绵竹人啊。"龙海峰爽朗地笑了起来。

"他就是那年支援我们灾后重建的古弦援建组指挥长龙海峰。"马小坤忙给蔡老师介绍。

"噢，想起来了，就是资助你上大学的龙大爷。"蔡老师茅塞顿开。

"嗯。"马小坤点头称是。

"走，去我办公室坐一会儿。"蔡老师邀请道。

"不了，我们现在要去成都赶飞机。"马小坤说着从双肩包里拿出一个飞利浦电动剃须刀说，"蔡老师，我没什么带给您，这个给您留着纪念。"

"怎么可以拿你东西。"蔡老师缩着身子推辞道。

"又不是什么贵重的东西，是我的一点心意，您就成全我这个学生吧。"马小坤把剃须刀塞到蔡老师手里。

"蔡老师，您就收下吧。"龙海峰在一旁帮着说。

蔡老师一直把马小坤和龙海峰送到校门口，双方这才挥手告别。

第十二章

马小坤回到古弦,听到的第一个坏消息是蒋健民出事了。

那天傍晚,天上乌云密布。马小坤在卡口执勤。一辆昌河警车开到他身边,车上下来一位拿着旅行杯的中年警察。

"兄弟,有开水吗?"中年警察问马小坤。

"有啊,自己进去倒吧。"马小坤指了指检查站那栋平房说。

一会儿,那位中年警察倒好水就出来了。

"你们卡口工作轻松吗?"中年警察问。

"不轻松啊,白天被太阳晒,晚上被露水淋。"马小坤转了转手上的停车牌。

"我们是全能警,轮到值班什么活都要干,不像你们这么单纯。"中年警察说。

"你们是哪里的?"马小坤随口问。

"商城派出所的。"中年警察回答道。

"我在商城所待过,怎么没见过您?"马小坤仔细看着对方。

"我刚从部队转业回来,去了还不到一年。"中年警察拧开杯盖喝了一口水。

"难怪没见过您。"马小坤突然想起那天在浦东机场碰到他师傅蒋健民，便问，"对了，你们所的蒋健民回来了没有？"

"他呀，你认识？"中年警察边说边拧好杯盖。

"他是我师傅。"马小坤挠了挠后脑勺。

"哦。"中年警察认真看了一眼马小坤说，"你师傅出事啦。"

"出什么事了？"马小坤紧张起来。

中年警察略显悲伤地说："去云南抓毒贩时，被人砍了。"

"严重吗？"马小坤急促地问。

"说是砍断了四根手指。还好，没生命危险。"中年警察说。

"那现在人呢？"马小坤依然很紧张。

"还在成都军区昆明总医院治疗呢。"对方回答道。

"手指能接上吗？"马小坤关切地问。

"听说做了断指再植手术，具体情况还不清楚。"中年警察边说边走向他的昌河警车。

这时，天下起了小雨。

马小坤站在雨中，呆望着昌河警车远去的身影，脸上的神色凝重得像一尊雕塑。

夜深人静。唯有卡口检查站灯火通明。

雨总算停了。马小坤和徐凯，还有小杨、小黄几个人敬业地在路面上执勤盘查。

夜晚的小型汽车并不多，只有各种大型集装箱卡车像一头头狮子，吼叫着从他们身旁驶过。

这时，远方有两束强光向卡口靠近。由于公路上没有路灯，马小坤只能通过灯光的高度和亮度来判断这是一辆小车还是一辆大车。

马小坤拦下了一辆红色雪佛兰轿车，让其驶入卡口检查区接受检查。

车上只有驾驶员一人。那人比较配合地出示了驾驶证和行驶证。通过证件得知，驾驶员叫吕修成，安徽芜湖人。

马小坤发现驾驶员表情木讷，说话支支吾吾，就收了对方的证件说："请下车把后备厢打开一下。"

驾驶员慢悠悠地很不情愿地走下车开启了后备厢。马小坤和徐凯走到车尾，发现后备厢内有两大袋硬邦邦的东西。

马小坤用手按了按："里面是什么东西？"

"是……是带回公司的样品。"驾驶员说话吞吞吐吐。

"什么样品？"马小坤摸着袋子继续问。

"黄铜……还有……紫铜。"驾驶员很紧张的样子。

马小坤心里起了疑问：如果是样品，数量不需要这么多，而且作为送货人应该知道样品的名称、件数等基本情况，而他只是笼统说黄铜、紫铜，别的一无所知。

马小坤和徐凯将驾驶员带至检查站内继续盘查。那人说自己是上海一家照明公司的仓库管理员，这些是他到古弦拿的样品，准备带回公司赚些油钱，还说自己是昨天晚上来古弦的，与未婚妻拍了结婚照后要赶回上海。

"这些样品你从哪里拿的？"马小坤发现此人说话的疑点很多。

"是从朋友单位里拿的。"驾驶员的额头沁出了汗珠。

"你朋友叫什么？"马小坤继续问。

"吕修功。"驾驶员低着头说。

马小坤一听这名字觉得两个人像兄弟，便又问："他在哪家单位？"

"达能电子公司。"驾驶员不安地转动着眼珠。

"公司在什么地方？"马小坤连珠炮地问。

"在……长江路上，哦，不对，好像是黄河路上。"驾驶员闪烁其词地说，"警官，我对古弦的路名不熟。"

徐凯根据对方提供的信息，很快在网上查清了吕修成和吕修功的个人资料，虽然两个人都没有前科，但发现吕修成和吕修功是亲兄弟关系。明明是兄弟，为何要说成朋友？况且古弦市根本没有这家叫达能电子的公司。

在马小坤穷追不舍的盘问下，这个叫吕修成的驾驶员无路可逃、无言可圆，终于交代了这些铜制品的来源，是其弟弟吕修功从工厂盗窃后，让他带到上海准备卖掉的。

一夜的疲惫，让马小坤颠倒了休息时间，本该晚上睡觉变成了白天打盹。这种状况对于卡口警察来说是家常便饭。

为了城市的安宁，我拿青春赌明天。大概说的就是像马小坤这样的警察。当然，也可以这么说，我用青春换明天；或者说，我用青春点亮未来。

马小坤还在睡梦中就接到了徐凯的电话，可他中午去家里吃饭。

"经常去你家吃不好意思啊。"马小坤揉着惺忪的眼睛说。

"是我妈叫你的。"徐凯说。

"你妈也太客气了。"马小坤从床上坐起来转了转僵硬的脖子。

"对了，昨天忘在你宿舍的包顺便给我带来。"徐凯关照道。

"看你急的，里面不会有什么秘密吧？"马小坤神秘地问。

"不许偷看啊，里面有一大笔钱，缺一罚十。"徐凯在电话里大声说。

"你也太黑了吧，你以为人民币是英镑。"马小坤戏谑道。

"不跟你啰唆了，快点过来，我还要打电话给小杨、小黄呢。"徐凯匆匆挂了电话。

马小坤丢下手机，从床上跳起来，直扑那个静静地躺在椅子上的单肩包。

棕色的"卡帝乐鳄鱼"是昨天徐凯来接马小坤一起上班时忘在他宿舍的。虽然有些陈旧，但徐凯跟它就像一对恋人那样总是形影不离，这让马小坤颇有微词。这次徐凯难得一次失手，让马小坤逮着了机会。

马小坤打开皮包，发现夹层里藏着一封信。信封上没有落款，好像也没有邮寄的迹象。信没有封口，马小坤轻轻抽出信笺一看，是一首诗，工工整整的字体一看就是徐凯的笔迹。

马小坤有些失望,但还是摇头晃脑地读了起来:

瘦西湖之恋

又是烟花三月的阳春
就像柳絮轻抚记忆的闸门
感受人间真实的呼吸
一切竟是如此美丽

长堤,留下了含情的脚印
白塔,珍藏起瞻念的恋意
五亭桥,回荡着欢声笑语
难忘的经历将爱一次次拷贝重映

此时,寂寞的心已不再孤鸣
此刻,惆怅的人也不再独行
身旁那棵千年的古树
也仿佛枯木逢春萌动了真情

虽然牵手的时光稀疏短暂
但注定一起走向遥远的未来
虽然凝望的视线不再清晰
但心灵的呼唤早已默契

不管今世还是来生
热望的心始终追逐深藏的神灵
不管相聚还是分离

多情的人总能听到跳动的心音

  找一千个爱的理由
  其实已经陈腐多余
  思绪如放飞的风筝
  幸福的明天不会只在梦里

  瘦西湖,不就是徐凯在扬州读大学时校园旁的那个风景园林吗,难道这首狗屁诗是他写给女朋友的?

  马小坤看到"瘦西湖""白塔""五亭桥"这些熟悉而遥远的字眼,油然想起父亲跟他讲过的扬州瘦西湖的故事。
  那年,还是马小坤上小学的时候,父亲单位组织去扬州瘦西湖旅游,他闹着也要去。父亲无法带他一起前往,答应回来给他讲瘦西湖的故事。马小坤从小喜欢听父亲讲故事,就这样期待着。
  父亲饱读诗书,旅游回来后,就拿出拍的瘦西湖的照片,给马小坤讲起了"一夜造白塔"的故事。
  一天,乾隆皇帝下江南巡游,乘船到瘦西湖游览,行至五亭桥,看到眼前的景致,便感慨道:"这里多像京城北海琼岛春阴啊,只可惜差了一座白塔。"第二天早上乾隆醒来,开轩一看,只见五亭桥旁突然耸立了一座白塔,以为此塔是上苍赐予,拍案称奇。身旁的太监忙跪奏道:"是扬州府知府为弥补圣上游湖之憾,连夜赶制而成的。"原来,那天陪乾隆游览的扬州知府,听了皇帝游湖时的感慨,便动了拍马屁之心,即令大盐商江春用万金贿赂乾隆左右,请画成图,然后用盐包为塔基,以纸扎为塔面,一夜之间糊弄而成。尽管是一座只可远观、不可近摸的假塔,但乾隆还是很高兴。
  看来,拍马屁奉承,弄虚作假,欺上瞒下,古已有之。
  别看马小坤当初年龄不大,但人小鬼大。他听了这个故事问父亲:"欺骗皇帝不是要杀头的吗？"父亲一愣，被他儿子问住了，竟一时不知如何回答是好。

马小坤把信笺纸重新折好，放回原处。心里猜想着，徐凯的女朋友难道就是他大学同学？等一会儿见了面，要好好拷问拷问。

马小坤来到徐凯家，徐妈妈已经忙完。不知从何时起，在马小坤心里，已经把徐凯母亲当作妈妈看待了。他越看越觉得她像自己的母亲，况且看到她那本红绸面"光荣退休"证上的名字，更是亲切。马小坤的母亲叫袁惠芳，而徐凯的母亲叫徐仁芳，两个"芳"把马小坤心中那缕情感的丝线缠在了一起。

徐仁芳是一位纺织女工，做菜手艺不错。今天又烧了一大桌子菜，而且色香味俱全，不少菜都是马小坤喜欢的，他尤其喜欢徐妈妈那道咸中带甜、甜中带辣、辣中带香的红烧肉。或许在老家这道菜很难吃到，即便是逢年过节，也只能吃到那些熏制的腊肉。

小杨、小黄也来了。

五个人围坐在那张小圆台上开吃。四个大男人手持筷子像鬼子进村，盘子里满满的菜很快被扫荡一空。

徐仁芳看到小伙子们都喜欢吃她烧的菜，乐得合不拢嘴，心里有一种成就感。

以前在纺织厂上班的时候，她从没体会到什么成就感。每天像打仗一样，"工厂、菜场、家"三点一线，来回奔波，尤其是上了夜班出来，整个人累得像瘫痪一样。后来工厂不景气，三十六岁就成了首批下岗工人。那年丈夫又撒手人寰，真是祸不单行。按理烈士家属应属照顾对象不该下岗，但工厂领导对徐仁芳说，你已经领了一大笔抚恤金生活没问题了，工厂还有更困难的人需要照顾，你就顾全大局吧。下岗那些年，她没办法，总不能坐吃山空，只能到处打临工，做过饭店洗碗工、家庭保洁工、超市理货员……后来又被工厂召回顶岗，去年刚办理退休手续。令徐仁芳想不到的是，领到的退休金比在岗工资还高。如今儿子也很出息，虽然工作很辛苦，但好歹也是个公务员，收入相对稳定。以前好多亲戚朋友都劝她再找一个男人，但她与儿子相依为命这么多年已经习惯了，所以没有动过再找老伴的念头。

徐仁芳见四个孩子（其实都不是孩子了，但在母亲眼里永远是孩子）都吃得菜足饭饱，就准备打扫"战场"。

马小坤见状主动站起来帮忙收拾碗筷。

"小坤，快放下！我来。你们都到那边喝茶去。"徐仁芳制止道。

"阿姨，您忙了一上午了，该休息的是您。"马小坤避开徐仁芳的围追堵截。

"没事，我做惯了。"徐仁芳伸手抢过马小坤手中的碗筷说，"快，乖孩子，还是给我吧。"

小杨和小黄本来已经离开餐桌，见状也回过来一起帮忙收拾。

"你们都别过来添乱，我一个人能行。"徐仁芳急得左阻右挡。

徐凯走过来说："你们几个就别跟我母亲争了，她要生气的。"

"哪有你这样帮妈的？"马小坤看着徐凯嗔怪道。

"小凯说得没错，你们再不停手，我真的要生气了。"徐仁芳顺着儿子的话说。

一场争夺战就在徐仁芳快要生气的最后通牒声中鸣金收兵。

徐凯给马小坤、小杨、小黄每人泡了一杯茶，问大家："要不要'掼蛋'？"

马小坤对徐凯说："别老是'掼蛋'，你先给我们讲个故事好吗？"

"什么故事？"徐凯问。

"瘦西湖之恋。"马小坤狡黠地说。

"马小坤！你是不是动了我的包？"徐凯嗔怒道。

"长堤，留下了含情的脚印；白塔，珍藏起瞻念的恋意；五亭桥，回荡着欢声笑语……"马小坤记忆力超强,至少他已经记住了这几句。

"马小坤,你不够朋友!"徐凯见马小坤摇头晃脑地竟然背诵起他的诗,冲上去想制止他。

"不说了,还是你自己说吧。"马小坤举起双手做了一个投降的姿势。

"没啥好说的,写着玩嘛。"徐凯终于平静下来。

"看你急的,是写着玩吗,我看不会是附庸风雅吧。"马小坤揶揄道。

"别调戏凯哥了,他正在伤心中呢。"小杨不紧不慢地插上一句。

马小坤知道,在城际卡口中队成立之前,徐凯和小杨曾在城中卡口中队共事过一段时间,看来小杨清楚徐凯的感情经历。马小坤把目光转向小杨:"你知道他伤心什么?"

小杨看了一眼徐凯,又看了一眼马小坤,小心翼翼地说:"反正人家有伤心事嘛。"

"有什么伤心的,大不了换一个。"徐凯很气恼。

"唷唷唷,看来真有伤心事啊。"马小坤似乎猜到了几分。

徐凯的伤疤被不识时务的小杨给捅破了,只好像挤牙膏似的,一点一点将伤口里的脓与血往外挤。

徐凯的女友是苏州人,与他是大学同学,两个人在大学时就成了一对恋人,恩爱有加。

当恋爱了五年的长跑眼看到达终点快要冲刺的时候,徐凯却出现了状况。他放弃了在苏州的工作毅然决然地选择了回古弦当警察,当初女友是认可的,但对于女友的父母来说是偏离了跑道的违规动作,因此取消了他的比赛资格。

而女友在徐凯和父母之间始终像墙头草那样在风中摇摆不定。所以徐凯希望自己也能像裴多菲那样,在争取自由的斗争中用诗歌的形式为爱情讴歌,来赢得女友的芳心,鼓动她也能像尤丽娅那样冲破父母和家庭的桎梏,与他牵手走进婚姻的殿堂。

但愿徐凯也能像裴多菲那样,最终牵上女友的手,一同走进婚礼的殿堂。

马小坤默默祝福着他的这位好兄弟。

对于卡口警察来说，休息总是短暂的，而工作却显得十分漫长和孤寂，在看似波澜不惊的检查中还时时隐藏着挑战和危机。

徐凯站在风中已连打了好几个喷嚏，头有些痛。马小坤叫他回屋休息一会儿，但徐凯依然坚守在卡口检查区，因为今天是清明节，过境车辆多，卡口工作量比以往大。

这时，对讲机里传来了市局指挥中心的指令，称有两名歹徒在市区抢劫了一位从银行提款十万元的客户后，乘坐一辆黑色桑塔纳轿车已向西南方向逃窜，其中一人光头、穿灰色长袖T恤，另一人体貌特征不明。要求各卡口注意相关车辆，一旦发现坚决拦截。

马小坤所在的卡口，虽然不在市区的西南方向，但他听到指令后，也立即行动起来，增设了路障，增加了一道拦截屏障。徐凯和小杨守住第一道防线，他和小黄守牢第二道防线。

不一会儿，对讲机里又传来了市局指挥中心的指令，说那辆黑色桑塔纳撞了一位骑电瓶车的中年妇女后，向东南方向逃窜。

东南方向正是马小坤所在的卡口，如果犯罪分子要出境，这里是必经之处。马小坤要求大家做好充分准备。

很快，前方驶来了一辆黑色桑塔纳，卡口上的人顿时紧张起来，徐凯挥动手中的停车牌，要求对方停车检查。黑色桑塔纳很快停了下来。车上只有驾驶员一人，穿一件咖啡色夹克衫，本地口音，经查看证件、询问检查，排除了嫌疑。

刚放行此车，后面又来了一辆黑色桑塔纳，见卡口上有警察，速度一下子慢了下来。徐凯看得真切，做好了拦截准备。

黑色桑塔纳像一只蜗牛不紧不慢地爬过来，徐凯发现此车也只有驾驶员一人，便放松了警惕。他举起了停车牌，让小杨搬开路障。殊不知，黑色桑塔纳突然一个加速。徐凯见状，奋力上前拦截，被突然加速的桑塔纳剐倒，脑袋着地。

不远处的马小坤见桑塔纳加大油门向他冲来,毫不退缩,高举手中的停车牌,直面急驶而来的桑塔纳。这时,杀红了眼的桑塔纳见人如见空气,速度丝毫不减。它避过一个路障直向马小坤扑来。眼看就要再次发生悲剧,马小坤飞身一跃,趴到了汽车的引擎盖上。

桑塔纳载着马小坤疯狂地向前行驶。马小坤无从下手,只能抓住挡风玻璃外面的两只雨刮器。他终于看清了躲藏在车后座上那个穿灰色长袖T恤的光头。

马小坤腾出右手,想用对讲机呼叫。突然,罪恶的桑塔纳像一个醉汉剧烈地左右摇晃起来,然后一个急刹车。马小坤被巨大的惯性抛向空中,然后被路边的行道树挡了一下摔到地上。

马小坤张开眼睛,想爬起来追赶,但怎么也爬不起来。他眼睁睁看着扬长而去的桑塔纳,感到一阵剧痛。

徐凯和马小坤被急送市第二人民医院抢救。

徐凯后脑勺着地,因抢救无效,献出了年轻的生命。而马小坤虽无生命危险,但手脚多处骨折。

徐仁芳扑倒在儿子身上失声痛哭。她摇动着徐凯僵硬的身躯,声嘶力竭地呼喊着儿子的名字。

小杨扶住徐仁芳,想安慰她几句但不知说什么好。也许现在说任何安慰的话也不能抚慰徐凯母亲那颗受伤的心。十五年前她失去了丈夫,如今又失去了儿子。她的命怎么这么苦呢?小杨看着这位头发花白的母亲,为她打抱不平,但又能帮什么忙呢,只能在一旁默默流泪。

马小坤的病房是一个单人间,组织上特意让医院给安排的。他躺在病床上,像一具木乃伊浑身上下被散发着药水味的纱布缠着,既孤独又无奈。虽然,安排了小杨和小黄负责照料他,但今天他俩都去参加徐凯的追悼会了,把任务临时交给了当班护士。当班护士不可能陪他聊天,说有事的话可按床头的呼叫铃。

他一个人望着天花板。此时,最痛苦的不是自己身上的伤,而是无法参加徐凯的追悼会,无法与这位好兄弟作最后的告别。他问过医生能不能用担架抬他去殡仪馆。医生苦笑着摇摇头。

马小坤抬起那只还能动弹的左手,吃力地点开手机里的相册,翻看着徐凯的音容笑貌,相片上的他笑得很灿烂。他怎么就这样走了呢?他还没享受到爱情的甜蜜果实,他的那首诗还没给心爱的人……唉,诗人不是谁都可以做的。马小坤又想起了裴多菲,想起了裴多菲那首最著名的"生命诚可贵"的诗,眼泪止不住流了下来。

裴多菲为自由而战做出了牺牲,徐凯为警徽而战献出了生命。虽然都仅仅走过了二十六个春秋,但他们的精神依然活在人们的心中。

马小坤病房的门被推开了。他抬眼一看,是小杨和小黄。
他俩刚参加完徐凯的追悼会,就赶来看望马小坤。
"录像拍了吗?"马小坤迫不及待地问。
"拍了。"小黄掏出手机说。
"快给我看。"马小坤伸出左手索要道。
小黄打开手机上的视频,递给马小坤。

哀乐低回,哭声阵阵,病房了的空气顿时凝固起来。
马小坤看着手机里的录像,泪流满面……

这时,龙海峰和金菊花拎了一篮五颜六色的水果和一只花篮,推开了病房的门。他俩也来探望马小坤。
"小坤,我来晚了。"龙海峰很抱歉地说。

"龙叔叔。"马小坤还在悲伤的情绪中。

"今天刚从北京回来,就急着赶来看你。"龙海峰将水果篮放到床头的柜子上。

"谢谢龙叔叔!"马小坤感激地望着龙海峰。

金菊花把手中的花篮也放到马小坤的床头柜上,关切地问:"还痛吗?"显然她之前已来探望过。

"今天好多了,谢谢金阿姨!"马小坤感激地说,继而又转头对一旁的小黄说,"快搬两个凳子给龙叔叔和金阿姨坐。"。

小杨和小黄赶紧搬来了两张方凳,让龙海峰和金菊花坐。

龙海峰并没有坐下,而是从上到下看了一通马小坤,心疼地说:"小坤,伤得很厉害啊。"

"没事,很快就会好的。"马小坤故意说得很轻松。

龙海峰关切地问:"没伤着内脏吧?"

"嗯,都是硬伤。"马小坤点头说。

"真是不幸中的万幸。"龙海峰感慨道。

"是啊,小坤的命大,要不是被路边那棵树挡一下,恐怕伤得更严重。"金菊花对马小坤的情况似乎很了解。

"对了,这段时间谁照顾你啊?"龙海峰问马小坤。

马小坤伸出左手指了指一旁的小杨和小黄说:"全靠这帮兄弟。还有佳佳,她只能下了班和休息的时候来。"

说到"曹操","曹操"就到。李佳佳拎了一个饭盒走进来。

"龙叔叔,金阿姨,你们都在啊。"李佳佳微笑了一下说。虽然她与龙海峰和金菊花不是很熟,但也见过两回,而且他俩的名字经常听马小坤挂在嘴边。

"哦,美女来了。"金菊花难得说这话。不知是她想调节一下病房里的气氛,还是她内心里感慨岁月的无情而产生的几许嫉妒。

"小李，这下要辛苦你了。"龙海峰说话的口气像马小坤的家属。

"只要他能早日康复，辛苦一点没关系。"李佳佳乐观地说。

马小坤见李佳佳已走到他床前，说道："下班啦。"

"嗯。"李佳佳点了点头，温柔地说，"今天感觉怎样，还疼吗？"

"好多了。"马小坤见到李佳佳就有了几分安适感，或许爱情是最好的疗伤药。

龙海峰与马小坤又聊了几句话，就起身告辞。临走时他对马小坤说："安心养伤，有什么需要，及时打电话给我。"

李佳佳把龙海峰和金菊花送到走廊中间的电梯口。

马小坤每天躺在病床上，无所事事，只能胡思乱想。他思考得最多的问题是人的"生与死"。其实，不管富贵还是贫贱，人一生下来就是奔着死亡这个目标而去。那么，人活着的意义是什么？人生的价值又如何体现？人活着除了有"长度"外，是否更应该看重"厚度"和"宽度"呢？

马小坤想起了自己的父母，想起了姐姐和姐夫、想起了毛雅妮、想起了东汽中学的谭老师、想起了赵巧妹的丈夫陈久生、想起了徐凯和他的父亲，想起了那些在和平年代伤亡最多的他认识或不认识的警察兄弟。最后他想起了爱因斯坦的一句话："一个人的价值，应该看他贡献什么，而不应当看他得到什么。"

一天，马小坤的病房里来了一位特殊人物。

"小坤。"戴着黑纱的徐仁芳拎了一个保鲜盒推门进来。

"阿姨，您怎么来了？"马小坤激动不已地望着徐凯的母亲说。

"我来看看你，顺便带了点你喜欢吃的红烧肉，还有骨头汤，听说你手脚都骨折了。"徐仁芳说着把保鲜盒放到马小坤的床头柜上。

"徐凯走了，您应该忙他的事，怎么好意思让您为我操心呢。"马小坤内疚道。

"我儿子的事已经处理好了,现在有时间来照顾你了。"徐仁芳压抑着内心的伤感说。

"阿姨,我有同事和佳佳照顾。"马小坤感激地看着对方,差点叫徐妈妈。

"那他们呢,怎么就你一个人?"徐仁芳这才发现病房里只有马小坤孤苦伶仃的一个人。

"今天小黄陪我,他去食堂打饭了。"马小坤解释说。

"不能老吃医院食堂的,以后你的饭菜我包了。"徐仁芳边说边打开保鲜盒。

"阿姨,这怎么行呢,太让您操心了。"马小坤想改口叫徐妈妈,但话到嘴边又咽了回去。

"反正我闲着也没事,只要你能尽快康复,我什么都愿意。"徐仁芳夹了一块半瘦半肥的红烧肉放到马小坤嘴边说,"来,尝尝。"

马小坤手脚不能动弹,无法拒绝,也不想拒绝,特别是闻到那股诱人的香味,早已垂涎欲滴。

"好吃吗?"徐仁芳看着马小坤吃得很香的样子。

马小坤咽下嘴里的肉说:"好吃。"

"好吃就多吃点。"徐仁芳又夹了一块塞进马小坤嘴里。

"徐妈妈,您太好了。"马小坤边嚼边说,口齿有些不清。

"孩子,你说什么?"徐仁芳听到马小坤喊她妈妈,有点不相信自己的耳朵。

"徐妈妈,您真好!"马小坤已经咽下了第二块肉。

"孩子,你不叫我阿姨了?"徐仁芳眼睛顿时亮了。

"阿姨,徐凯走了,我父母也走了,我就是你的儿子。"马小坤说得眼眶有些湿润。

"好孩子。徐凯有你这样的好兄弟,他在那边会很安心的。"徐仁芳激动得热泪盈眶。

"徐妈妈!"马小坤饱含深情地喊了一声。

"好儿子！"徐仁芳柔情似水地看着马小坤，眼里充满了爱意。她再也控制不住自己的情绪，轻轻将脸贴到马小坤的脸上。

这时小黄拿着饭菜进来了："阿姨，您怎么也在？"

徐仁芳听到身后有人招呼，赶紧直起身子。

"哦，是——是小黄啊，你——怎么也来了？"徐仁芳语无伦次地说。慌乱中，她用手理了理头发，平复了一下内心的激动。只怪刚才太激动了，怎么没听到开门声。

小黄被徐仁芳问傻了："我一直在这儿啊。"

"哦，我忘了你就是陪小坤的。"徐仁芳意识到刚才颠三倒四的错乱。

"阿姨，这段时间您一定累了，保重身体啊。"小黄礼貌地说。

"我不累，今天来看看小坤，顺便给他带点吃的。"徐仁芳终于平静下来。

"我们这里有吃的，您就别操心了。"小黄打开饭盒，准备给马小坤喂饭。

徐仁芳拿过小黄的饭盒说："我来喂吧。"

"徐妈妈，您还没吃饭吧，早点回去，还是让小黄来吧。"马小坤望着徐仁芳说。

小黄忽听得马小坤叫徐仁芳"徐妈妈"，睁大眼睛看着两个人，似乎明白了什么。

马小坤在同事们和李佳佳、徐仁芳的悉心照料下，身体恢复得很快。

龙海峰本想等马小坤出院后，接到他家继续疗伤。虽然他老婆金菊花身体也不怎么好，但他已经打算好了到时家里请个保姆。想不到马小坤出院那天被徐仁芳捷足先登，接马小坤去了她家。龙海峰眼看"儿子"被抢，也不知向谁"报警"，只得自认"倒霉"。

"徐阿姨，那就全拜托您了。"龙海峰从包里拿出一个装有钞票的信封塞给徐仁芳说，"这个您拿着，给小坤补补身体。"

"这怎么可以。我有钱。"徐仁芳推辞着。

"不是您有没有钱的问题，这是我的一点心意。"龙海峰硬是把信封塞进对方的手里。

"龙书记,您也太客气了。"徐仁芳拿着信封感激地望着龙海峰。

"本来小坤应该去我家的,现在被您抢去了,我回去不知跟老婆如何交代呢。"龙海峰半开玩笑半当真地说。

马小坤在徐仁芳家里,过着衣来伸手饭来张口的皇帝生活,是他这辈子从没享受过的,恐怕连自己的母亲也不会如此宠他。

经过一段时间的休养,马小坤已经可以下床活动了。

马小坤每天早上起床,就到院子里活动手脚,呼吸新鲜空气。

徐仁芳家院子里的蔷薇花已经开了。深红色的花朵依附在绿色的枝蔓上,沿着院墙攀缘而上,煞是好看。

马小坤望着娇艳欲滴的蔷薇花,想起了李佳佳,想起他俩美好的爱情,便有了爱的思念和在一起的渴望。只是这场灾难让他俩渐燃的爱欲之火被无情地隔离,不能彼此燃烧。

马小坤正想着,有人敲门。打开院墙门一看,竟是蒋健民。

"师傅,怎么是您。"马小坤又惊又喜。

"来看看你啊。"蒋健民捧着一大束鲜花。

马小坤看着鲜花,非但不感谢,反而说道:"师傅,您怎么也时尚起来了,还拿鲜花来,我又不是女孩子。"

"人家送我的。"蒋健民笑着说,"借花献佛。"

徐仁芳听到院子里有人说话,就走出来,见马小坤和一个穿制服的警察在说话,就说:"小坤,你们站着累不累啊,快叫同事进屋坐!"

马小坤扭过头对徐仁芳说:"徐妈妈,这是我师傅蒋健民。"

"蒋警官,您好!"徐仁芳热情地招呼道。

"您好,阿姨!"蒋健民俯了俯高大的身躯算是行礼。

蒋健民跟马小坤进了屋里，两个人坐到三人沙发上聊了起来。

"师傅，您怎么知道我在这儿？"马小坤问。

"我连毒贩的藏身之处都知道，怎么会不知道你呢。"蒋健民卖弄聪明地说。

"哪跟哪啊。"马小坤白了蒋健民一眼，"别把我跟毒贩扯在一起。"

"警察跟毒贩是两个冤家对头，永远扯不清啊。"蒋健民感慨道。

"对了，听说您的手指被毒贩砍了，都接上了吗？"马小坤关切地问。

"接上了食指和中指，还有无名指和小指接不上了。"蒋健民说着伸出了那只伤残的右手。

马小坤看着蒋健民那只惨不忍睹的右手说："最主要的食指和中指能接上就好，这样对手的功能应该影响不大。只是，师傅您现在成'三指手'了。"

"不许这么说，什么'三只手'，是三根手指头。"蒋健民立即纠正马小坤的说法。

"我说的就是三根手指啊，简称'三指手'嘛。"马小坤争辩道。

"有你这么简称的吗？'指''只'同音，你这么说，人家以为我是'扒手'呢。"蒋健民瞪了马小坤一眼。

马小坤抿嘴一笑，问道："师傅，您不是挺机灵的吗，怎么被砍成这样？"

"那天抓毒贩的时候，获悉他们正在一套公寓里交易。我们撞开了大门，这些人就逃窜到里面一间卧室。我第一个冲进去，当时什么也没想，就用手牢牢抓住了卧室门的门沿，他们见门关不上，就用砍刀将我伸在门框里的四个手指砍了。"蒋健民心平气和地好像在讲别人的故事。

"这帮家伙真残忍。"马小坤听了愤愤不平。

"沾上毒的人都会变得心狠手辣。"蒋健民抚摸着自己那只伤残的右手。

"那天在机场，谁让您说那些不吉利的话的。"马小坤看着蒋健民的残手说。

"我说什么了？"蒋健民瞥了马小坤一眼。

"您说，如果真的光荣了，那样也很好，可以成全您老婆了。"马小坤

极力回忆那天蒋健民说的原话。

"现在,老婆成全我了。"蒋健民嘻嘻一笑说。

蒋健民拿出手机给马小坤看他和老婆在昆明时的合影。

马小坤边看边说:"嫂子长得真漂亮!难怪她天天闹着要跟您离婚。"

"漂亮吧,我们现在可是患难之交了。"蒋健民得意地说。

"师傅,您不会是故意唱的一出'苦肉计'吧?"马小坤调皮地逗着蒋健民。

"为了夫妻恩爱,即便是一出'苦肉计',也值。"蒋健民爽朗地说。

两个人对视了一下,哈哈大笑起来。

第十三章

马小坤经过一个多月的调养，决定回到集体的团队里过上他那个日思夜盼的火热生活。他像一只受伤还未完全痊愈的鸵鸟，就急着想奔跑。但医生告诫说，不能做剧烈运动。因此，除了听觉嗅觉依然保持灵敏外，善奔跑这一特性就得大打折扣了。但不管怎样，马小坤还是写了一封复职申请书给大队领导，要求早日上班。

那天，巡防大队大队长陪同市局人事科龚科长来探望马小坤，顺便就复职一事跟他商量。

巡防大队本来就是锻炼年轻警察让他们快速成长的摇篮，工作强度大，虽然不是说别的警种不辛苦，但相比而言，巡警更需要强有力的体能支撑。就马小坤目前的身体情况已不适合继续从事巡防工作。

据医生的说法，目前马小坤还处在康复期，本该再休息一段时间，如果一定要工作的话，只能干一些轻活。因此，组织上决定安排他去城中派出所从事社区工作，可以不参加派出所的夜间值班。

如今的马小坤已经成熟了很多，原本对工作岗位还有点挑肥拣瘦的他，现在恨不得把警察所有的岗位都轮着干那么一番，体验每个警种酸甜苦辣的况味。因此，马小坤从内心里感谢组织对他的培养和关爱。

城中派出所地处老城区，是一个多年先进的老派出所。办公楼还是民国时期建造的一幢法式小洋楼。由于保护得好，小洋楼依然蛰居在高楼大厦日益疯长的城市里。本来，新派出所也已在规划之中，但不知什么原因搁浅至今。

马小坤报到那天，又认了一位师傅叫陶春生。陶春生个子不高，很瘦削，黑苍苍的脸看上去有点病态。这应该是他来古弦工作的第四位师傅，也是他所有师傅中年龄最长的一位，今年已是知天命之年。

陶春生是20世纪80年代苏州警校的第一批中专生，如今母校已不再招生，成了在职警察的培训基地。而他也成了一位两鬓斑白的老爷叔。"老爷叔"是社区居民对陶春生的尊称。用马小坤的话来说，就是跟山花人管龙海峰叫"龙大爷"，差不多一个意思。其实两者之间除了相同之处还是有些区别的。老爷叔除了做事认真踏实、受人尊敬外，还是一层意思是有威望、处事公正。用古弦人的土话讲，就是能够"一碗水端平"。因此，好多家长里短，邻里纠纷，甚至分家析产，人们不去找法官断案，而是都来找老爷叔帮忙。

"老爷叔"这一称呼，陶春生已记不得是何时被社区居民叫出来的，这极具古弦地方特色的亲切称呼，拉近了警民之间的情感距离，也体现了社区居民对陶春生的爱戴和尊敬。

陶春生对马小坤说，只能带他一周时间，以后就把管区移交给他了。马小坤觉得这位师傅有点抠门，带徒弟的时间似乎短了点，最好能多带他一段时间，但又不好意思一上来就开口向师傅提要求。

那日，他跟师傅下社区。陶春生把马小坤先带到社区居委会跟书记、主任见了面，然后又去了居民小组长家，像介绍新女婿那样挨个儿上门推介。马小坤见到一个人就在笔记本上记一下，生怕漏掉。因为师傅说了，这些人都是他的依靠对象，以后涉及社区的事都要靠他们帮忙。后来，他又跟师傅去探访了几位五保户。所谓"五保户"就是那些无劳动能力、无生活来源、无法定赡养扶养义务人或虽有法定赡养扶养义务人，但无赡养扶养能力的老年人、残疾人和未成年人。

两个人来到古弦弄13号，这是一个大杂院，与后面的方塔弄相通，一进二进三进四进……里面住着几十户人家。五保户陆杏珍就住在角落里的一间矮房子里，老人八十有三，无儿无女，一直独自一人生活。她是陶春生当社区民警以来一直关心帮扶的对象，三天两头要上门嘘寒问暖，为她干一些买米买油、打扫卫生等活。老人也把陶春生当成自己的亲人。那天听说陶春生要走，拉着他的手哭得呜呜啼啼。

陶春生和马小坤告别了陆杏珍，在回来的路上，他对马小坤说："老百姓最善良，最容易满足，哪怕为他们做一件很小的事情，他们也会感激你，但他们也最容易受伤，你一旦不去做，或者没尽心尽职地去做，哪怕再小的事，他们心里就会有想法，有时候你认为是一件小事，可对于他们来说可能就是一件影响生计的大事，所以群众面前无小事。"

马小坤跟师傅跑了一天，现在又听师傅说这般话，心里感到了很大的压力。他默默问自己，能接好师傅这个班吗？

马小坤一夜没睡好。想不到第一天当社区民警，就让他失眠了。看来，不管哪个岗位，要想干好，干出点成绩，都是不容易的。

第二天上班，马小坤早早到了单位。

他看了看楼梯拐角处那面警容镜里的自己，好像镜子里那个人的眼眶上多了一道黑眼圈。马小坤揉搓了一下眼睛，然后去卫生间洗了一把冷水脸。

陶春生也早早到了单位，准备与马小坤到辖区几个重点消防单位走走，除了检查，也好让马小坤了解掌握这些单位的情况，尽早进入角色。因为在社区安全中，消防安全是一个重点。按古弦人的一句土话："水冲一半，火烧全无。"说明火灾的严重性和防火工作的重要性。

马小坤正想跟师傅下楼，办公室电话响了。马小坤接了电话，是门口接待室打来的，说有人找老爷叔。

陶春生接过电话问："哪位找我？"

"一位姓周的老阿姨。"门口接待室的人说。

陶春生想不起是谁,反正要出门,就招呼马小坤一起来到派出所大门口的接待室。他看到一位老人由一位中年妇女搀扶着坐在接待室里。

"您就是陶警官吧。"周阿姨看到穿一身警服的陶春生向她走来,就站起身迎上去。

"嗯。您是……"陶春生记不起眼前这位姓周的阿姨是谁了。

"我是黄家弄的周阿姨呀。"周阿姨很亲切地看着陶春生说。

"周阿姨?"陶春生还是有些疑惑。

"二十年前被你从大火中救出来的周阿姨呀。"周阿姨眼里放着光。

"哦……想起来了。是您啊,周阿姨。"陶春生惊喜地握住对方的手。

"那次大火差点把我烧死,多亏您救我呀。"周阿姨拉住陶春生的手,眼里噙着感激的泪花。

"好多年不见,您现在住哪儿去了?"陶春生亲切地问。

"去女儿家住了。"周阿姨将目光扫了一眼身旁的女儿说。

"快坐、快坐。"陶春生把周阿姨扶到接待室的靠背凳上,"周阿姨,您找我有事吗?"

周阿姨忽然想到了什么,赶紧从身边的环保袋里颤颤巍巍地拿出一个牛皮纸包,然后拆开包装,展出一面红色锦旗,上书:"救人廿载,感恩百年"八个金灿灿的大字。

周阿姨微笑着将锦旗递给陶春生说:"陶警官,不知送什么给您,知道你们警察不肯收别的东西,就托人做了一面锦旗。"

"周阿姨,太谢谢了!"陶春生感动地接过锦旗。

"该谢的是我。一直想来谢您,但自从那场大火后,被女儿接去了杭州,自己身体又一直不好,所以几次想来都没来成。"周阿姨愧疚地说。

"您就为这事,大老远地跑一趟?"陶春生感激地说。

"年纪大了,再不来谢您,恐怕以后就没机会咯。"周阿姨深情地望着陶春生。

"周阿姨，您别这么说，我看您的身子骨还硬朗着哪。"陶春生笑着说。

"不行了，自从那次大火后，生了几场大病，这次要不是女儿陪我来，恐怕自己一个人来不了。"周阿姨颤颤悠悠地站起来说，"陶警官，我该走了。"

"周阿姨，您大老远地来一趟，茶也没喝一口，要不到我办公室坐一下。"陶春生客气道。

"不了，你们警察忙，已经够打扰了。"周阿姨被女儿搀扶着边说边往门口走。

马小坤望着老人远去的身影，又回头看了一眼身旁瘦削的陶春生，胸中回旋着一种难以平静的心情。

一周时间很快，明天就将和师傅分开，要一个人独立工作了。

马小坤坐在办公桌前，望着对面伏案写字的陶春生，心中有好多话想跟师傅说。他知道每天下班之前，师傅总要把一天的工作情况记录下来，这已是多年养成的习惯，但今天写得特别久，以至于办公室的人都下班了，只剩下他和师傅两个人。马小坤不好意思打断师傅的思路，就坐着耐心等待。

陶春生终于合上了他那本蓝色封皮的笔记本，靠到那张已经脱皮的人造革靠椅里长长地舒了一口气。

马小坤见师傅已经写好工作日记，就提了提精神想跟师傅说话，想不到师傅先开口了。

"小马啊，明天我不能带你了，以后一个人独立工作要自己做主了。"陶春生边整理办公桌上的东西边说。

"师傅，以后还得请您多关照。"马小坤想说能不能再带他几天，但终究没把这话说出口。

"明天我要去上海一段时间，工作上有什么不懂的事可以多问问别的同事。"陶春生淡淡地说。

"师傅,您去上海干吗,不在城中所工作了?"马小坤感到很突然。

"唉,去一段时间就要回来的。"陶春生叹了一口气说。

"师傅,出什么事了?"马小坤见师傅唉声叹气的样子,感到很奇怪。

"没什么。"陶春生貌似很轻松地说,"去上海做个手术。"

"手术!师傅您得了什么病?"马小坤惊讶地张大了嘴,心想,难怪那天师傅说只能带他一周时间。

陶春生说:"以前老是排便出血,上个月去医院做了个检查,你刚来那天,我刚从上海的医院复查回来,医生说我肠子里生了'那个东西',本来就要动手术,但排队手术的人太多,所以回来等了几天。我俩也算有缘分,否则就碰不到一起了。"

马小坤不敢再问下去,师傅说的"那个东西"谁都懂。得了癌症的人,不管是家属,还是本人,都很忌讳说出那两个字。尤其是病人的家属,千方百计要瞒着病人,其实隐瞒对治疗不一定有好处。但愿师傅能坚强地挺过这一关。

马小坤就这样开始了一个人的工作,没有了搭档还真有点不习惯。

派出所领导听从市局人事科的建议,没安排马小坤值夜班,但一周后他还是把床铺搬到了派出所的集体宿舍。在古弦,全市的公安派出所有一条不成文的规定,就是没有结婚的警察一般都得住在单位的集体宿舍。一是便于管理,二是遇上紧急情况可以一下子拉出更多的警力。

马小坤不想破这个规矩,所以决计要把铺盖搬到派出所。而徐仁芳不想让他走,但劝了几回都没劝住。

"徐妈妈,您放心,我会常回来看您的。"马小坤真诚地说。

"要当心身体啊,千万别累着。"徐仁芳像关照儿子一样唠叨着,"小坤,平时吃饭要注意营养搭配,别饥一顿饱一顿。"

"知道了。"马小坤很顺从地点着头。

在外人眼里，派出所工作似乎很轻松，其实不然。小到鸡毛蒜皮的纠纷，大到杀人放火的刑事案，作为一个社区民警，你都得管都得参与，况且很多都是些婆婆妈妈的事，一时半会儿处理不了，再加上平时每隔四天就有一次昼夜二十四小时在派出所值班，其劳动强度和难度都不是外人能够想象的，只有亲身经历了，才知道个中滋味。

就说那个值班吧，根本不是人们想象的那种坐在办公室里喝喝茶、聊聊天、抽抽烟、打打牌，而是货真价实地干，既要处理门面上的事，又要负责接处警工作，每天忙得你团团转。特别是轮到双休日值班，所里的人手少，事情又多，比平时正常上班还累。对马小坤来说，如果不是组织上照顾他不值夜班，或许又是一次新的考验。

今天是马小坤休息，本来说好和李佳佳一起去无锡玩，但李佳佳昨天突然接到父亲打来的电话，说她母亲身体不好，让她赶紧回一趟岚皋。所以今天马小坤有时间待在派出所。于是他决定跟主班民警一起值班，亲身体验一回全程二十四小时工作的滋味。

所谓主班民警就是当天的指挥官，除了每个班有一位所领导把关外，大事小事都得由他统领。马小坤跟的是一位四十来岁的警长，叫杜维强。人称"三强"：开车技术强、掰手腕劲道强、嘴皮子功夫强。

这个班的带班领导本该是徐教导员，但最近一段时间他去苏州警校参加警衔晋升培训，所以杜维强就成了名副其实的带班人。

早上，马小坤还没到岗，就接到徐仁芳打来的电话，说今天是他的生日，中午让他和李佳佳一起去她家吃个饭。马小坤知道今天是自己的生日，但李佳佳去了安康，一个人没心情过生日，况且他本来就对过生日很淡漠。他告诉徐妈妈今天他要在派出所值班，不过去吃饭了。

上午七点五十分，杜维强佩带好单警装备和执法仪准时到岗，用十分钟时间与夜班民警交接后,正式上岗。马小坤刚想问杜维强什么,还未开口,桌子上的报警电话响了。

杜维强拿起电话说:"您好,这里是城中派出所。"

"警察,你们快来呀!有个男人到我店里吃东西不给钱,还要打人。"电话那头是一个女人刺耳的声音。

"请慢慢说,你的店叫什么名字,在哪儿?"杜维强问。

"新川路上的好运来面店,你们快点啊!"女人急吼吼地说。

杜维强让警辅小李守着报警电话,自己带上警辅小张立即出警。马小坤也跟着杜维强上了警车。

警车五分钟就到达了现场。一问情况,原来是一位来面店吃面的年轻人,发现碗里有一根头发丝,跟店主交涉。店主是那个报警女人的老公,认为自己生意忙,为了一根头发还来跟他斤斤计较,所以上了火气。你火他也火,双方互不相让就吵着扭打起来。

杜维强问明了情况,和警辅小张交换了一个眼神,一个把老板拉到一边,一个把年轻人拉到另一边,做起了双方的思想工作。

杜维强对店主说:"你是做生意的,怎么这么耐不住性子呢,人家也没要你免单,就算免单,这一碗面也免得起啊,你跟他这吵啊打的,一早上的生意都给耽误了,你说值吗?"

"是他先骂我。"店主愤愤不平地说。

"人家骂你是不对,但你也应该换位思考想想,如果你吃到一根别人的头发,你会怎么想?况且人家是来吃面的,吃完还得赶着上班,不是专门上门来骂人的。你说是不是?"杜维强不紧不慢地开导店主。

被杜维强这么一说,店主明显软了下来,承认说:"我是个火爆脾气,态度是有点不好。"

"你这样的火爆性子,非但不能让生意火爆,而且只会耽误生意,砸自己的牌子。"杜维强心平气和地说,"我看你还是主动跟人家道个歉,和气生财嘛。"

　　杜维强看看小张那边的工作也做得差不多了，就让双方见面。两个人互相打了个招呼，就这么一下子"化干戈为玉帛"了。

　　马小坤在现场看得真切，想不到杜维强嘴皮子功夫真的很强。

　　临走时，老板满脸堆笑地对杜维强说："警官，真不好意思，为了这点小事还来麻烦你们。"

　　回到所里，已过九点。守着报警电话的小李说，今天警情特别多，老陈和小朱也都出去处警了。派出所本来人手就少，扣除出差的、开会的、抽调到专案组办案的、生病的、警衔晋升培训的，还有像马小坤这样需要照顾的，即便加上从事内勤工作的女警在内，每个班上也只能保持四五名警察，好在有些工作可以让警辅担当，否则二十四小时不吃不喝恐怕也难应付。

　　杜维强刚拿起桌上的茶杯想喝口水，一位三十来岁的女子风风火火地闯进了派出所，开口就嚷嚷着说，"警察，我要举报！"

　　"别急，慢慢说，你要举报什么？"杜维强喝了小半口水放下茶杯问。

　　"有人赌博。"女子愤愤地说。

　　"谁？"杜维强神情严肃地问。

　　"我家那只'老猢狲'。"女子说得咬牙切齿。

　　"你丈夫？"杜维强将严肃的神情松弛下来。

　　"是的。天天在外赌，还欠了一屁股债。"女子说得义愤填膺。

　　杜维强问道："他人呢？在哪里赌？"

　　"不知死哪里去了。他倒好，一走了之，人家天天上门讨债，这日子没法过了。你们赶紧把他抓起来吧。"女子声音高八度地说。

　　"你都不知道他的去处，叫我们去哪里抓呀？"杜维强打开桌子上的值班日志簿，拿起笔说，"这样吧，你也别急，我先给你登记一下，等他回来了我们好好教育教育他，或者你知道他在哪里赌，及时拨打110或直接打我们派出所电话。"

女子见警察要给她做记录了，就安静了下来。

刚刚送走那位咬牙切齿的女子，一位挂着"斯蒂克"的老妇人慢悠悠地走进派出所。

马小坤刚好在门口，就上前迎候道："老婆婆，有事吗？"

"警察先生，我有那么老吗？"老妇人抬头看了一眼马小坤反问道。

马小坤被她这么一说，蓦地一阵脸红，连忙改口道："不老，不老。您来派出所办事？"

"警察先生，我是来投诉的。"老妇人一字一板地说。

"投诉？"马小坤想，这里又不是消费者协会，但又怕说错话，只能顺着问，"阿姨，您要投诉什么呀？"

"投诉我两个不孝的儿子！"老妇人满腹怒气地说。

杜维强看见马小坤搀扶着一个老妇人走进来，就起身迎上去，又是让座又是倒水，嘘寒问暖。

马小坤有点看不懂了，发现杜维强像认识她似的，显得很殷勤。

杜维强对马小坤说，这个人由他来接待，让马小坤去配合老陈和小朱给刚抓进来的一对卖淫嫖娼人员做笔录材料。

马小坤做好笔录材料回到值班接待室，发现老妇人已经走了，便问杜维强，那位不服老的老人到底来派出所投诉儿子什么？

杜维强告诉马小坤，那个老人是位归国华侨，丈夫回国那年就去世了，两个儿子都在国外发展，这边就她孑身一人。她是派出所的老常客了，三天两头来，所谓投诉无非要派出所出面把两个儿子从国外召回来，说他们不回来跟她一起生活就是不孝。两个儿子一个在美国、一个在澳大利亚，在国外都有家庭，不可能回来。儿子叫老人去那边生活，她又不肯。说回到祖国这么多年，再去国外生活不习惯，死也要与老伴死在一起。人老了，都有叶落归根的故乡情结。

马小坤看到刚才几个场景，便想起商城派出所蒋健民对他说过的话："接待群众除了态度和蔼，你还得会察言观色，对症下药，并认真做好相关记录，这样做一方面体现你对当事人诉求的重视，另一方面也为日后有个工作备案和依据。"以前他在商城派出所实习时也参与过值班和接处警工作，但那里属于治安派出所，警情主要是生意上的纠纷、打架，还有盗抢等侵财案件。没想到户籍派出所比治安派出所更复杂，除了一些刑事案件和治安案件，更多的是一些婆婆妈妈鸡毛蒜皮的事，问题是这些看似很小的事情处理起来一点都不省事。

到了中午吃饭的时间，总算安静了片刻。但安静了没多久，桌上的报警电话又响了。杜维强刚出完一个警回来吃饭，马小坤便学着杜维强的口气拿起电话说："您好，这里是城中派出所。"

"警察，我老婆要自杀，你们来看看吧，死了不关我的事啊，到时别冤枉我。"电话那头是一个男人慢条斯理的声音。

真是大千世界，无奇不有，有这么报警的吗？马小坤第一次遇上这样的报警人。老婆要自杀，还一副从容不迫的样子。

"在什么地方？你先劝住你老婆，我们马上就到！"马小坤倒显得迫不及待。

马小坤在接处警单子上记录了时间、地点、姓名、联系电话等基本情况，就叫上民警小朱和警辅小张一同前往，让小李继续守着报警电话。

小李已在派出所摸爬滚打多年，富有经验，一听就知道八九不离十是夫妻之间闹矛盾，便嘟哝道："夫妻吵架也要报警，我找不到老婆是不是也可以报警。"

小朱用警帽拍了一下小李的脑袋调侃说："你的警我们不受理，要报警向江苏卫视孟非报去。"

三人到达现场,很快问明了情况。自杀的原因说出来令人啼笑皆非。老婆怀孕,老公做饭不合口味,两个人就吵了起来,你一句我一言互不相让。老婆说不过老公,觉得很委屈,便拿起一把菜刀扬言要自杀。

马小坤学着杜维强早上去面店处警那一招,一方一方劝。马小坤决定先劝怀孕女人,让她把情绪稳定下来。

"我看你老公也不容易,白天上班,中午还特意回家给你做饭。男人嘛,有几个做饭做得像样的,他有这份心就很不错了。你这么吵,最受伤害的不是别人,是你自己和肚子里的孩子。你想,你这么激动,动了胎气只会影响自己的身体,对肚子里的小宝宝也不利。他跟你急肯定是不对的。其实你老公说那些过头的话是他嘴笨,说明他是个不会圆滑的老实人,脾气犟了点,心并不坏。如果他真不担心你的话,干吗还要报警叫我们来,他就是一个不会说话又磨不开面子的人。你就宽宏大量原谅他一回,宰相肚里能撑船。你看,小宝宝都在你肚皮里撑船了,你们两个大人还有什么撑不开的船呢。"

怀孕女人被马小坤说得心平气和了许多,说到最后差点"扑哧"笑出来。

马小坤又来到报警男人这边说:"女人怀孕,脾气不好很正常,你要懂得理解。她怀的可是你的孩子,你要为肚子里的孩子着想,要是真有什么三长两短,你要后悔莫及的。男人嘛,龙门要跳,狗洞要钻,一个大男人要能屈能伸。你现在不是跳龙门的时候,多迁就迁就女人也是应该的。快去跟老婆说点好听的,女人嘛哄哄就好了。"

那个男人有点一根筋,像一头转不过弯的牛。

马小坤说得口干舌燥,在小朱和小张的共同劝说下,终于把两个人哄高兴了。

马小坤回到所里,看到大伙儿都在忙碌。

杜维强在审查一个刚被群众扭送来的小偷,老陈在给目击者做旁证笔录。小朱一回到所里就动手整理上午那起卖淫嫖娼的案卷,准备报批治安拘留。

马小坤闲着有些不好意思，也想找些事情做做。还没想好，巡防二中队的巡逻民警就把任务送上门了。

他们送来了一位面容憔悴的女孩。一个小时前有两个冒充工商局干部的男子在长途汽车站以帮助介绍工作为名，把这个女孩骗到了一个废弃的建筑工棚里，抢走了她身上的全部钱物。目前，两名犯罪嫌疑人正在追缉之中，指挥中心已向全市发布了查控命令。

眼前这位女孩看上去十六七岁，圆脸、大眼、长辫子。辫子末梢处用红头绳打的蝴蝶结已经松开，变成了两根飘带；红红的脸颊上泛着青紫色，一对眼珠子不停地左右游动，显然还在惊恐之中。女孩上身穿一件印有牡丹花图案的大花衣，下穿一条青色土布裤子，脚上着一双自制的黑布鞋，一看她的穿着打扮就知道是个地道的外来妹。

马小坤见女孩惊魂未定，估计中饭还没吃，便叫小李去所里的食堂看看有没有吃的东西。

一会儿，小李拿来了一碗米饭和一块红烧大排。

"姑娘，饿了吧，先吃点东西。"马小坤把米饭和红烧大排放到女孩跟前说。

女孩见了米饭和红烧大排，闻着一股饭菜的芳香，喉咙就不由自主地动了动。她瞥了马小坤一眼，就狼吞虎咽地吃了起来。

马小坤等女孩吃完，便开始向她询问有关案情，准备制作笔录材料。女孩起初不肯说话，马小坤没办法就指着墙上粘有照片、姓名、警号的派出所警务公开栏，先介绍起自己："你看这是我的相片，我姓马，警号是246612……"那女孩抬头望了一下警务公开栏的照片，也许是马小坤的真诚打动了她，也许是那个女孩也姓马的缘故，过了不长时间，她就开口说话了。

女孩叫马亚泥，今年十五岁，老家在河南温县黄河边上的一个小村庄，这是她第一次出远门，临行前父母为她东拼西借凑足了五百元钱。她就带了

这些钱和仅有的几件替换衣服一路搭货车来到古弦这座城市,一来想找正在这里打工的大哥,二来也想出来闯世界挣大钱。在她的脑海里,对古弦这座城市充满着渴望,因为听同村外出打工的人回家说,古弦有一个全国数一数二的服装市场,那里遍地是黄金。

马亚泥记着村里打工老乡的话,来到古弦,一下汽车就直奔长途汽车站不远处的一个招工市场,她想先找一个挣大钱的好工作,然后再去找哥,给哥一个惊喜。那个招工市场其实是一个地下非法招工窝点,市里相关职能部门曾多次组织力量打击取缔,但不知什么原因,收效甚微。马亚泥在附近问了几个人,就找到了那个所谓的招工点,一间破房子外面站着好多人,看来想打工的人还真不少。但不管怎样,她觉得致富之路就在眼前了。很快有两个穿工商制服戴大盖帽的人与她搭上了话,说可以帮她介绍工作。她一看是两个穿制服戴大盖帽的人,很有安全感。在她眼里,戴大盖帽的都是有本事的干部。马亚泥庆幸着幸运之神对她的眷顾,心中充满了喜悦,就不假思索地跟着他俩一路向热闹的市中心走去。马亚泥见着车来人往的城市,一点戒备心理都没有。

其实,当幸运之神突然降临时,厄运之神也很有可能随之悄然来临,只是当事人还没察觉罢了。谁会想到,在繁华的城市中心,也有一块像垃圾场一样的不毛之地。

当马亚泥跟着这两个人走进市中心一个停工多年的建筑工棚时,一切都已晚了。两个男子终于真相毕露,先是抢了她的旅行包,然后又搜了她的衣服口袋,把她身上仅有的几百元钱也抢了去。两个男子不知是内心本来就害怕,还是听到外面有人走动的声音,抓起马亚泥的旅行包从后墙的一个破洞口逃之夭夭了。马亚泥从惊吓中反应过来,也逃了出来,过路的群众为她报了警,巡防二中队民警先期赶到现场,简单问了些情况就把她送到派出所了。

马小坤给马亚泥做完笔录,长长舒了一口气。他听完眼前这位女孩的陈述,看着材料纸上最后落款的"马亚泥"的签名,突然想起了毛雅妮。怜悯之心油然而生。

他做完了所有的案头工作,决定帮马亚泥寻找她的大哥,就向还在询问抢劫嫌疑人的杜维强汇报了马亚泥的情况。

马亚泥只知道她大哥在古弦市一家拉链厂打工,不知道厂名,也不知道确切地址。虽然全市拉链厂有两百多家,但对于马小坤来说,只要知道马亚泥大哥的名字,就能通过外来人口数据库查询到。但遗憾的是马亚泥大哥的信息资料显示,此人已离开那家叫汇川拉链的工厂,至于去了哪里没有记录。

不管怎样,马小坤还是决定带马亚泥去那家汇川拉链厂实地问问,兴许那里有她的老乡。

汇川拉链是一家小厂,问遍了全厂工人,没人知道马亚泥大哥去了哪里,也没有哪个工人是她的老乡。

此时天色已晚,马小坤看着身旁马亚泥一副非常沮丧的样子,不知如何是好。让一个十五岁的女孩子独自一人住旅馆实在让马小坤放心不下。

这时,马小坤的手机响了,是徐仁芳打来的。说中午烧了很多菜,晚饭一定来帮她解决"困难"。

马小坤心想,要不今天就让马亚泥住徐妈妈家,明天帮她再找找,实在找不到就买了车票送她回河南老家。

挂了徐仁芳的电话,马小坤给杜维强打了一个电话,说没有找到马亚泥的大哥,想给她安排好了住的地方,吃了晚饭再回所值班。

马小坤带了马亚泥就来到徐仁芳家。

徐仁芳听了马小坤的介绍,也很同情马亚泥。三人吃罢晚饭,徐仁芳就去给马亚泥张罗床铺。

马亚泥感激地望望马小坤,又看看徐仁芳,心中充盈着温馨的暖意。

"亚泥,等会儿我还要回派出所值班,今晚你就住在这里,徐妈妈家就像是自己的家,好好睡一觉,明天早上我再来接你。"马小坤和风细雨地关照道。

"小坤哥，您放心去值班好了。有徐妈妈在，我会照顾好自己的。"举目无亲的马亚泥心里已把马小坤当成自己的哥哥了。

缘分这个东西很奇妙，它像一根无形的线，联结着两个看似毫不相干的生命体，有时候会有一种意想不到的命运的纠缠。

马小坤觉得他跟马亚泥是一种缘分，如果李佳佳不回安康，如果今天他不参与值班，如果不是他亲自接待马亚泥，那么也许就不会见面，即便见面也不会是现在这个样子了。

马小坤回到派出所，当班的兄弟们也都刚刚忙完手头的工作吃过晚饭。

杜维强拿着牙签剔着牙缝，刚坐定，报警电话又发疯似的响了。

报警的是一位过路群众，说有个老头一直在城中路和解放路的交叉路口徘徊，大概是不认识回家的路了，路上车多，很危险。

马小坤看看大伙儿吃的饭菜还在喉咙口，便自告奋勇说："我去吧"。说完就带上警辅小张一同前往。

马小坤见到那位老人时，众人已经把他扶到路边的人行道上。

一会儿，巡警也来了。马小坤见到巡警兄弟就有一种特别的亲切感。他对他们说，你们只管去别处巡逻，这位老人由他来处理。

老人看上去有七八十岁，目光呆滞，手里拎一只塑料袋，里面装着两个王老吉的空易拉罐和一瓶喝了一半的农夫山泉。

马小坤上前问老人姓名、家庭地址和家人的联系方式，他都回答不上来。看来是一位患有失忆症的老人。唯一的线索是一口让他熟悉的四川乡音。马小坤问了在场围观的群众，也没人知道这老人的来历。马小坤决定带他乘着警车在路上兜几个圈子，看看有没有老人熟悉的地方能否唤起他的记忆。

警车在路上兜了一个小时也没有结果。眼看天色越来越黑，老人也着急了，捶打着自己恨自己没用。马小坤只得边安慰边把老人带回所里，请求指挥中心协助寻找，但问下来古弦没有老人走失的报警。

没办法，马小坤只能扩大寻找范围。终于，苏州相城区一个派出所传来一条信息，说他们辖区有一位操四川口音的老人走失。

很快，老人的家人赶到相距六十余里的古弦。子女们终于看到安然无恙的父亲，都激动得热泪盈眶。老人今年已经八十三岁高龄，下午一点一个人从家里出来后就迷失了方向。家人下午四点就开始寻找，已经找了六七个小时。

送走老人和他的子女，马小坤一看时间，已是晚上十一点了。

小朱去拘留所送了那对卖淫嫖娼人员回到所里，见马小坤还没休息，就说："你难得来我们班作贡献，今晚我请你吃夜宵。"

马小坤说："我请你们吧。"

"为啥？"小朱有些不解地问。

"你们都是我师傅呀，今天也算见识了什么叫'人生百态''社会万象'，学到了很多大学里学不到的东西。"马小坤很有收获地说。

小朱问杜维强和老陈要不要吃夜宵。

老陈说："不吃了，我得坚持住，不能让'三高'再高了。"

杜维强说："今天我当班，还是我来请吧。"

为了请一顿夜宵，几个人抢来抢去，最后只能以抓阄定"东家"。最终小朱胜出。

吃着小朱买来的牛肉粉丝煲，马小坤心里暖暖的。

他翻开桌子上的值班日志簿，看着今天一天的战绩，就有了几许成就感。虽然没有破什么惊天大案，但能处理好那些看似不起眼的鸡毛蒜皮的小事，也让马小坤感到了当一名警察的荣耀。

第十四章

　　马小坤接到了李佳佳从老家岚皋打来的电话。电话那头竟是一个哭泣的声音。

　　"佳佳，你怎么啦？"马小坤担心地问。

　　李佳佳在电话里嘤嘤地哭着就是不回答，这让马小坤更加担心了。

　　"佳佳，你说话呀，到底出了什么事？"马小坤恨不能从手机里穿越过去。

　　李佳佳哽咽道："我妈，她……"

　　"你妈怎么啦？"马小坤预感不妙。

　　"她生病了。"李佳佳停止了哭泣。

　　"什么病？"马小坤紧张地问。

　　"乳……乳腺癌。"李佳佳难以启齿地说。

　　"要紧吗？"马小坤追问道。

　　"医生说已经到了晚期。"李佳佳说着又哭了起来。

　　乳腺癌晚期！马小坤想起复旦大学那位叫于娟的女教师和她那本在网上疯传的生命日记。

　　生命无常，该如何面对呢？

　　马小坤不知该如何安慰心爱的女友，只能默默祈祷和说一些诸如"积极配合治疗、保持乐观心态"的话。

马小坤挂了李佳佳的电话,又想起还没找到哥哥的马亚泥。

马亚泥在徐仁芳家待了两天,马小坤也为马亚泥寻找了两天,但依然没有她大哥的消息。

马小坤除了在为李佳佳和未来的岳母担心,也在为马亚泥担心。一个只上到小学三年级就辍学的、没任何技能的女孩子,要在一个举目无亲的陌生城市生活是很艰难的,况且她才十五岁不满打工年龄,弄不好就很容易被伤害或者走上邪路。

马小坤决定先让她回家。

那天,他给马亚泥买好了回河南老家的火车票,就来到徐仁芳家。

"小坤哥,有我大哥的消息吗?"马亚泥期盼地问。

"还没有。"马小坤一脸无奈地摇了摇头。

"那怎么办啊?"马亚泥的脸色又阴沉了下来。

"亚泥,你先回家吧。"马小坤看着马亚泥,小心翼翼地说。

"小坤哥,我不想回去。"马亚泥不高兴地说,"我要见我大哥。"

"你哥现在不知道在哪儿,等以后有了他消息,可以再来啊。"马小坤开导着马亚泥。

"我要边找大哥边打工。"马亚泥噘着嘴说。

"你未满十六周岁,还没到打工年龄。"马小坤接过话头,看着马亚泥,语重心长地说,"亚泥,外面很乱,你一个女孩子家,还是先回吧,我已经给你买好了火车票。"

徐仁芳在一旁帮腔说:"姑娘,你还是回家吧。我要是你父母的话,担心死了。"

马亚泥低下脑袋,沉默不语。

马小坤终于做通了马亚泥的思想工作,还塞给她两百元钱,亲自把她送到了苏州火车站。

刚进候车室,马小坤发现手机上有一条所里的群发短信:"今晚有紧急任务,六点半之前,全体民警到所集合待命。"

本想请马亚泥在火车站吃了晚饭再往回赶,但一看时间,离集合还剩一个多小时,从苏州到古弦至少也得五十分钟到一个小时。于是,马小坤在火车站商店给马亚泥买了三桶方便面和两只真空包装的香辣鸡腿,也给自己买了两个面包和一瓶矿泉水。然后,嘱咐了马亚泥几句就匆匆往回赶。

马小坤回到所里,发现全所的警察几乎都来了。

集合会议准时召开。马小坤一听内容才知道今晚的紧急任务是要铲除一个聚众赌博窝点。

线索是杜维强下社区工作时摸到的,聚赌窝点在城中小学旁的一个废弃仓库内,但活动时间不固定,每隔几天或十几天组织一次。

经过缜密调查,他们掌握了这一赌博团伙的活动情况。每次参赌成员大约有二十人左右,内部分工非常明确,有组织者、有望风者、有放高利贷者、有赌徒。

今晚这一团伙又将在那个废弃仓库内聚赌。所领导决定立即收网。

为了不打草惊蛇、不留遗漏,所里决定派出先遣队员先期进行守候侦察,其余人员留所待命。考虑到杜维强和马小坤两个人对地形情况熟悉,另一个有蹲守伏击经验,先遣队员由他俩担当。

晚十时许,参赌人员陆续来到废弃仓库内。杜维强和马小坤数了一下参赌人数,觉得时机成熟,就通报给所领导。

一张无形之网迅速铺开。

为了一网打尽,彻底铲除这一毒瘤,警方没有采取简单的直接冲击的方式,而是内外联手,大部分警力安排在外围形成包围圈,然后再向中间缩小;另外派出少数精兵强将,从城中小学内秘密潜入仓库,来了个里应外合。按照预定的第一套行动方案,各行动小组如神兵天降,当场抓获涉赌人员十九人、缴获赌资二十余万元。

　　一周后，李佳佳从老家岚皋回到了古弦。

　　马小坤与李佳佳在水天堂西餐厅共进晚餐，原本李佳佳最喜欢吃的虾饼、牛排、水果沙拉和菠萝饭却摆在餐桌上几乎没动。

　　看着心爱的人明显消瘦的脸庞和忧郁的眼神，马小坤心疼地把她拥进怀里。

　　窗外的月亮悄悄地爬上来了，被淡淡的云雾笼罩着，薄如蝉翼。

　　西餐厅大厅里回荡着 The Daydream 的钢琴曲《眼泪》，恬静而忧伤……

　　今晚水天堂西餐厅担任钢琴伴奏的是一位长发飘逸的女孩，着一袭白色长裙，素淡而典雅。一曲《眼泪》刚停，又一曲《与你同行》响起。她已经演奏了好几首这位擅长用音乐写景、抒情的旅韩华裔钢琴家的作品，几乎成了一场直抵心扉的钢琴独奏音乐会。

　　李佳佳听着琴声，靠在马小坤肩膀上说："小坤，我们结婚吧。"

　　"佳佳，我们连婚房都还没有啊。"马小坤感到很突然。

　　"这次我回去，父母卖掉了一套房子，给了我三十五万。"李佳佳转头看着马小坤说。

　　"你父母怎么这么急？"马小坤一点思想准备都没有，之前两个人也憧憬过幸福的小窝，想什么时候拥有了一套房子再结婚，然后等李佳佳的父母都退休了就把他们接到古弦来居住生活，但这个憧憬离现实似乎还有些遥远，古弦的房价让马小坤瞠目结舌。

　　"我母亲怕她看不到我们的婚礼。"李佳佳略显忧伤地说。

　　"你怎么打算？"马小坤想先听听李佳佳的想法。

　　"我想先购一套小一点的房子，三十五万交个首付，然后再贷一点款，以后我们一起慢慢还贷。"李佳佳与马小坤十指相扣着说。

　　"用你父母的钱不太好吧。"马小坤愧疚地说。作为一个男人，应该有所担当，但他知道自己工作才两年，凭他目前的财力一个人根本无法购房。

"我也不想要父母的钱,但他们催着咱俩结婚,也只能如此了。"李佳佳欠了欠身子说。

"佳佳,是我无能,让你受累了。"马小坤说着把李佳佳搂进怀里。

"有你的爱,不累。"李佳佳眼里闪着泪花说。

"但光有爱,没钱买房子也不行啊。"马小坤轻叹道。

"只要我们相爱,哪怕租房也可以结婚呀。"李佳佳反而安慰马小坤。

"说是可以这么说,但毕竟租房结婚的不多。"马小坤眼神迷离地说。

"我父母的意思是让咱俩尽快完婚,你看怎样?"李佳佳深情地看着马小坤。

"我听你的。"马小坤感觉到了李佳佳内心的搏动。

这时,西餐厅大厅里回荡起 The Daydream 的钢琴曲《婚礼》——两个人紧紧相拥而泣。

马小坤和李佳佳开始了紧张而有序的婚前准备。

用一天时间购房。阳光新村一套六十五平方米的公寓房,虽小但足够能容下一个二人世界。

用一天时间申领结婚证,拍一套简单温馨的婚纱照。

用十天时间装点爱巢,委托红蜻蜓装饰装潢公司具体实施。

那天,马小坤的新房刚装修完毕,龙海峰就来到阳光新村先睹为快。

"龙叔叔好!"马小坤站在12幢的楼道口见龙海峰从汽车里走出来,就迎上去说。

"嗯。"龙海峰一下车就品头论足起来,"小坤,这个小区的环境不错啊。"

"还行吧。"马小坤说着就把龙海峰引进楼道内。

"你买的是五楼?"龙海峰边抬脚上楼边问。

"是的,就是没电梯,只能让您走楼梯了。"马小坤歉意道。

两个人爬到五楼,李佳佳已经在502室门口迎候。

"龙叔叔好！"李佳佳微笑着与龙海峰打招呼。

"你好，佳佳！"龙海峰端详着李佳佳说，"比以前瘦了呀。"

李佳佳听了龙海峰的话，莞尔一笑，心里很受用。现在的女人，最忌讳的是说她胖，只要对方说她瘦，哪怕说她骨瘦如柴也高兴。

"龙叔叔，请进。"李佳佳笑盈盈地说。

"要脱鞋吗？"龙海峰站在门口问。

马小坤说："不脱，不脱，我最讨厌让客人脱鞋。"

"现在家家户户都把地板擦得干干净净，你是派出所的社区民警，不脱鞋恐怕就进不了居民群众的家门噢。"龙海峰想考考马小坤，看他如何回答。

"我就不脱鞋，照样能进老百姓的家门。"马小坤自信地说。

"哦，你有什么法宝，不会是硬闯吧？"龙海峰用怀疑的目光瞧着马小坤。

"怎么可以硬闯呢，当然得征得主人同意。"马小坤说，"每次下社区，我从不穿皮鞋，晴天穿布鞋，雨天穿跑鞋，带上一次性鞋套，每到一户居民家中，我就戴上鞋套进入。"

"为啥不穿皮鞋？"龙海峰好奇地问。

"皮鞋底硬，容易磨穿鞋套，也容易伤着人家的地板。"马小坤回答说。

"有道理。"龙海峰点头称是。

马小坤突然想起他的师傅陶春生，这方法还是师傅传授的呢。如今师傅已经不能上班，不能走进老百姓家中与他们有说有笑地拉家常了。

龙海峰跨进房间，目光像探照灯一样扫了一圈，称赞道："装潢得不错呀。"

"都是赶出来的活，只能简单一点了。"马小坤边沏茶边说。

"小坤，有什么需要帮忙的，尽管跟我说啊。"龙海峰坐到宽大的布艺沙发上，用手压了压弹性十足的沙发面。

"龙叔叔，到时候您只要带一张嘴来喝喜酒就行了。"马小坤将茶杯放到龙海峰面前的茶几上。

"哈哈哈。"龙海峰仰头笑了起来,问道,"婚礼的日子定了吗?"

"定了,六月二十八日,周六。幸好不是婚礼旺季,否则酒席都订不到。"马小坤坐到龙海峰身旁说,"龙叔叔,援建组几位叔叔阿姨的请柬给您,到时就拜托您给我发一下。"

"好的。"龙海峰喝了一口茶。

"对了,龙叔叔,婚礼仪式上请您做我和佳佳的证婚人。"马小坤请求道。

"你不是说只要带一张嘴来喝喜酒就行了吗,怎么又有附加条件了?"龙海峰逗着马小坤说。

"龙叔叔,证婚人也只需要一张嘴啊。"马小坤狡辩道,他看了一眼龙海峰又说,"况且非您莫属。"

这时,徐仁芳也来了,手里拎了一个全新的红漆马桶。

"徐妈妈,您怎么带了这个东西?"马小坤好奇地问。

"这个东西有用,你先备着。"徐仁芳把马桶递给马小坤。

"都有抽水马桶了,还要备着这个干吗呀?"马小坤不解地问。

"这叫子孙宝桶,希望你们早生贵子,传宗接代。"龙海峰插话道。

"还有脚盆和水桶呢,我一下子拿不了,明天再带来。"徐仁芳喘着粗气说。

"啊,怎么还有脚盆和水桶?"马小坤抿着嘴笑。

"马桶、脚盆、水桶是'子孙三宝',除了马桶,脚盆称聚福宝盆,表示健康富足;水桶称财势宝桶,寓意勤奋上进、事业有成。"龙海峰解释说。

李佳佳在一旁偷笑:"徐妈妈,我们年轻人不需要这些东西的。"

"怎么不需要,这是女方必须准备的,我怕你父母千里迢迢不会带这些东西来,或者你们老家没这个规矩,所以我得先备着。"徐仁芳一本正经地说,"在古弦举办婚礼,就得按这儿的规矩办,否则人家背后会议论的。"

"按照古弦的规矩,这桶里面要放枣子和带壳的花生,还有桂圆、荔枝、百合、莲子等干果,再放进五个红鸡蛋。"龙海峰给两位年轻人上起课来。

"放入这些东西是什么意思？"马小坤问。

龙海峰耐心解释道："枣子，是期盼早得贵子；带壳花生，而且要挑选那种节数多的，寓意长生不老和多子多福；放进五个红鸡蛋是象征'五子登科'；那些桂圆、荔枝、百合、莲子等干果也是为了讨吉利。"

六月的古弦，天已经有些炎热。尽管昨晚下过一场雨，气温有所下降，但早晨起来反而让人觉得更加闷热。

古弦已进入了令人讨厌的梅雨季节。

马小坤和李佳佳的婚礼也进入了倒计时。

李佳佳的母亲顾景芝已经住院，看来她是不能来古弦参加女儿的婚礼了。好在两个人在古弦举行完婚礼后，还要去岚皋那边办一次婚宴。只要顾景芝坚持住，应该能看到女儿最幸福的那一刻。

李佳佳的父亲李京龙临走时，委托妹妹照料他妻子。

"景芝，我走了。"李京龙走到病床前说。

"京龙，你放心去吧。我挺得住。"顾景芝深情地望着丈夫。

"你有话要带给佳佳吗？"李京龙拉着妻子的手问。

"要说的都在电话中跟佳佳说了。叫她别担心妈妈，婚礼仪式上一定要表现得开开心心。"顾景芝皱了一下眉，强忍着病痛说，"你早点带女儿女婿回来啊。"

"嗯。"李京龙点了点头，俯下身子吻了一下妻子的额头。

马小坤和李佳佳的婚礼在古弦大酒店宴会厅举行，简朴而隆重。

李京龙、徐仁芳和龙海峰夫妇被安排在主宾席上。他们边吃边聊。

李京龙为自己斟满了一杯酒站起来说："龙书记，徐妈妈，还有在座各位，真的非常感谢你们！你们为马小坤和我女儿的婚礼操了很多心，我无以回报，借此机会先敬大家一杯。"说完就一饮而尽。

徐仁芳微笑着对李京龙说:"您为我们小坤培养了一位好媳妇,应该要感谢您才对。"

龙海峰也感慨说:"有缘千里来相会,一个四川,一个陕西,一起在古弦工作生活、成家立业,为古弦人民作贡献,我们也要感谢两位新人。"

这时,主持人邀请证婚人上台致证婚词。

龙海峰今天特意穿了一身黑西服、条纹衬衫,系了一根紫红领带,俨然新郎父亲。他整了整衣衫,气宇轩昂地走上婚礼台。

尊敬的各位领导、各位来宾、各位亲朋好友:

大家好!

今天,是马小坤先生和李佳佳女士喜结良缘的大喜日子。

我受新郎、新娘之托,担任他俩的证婚人,感到十分荣幸。两位新人从相识、相知到相爱,走过了难忘的时光,如今已修成正果成为夫妻。

现在,我宣布:马小坤先生和李佳佳女士的感情是真挚的,对共创未来已有了充分的准备,两个人的婚姻是天作之合,合法有效。

希望两位新人在今后的日子里,互敬、互爱、互谅、互助,无论是平坦还是坎坷,要手牵手、心连心,相爱一生。

让我们祈祷!让我们祝福!让我们举起手中的酒杯,共同祝愿新郎新娘新婚愉快、永结同心、白头偕老,携手共创美好的明天!

在婚礼仪式即将结束的时候,马小坤饱含深情地向大家答谢致辞。

尊敬的各位领导、各位来宾、各位亲朋好友:

大家好!

今天是我和李佳佳大喜的日子,承蒙大家能在百忙中抽时间来参加我俩的婚礼，在此表示衷心的感谢！

其实我要感谢的人有很多很多，就比如刚才为我证婚的龙叔叔，他是我的大恩人，也是我心目中的父亲，可以说，没有龙叔叔就没有我的今天。还有我那位牺牲了的战友的母亲徐妈妈，在痛失了自己儿子的时候，依然想着我这个没爹没妈的人，给我以慈母般的关爱。当然，还得感谢我的新娘和我的岳父岳母，让我拥有了爱的另一半，让我有了一个梦寐以求的家，让我得到了更多的爱的温暖。我还要感谢各位领导、我的师傅和战友们，以及关心帮助过我的所有的人，是你们的关怀教育和无私帮助才让我在古弦这片热土上健康快乐地成长。

祝大家身体健康，万事如意！

谢谢！

就在人们欢天喜地喝着马小坤喜酒的时候，城中派出所的民警小朱却守着所里的报警电话。今晚他是主班，无法当面去祝贺，只能默默祝福。

这时，小朱的手机响了。电话那头是喧闹的嘈杂声，一听就知道派出所那帮弟兄在跟新郎官起哄，说是也让他感受感受现场气氛。

同班的杜维强和老陈等几个民警也因值班没能参加马小坤的婚礼，只能在派出所调侃，话题自然落到新郎官身上。但还没聊上几句，就有事了。

几个人忙乎了大半夜才空闲下来。

此时，派出所值班室墙上的挂钟已指向午夜十二点。小朱招呼大家吃夜宵。几个人边吃边聊又聊到了马小坤。大家凭着各自"过来人"的经历，每个人都猜想着新郎新娘现在如何如何了。

"也许他们累得早睡了。"老陈打了一个哈欠说。

"凭我的直觉，他们可能已躺下了，但睡没睡着还是个问题。"杜维强猜测道。

"嘿嘿,还早着那!不折腾到凌晨三点不过关。"结婚才一年的小朱做了个鬼脸说。看那小子胸有成竹的样子,像是最有发言权。

大家聊得兴致正浓,要命的报警电话又铃声大作。小朱压住心头的埋怨,拿起听筒:"您好!这里是城中派出所。"

电话那头说:"我是城西派出所小赵,您是哪位?"

小朱一听是城西所的,就来气。前不久,城西所一帮人抓赌竟抓到了城中所的管区,尼姑管和尚,管出了河界。跟他们交涉后,非但不承认错误,还要变着法子狡辩,说什么是接到群众举报才去的。这深更半夜的来电,绝不会有"天上掉馅饼"那等好事,不卖卖关子不行。小朱便慢条斯理地说:"我是老朱!啥事呀?"

"哪位老朱?"对方疑惑地问。

"少废话!有话快说。"小朱的下半句是"有屁快放",但还是没说出口,毕竟是兄弟单位的,都是些苦哥们。其实,城西所小赵的年龄已经四十有五了,比小朱大十几岁。

"刚才我们这里发生了一起抢劫案,犯罪分子在逃,受害者是个外地小姑娘,目前在我们所里,但她死活不肯说话,一个劲地哭着要见你们派出所的马小坤,所以我们只好求助你们了。"

小朱心想:说得轻巧,半夜三更叫马小坤出来,没门!也不打听打听今晚是马小坤的什么日子?是人生最美好、最难忘的新婚之夜!能做这种缺德的事吗?便打着官腔说:"赵老弟啊,今晚肯定不行,今晚是马小坤的新婚之夜。"

"朱大哥,你也别为难小弟了,这是我们领导的意思,要尽快知道犯罪分子的体貌特征,好布控搜捕呀。"

"我可不能做这种缺德的事,要叫你自己去叫。"小朱说完,就把电话一挂。

不一会儿,报警电话又响了。这下可不好了,电话那头是局长的吼声:"刚才是谁接的电话?"

"是我。"小朱故作镇静。

"你是谁？"局长问。

"朱喜程。"小朱虽然知道对方不会吃人，但心里还是有点害怕，人家毕竟是局长吗？

"朱喜程，你是不是活腻了？不想当警察了！发生这么大一个案子，还谈什么新婚不新婚。我现在命令你马上把马小坤叫出来！事后再跟你算账！"局长的声音好似雷霆万钧，震耳欲聋。

小朱心里嘀咕道：算账就算账，为了维护小坤的"初夜权"，即使给我吃一个行政处分也值。但可悲的是，小坤的新婚之夜还是被无情地"搅黄"了。

"好兄弟，对不起，打扰了。"小朱像是一个做错了事的孩子，一边默默地念着，一边无奈地拨通了马小坤的电话。

马小坤在睡梦中被急促的铃声惊醒，一看是派出所打来的。

"喂，谁呀？"马小坤揉着惺忪的眼睛。

"是小坤吗，我是小朱。"

"哦，什么事？"

"真不好意思打扰你，城西所发生了一起抢劫案，罪犯在逃，受害者受了惊吓不愿开口，只说要见你。城西所的领导想请你去做一下工作，尽快抓获罪犯。刚才局长也来电话了，一定要你出面，我挡都挡不住。"

"现在就去城西所吗？"马小坤问。

"是的。"小朱愧疚道。

"对方叫什么名字？"马小坤又问。

"就是不清楚啊，你去了再说吧。"小朱焦虑地说。

"好的，我马上去。"马小坤猜不到那个受害者是谁，怎么会只想见他呢？

马小坤赶到城西派出所，一看那个受害者竟是马亚泥。此时她已哭得像个泪人。

"亚泥，怎么是你？"马小坤很惊讶。

"小坤哥！"马亚泥像见了亲人，哭得更厉害了。

马小坤疑惑地问："你怎么又来了？"

马亚泥低下头说："我没回家。"

"没回家，那天你没走？"马小坤简直不相信自己的耳朵。

马亚泥停止了哭泣，点了点头。

"谁欺负你了？"马小坤急促地问。

"一个大男人。"马亚泥哽咽道。

"长什么模样？"马小坤又问。

马亚泥抹了一把泪说："晚上看不清楚，胡子拉碴的。"

马小坤耐心地问："好好回忆一下，那人穿什么衣服？"

"穿一件黑乎乎的衬衫。"马亚泥想了想说，"对了，他把我压在地上的时候，被我揪掉了一颗纽扣。"

"那颗纽扣呢？"马小坤追问道。

"不知道丢哪儿了。"马亚泥停止了哭泣，呆呆地看了一眼马小坤。

"你再好好想想，那人还有什么特征？"马小坤和风细雨地说。

犯罪嫌疑人的体貌特征通过指挥中心迅速发布到全市各地。

半个小时后，在滨江大道卡口，民警查获了一名穿灰衬衫的男子，与马亚泥提供的体貌特征很相似：胡子拉碴，衬衫上也掉了一颗纽扣。

嫌疑男子被带到附近的滨江派出所接受调查。

马小坤接到通知，立即陪同马亚泥一起赶到滨江派出所。经过辨认，基本确定了此人就是伤害马亚泥的犯罪嫌疑人。

经过连夜审讯，这个三十岁的男子不仅交代了抢劫的犯罪过程，而且还交代了强奸马亚泥的犯罪事实。

原来，那天马小坤将马亚泥送到苏州火车站有事先走后，她就去售票窗口退了车票,又回到了古弦,找了一份饭店服务员的工作。

她想一边打工一边继续找哥哥。哥哥没找到,却在昨天晚上下班回租住地的路上,遇上了色狼。

折腾了大半夜,东方的天际已经出现了鱼肚白。马小坤终于安顿好马亚泥,回到了家。

马亚泥第二次住到了徐仁芳家。她终于有了安全感,但她至今仍不知道马小坤是为了她而"牺牲"了最宝贵的新婚之夜。

第二天,马小坤通过当地派出所联系上了马亚泥的父亲,把马亚泥的情况跟她父亲说了。希望他能来古弦接女儿回家。

马小坤不想有第二次闪失了,他必须把马亚泥亲手交到她家人的手中。要不是他就要和李佳佳去岚皋举办婚宴,其实他想利用婚假亲自把马亚泥送回河南老家。

两天后,马亚泥的父亲终于从河南老家来到古弦。有点驼背的父亲见到了憔悴的女儿,老泪纵横。

"马警官,太谢谢您了!"马亚泥的父亲握着马小坤的手久久不放,好像眼前这位年轻的警察是他的救命恩人。

"老马,不用谢,咱们五百年前是一家人,这是我应该做的。"马小坤握着马亚泥父亲的手,感觉心里暖暖的。

送走了马亚泥和她的父亲,马小坤就惦念起社区里的五保户陆杏珍。自从师傅生病住院离开了派出所,他就接过了陶春生的接力棒照料起这位无儿无女的老人。

天气越来越热了,虽然受到了一次台风外围影响,但古弦城里的空气依然闷热难忍。

马小坤去超市买了一袋大米和一桶食用油,就来到古弦弄13号陆杏珍家。

老人半躺在一张破藤椅里摇着芭蕉扇闭目养神，桌上一台老掉牙的红灯牌半导体收音机里正播放着吴侬软语的苏州评弹《珍珠塔》。

陆杏珍听到有人走动的声音，睁开眼睛一看是身穿警服的马小坤。

"马警官！"陆杏珍一阵惊喜。

"陆大妈，最近身体还好吧？"马小坤问候道。

"很好很好，你也很好吧？"陆杏珍笑呵呵地说。

"嗯，给您带了点米和油。"马小坤说着把米和油放到陆杏珍的身边。

"上次给我的还没吃完呢。"陆杏珍站起来说。

"陆大妈，我结婚了，所以好多天没来看您。"马小坤从包里拿出两盒喜糖塞到陆杏珍怀里说，"没请您喝喜酒，就吃两颗糖吧。"

"恭喜！恭喜！"陆杏珍接过喜糖说，"新娘子是做什么的？"

"护士。"马小坤有些腼腆。

"护士好，会照顾人。"陆杏珍挥动着芭蕉扇说。

两个人正说着，马小坤的手机响了，一看是个陌生电话。如今乱七八糟的电话很多，房产的、保险的、放高利贷的，最可恶的是那些诈骗电话，每次下社区总要提醒那些老人们注意这方面的情况，尽量不接陌生人的电话。但作为一个社区民警就不能不接，说不定是哪个居民的求助电话。

"大哥您好！我是二朵。"电话那头的声音很响亮。

"二朵，你的手机号码又换了？"马小坤接过电话一听，竟是程二朵。

"这是我哥的号码，我的手机早停机了。"程二朵解释说。

"难怪一直联系不上你。"马小坤心里有些埋怨，但嘴上的话还是很和善。

"大哥，我来古弦了。"程二朵说。

"又来找你女朋友吗？"马小坤猜测道。

"不是的，那个已经分手了，这次我是来找工作的。"程二朵一板一眼地说。

"不想在南京做了？"马小坤问。

"我哥回家了，所以我不想待在南京了。"程二朵说话的语气有些低沉。

"你现在住哪儿？"马小坤又问。

"暂住在一个老乡租的房子里。"程二朵说。

"我现在还有事，下了班就来找你，晚上请你吃个饭，见面再聊。"马小坤热情地说。

程二朵说的那个老乡租住的地方有些不好找，位于东郊一大片农民自己造的房子中，虽然也有门牌号码，但排序很乱，不像城区的街道那样按序编排，因此让他这个社区警也走了一回"迷宫"。

马小坤见到程二朵时，已经足足浪费了半个小时。

"二朵，终于见到你了！"马小坤已是满头大汗。

"马大哥，这地方不好找吧。"程二朵笑道。

"嗯，真的不好找。自以为对古弦很熟了，看来我还是缺乏对市区周边地区的了解。"马小坤做着自我批评。

程二朵老乡租住的房子是一间靠在两层楼房旁的平房，面积很小，里面放了两张床和一个小方台后，就显得很逼仄，几乎没什么空间了。

屋里连把凳子都没有，程二朵只能让马小坤坐在床上。

"怎么想着来这边打工？"马小坤问。

"工地上的塔吊倒塌，死了两个人伤了三人，老板被公安局抓了起来，工地上活都停掉了。"程二朵说起这事仍然惊魂未定。

"哦，安全事故啊。"马小坤听了很惊讶。

"我哥也受了伤。"程二朵说。

"严重吗？"马小坤关切地问。

"一只左手和一条右腿粉碎性骨折。"程二朵说着就伤感起来。

"人还在，也算是不幸中的万幸。"马小坤安慰道。

"是啊，我哥还算走运。当时我也在现场，塔吊垮塌时，我在地面操控升降机，眼睁睁地看着塔吊上的人从空中飘落下来。其中一个工友，安徽人，最惨，倒地时已经面目全非，当场就死了。"程二朵说得胆战心惊。

"你哥真是命大。"

"事后我问过我哥,他说他是死死抓住了塔吊中间的'标节'才保了一命,跟他同一层的工友就直挺挺地掉下去摔死了。"

"你哥现在人呢?"

"已经回老家了。"

"你没陪你哥回去?"

"我不想回去,就想到了原本在南京一起打工时认识的一个四川老乡,他是泸州人,听说在古弦打工,我联系上了他就过来了。"

"这床是他给你准备的?"马小坤用手按了按屁股下面的床说。

"不是的,跟他同住的老乡因盗窃判了刑还在监狱里服刑,所以我就住他这儿了。"程二朵说着苦笑了一下。

"现在工作不好找啊。"马小坤提醒程二朵。

"是啊,找了几家,不是说我文化低,就是说现在不招人。"程二朵皱起了眉头。

马小坤很想为程二朵在古弦找一份好工作,但他马上要和李佳佳去岚皋,把那边早就定好的婚宴给办了。

"要不你再找找,实在不行,等我从岚皋回来给你想办法。"马小坤安慰程二朵说。

岚皋那边的婚宴办得挺顺利。李佳佳母亲见到了女儿女婿,心情一下子就舒展开了,似乎病痛也缓解了许多。她最大的心愿是有生之年能看到女儿嫁个好老公,成家立业。当然,也希望能抱一抱外孙或外孙女。如今,第一个心愿了却了,至于第二个心愿就看她的造化了。

马小坤和李佳佳从岚皋办完婚宴回来,就给程二朵打电话问他工作找到了没有。

程二朵在电话那头沮丧地说:"还没有。"

"别急,明天我就给你想办法。"马小坤安慰道。

"好的。"程二朵心想，再找不到工作就要揭不开锅了。

"你以前除了在工地上开升降机，还会什么？"马小坤问。

程二朵说："别的没干过。"

马小坤皱起了眉，脑海里像装了一台分拣机那样快速运转起来，希望为程二朵尽快找到一份合适的工作。

第二天中午，程二朵就接到了马小坤的电话，说有家快递公司要一个送件员。工资不高，底薪一千两百元一个月，再加提成，问他愿不愿意去。程二朵二话没说，当即表示愿意。两个人约好下午三点在城中派出所门口见面，然后一起去快递公司。

快递公司离城中派出所不远，如果走近路的话，穿过那条狭长的古弦弄就能到达。

马小坤和程二朵刚走进弄口，突然发现前面巷子里浓烟滚滚。马小坤一看不妙，立即加快了脚步。程二朵也紧跟了上去。

马小坤走近一看，烟雾是从古弦弄13号里冒出来的。院户里的居民都拥到了巷子里。忽然有人高呼："陆阿姨还困在家里，没出来啊！"

时间就是生命。马小坤毫不犹豫立即冲了进去，程二朵也迅速跟进。

院户的过道里浓烟弥漫，火苗宛如巨大的蛇芯子已从隔壁人家的窗口猛吐而出。

陆杏珍被烟雾熏得瘫坐在地上，目光呆滞、泪水涟涟。马小坤一把拉起陆杏珍，程二朵顺势把老人背了起来。三人刚离开，房顶上的瓦片就噼里啪啦地掉落了下来。

这时，消防队员也赶来了。由于消防车开不进巷子，消防队员只能拖着长长的消防水管一路奔跑。

很快，火势得到了控制，但好几户人家的房子已经烧得面目全非。万幸的是，院户里的居民撤离及时，没有造成人员伤亡。

火灾原因也很快被查明，是陆杏珍隔壁家的小孩玩火引起的。

马小坤有些自责，虽然这起火灾是人为的，但发生在他的辖区里，作为社区民警有一种说不出的难受。

第十五章

程二朵因火场救人，受到了市见义勇为基金会的表彰奖励。那天，快递公司张总经理满脸喜色地通知他，让他下午一点半到市政府会议中心参加见义勇为表彰会。

"小程，好样的。想不到你第一天来公司报到，就为我们争得了荣誉。"张总夸奖道。

程二朵腼腆地红着脸："我只是跟在别人后面把老人背了出来，没花多大力气。"

"见义勇为跟力气没关系，思想品德好的人才会这样做。"张总拍了拍程二朵的肩膀说，"在我这儿好好干，干好了给你涨工资。"

"嗯。"程二朵感激地看着张总。

程二朵从张总办公室出来，就给马小坤打电话："马大哥，下午市政府的见义勇为表彰会您也要去参加的吧。"

"要的，到时给你捧场。"马小坤在电话那头说。

"我们相互捧场。"程二朵拿着手机笑得很开心。

马小坤问程二朵："市政府会议中心你认识吗？"

程二朵说："市政府认识，但会议中心不认识。"

"好找的，就在市政府大院里，进门先直走，看到那根挂着五星红旗的旗杆，右拐走到底就是了。"马小坤耐心地说。

"待会儿一起去吧。"程二朵提议道。

"你自己去好了，我要和单位的同事集合了一块儿走。"

"哦，好的。那到时见！"

程二朵提前半个小时来到市政府，被大门口的保安拦住，问他找谁，他说不找谁，来参加会议的。

"什么会议？"年轻的保安硬生生地问。

"表彰会。"程二朵在陌生人面前总是话不多。

"什么表彰会？"保安用怀疑的目光上下打量了一番程二朵，一点也看不出他像来开会的样子。来市政府开会的人，一般都是小车进入，不坐车步行的也该手里拎个或腋下夹个公文包什么的，而且都是一副匆匆赶场的样子，总不能两手空空穿一件脏兮兮好像十天半月都没洗过的旧衬衫，东张西望一副"陈奂生上城"的样子来市政府参加会议吧。

程二朵看了保安一眼，结结巴巴地说："是……是见义勇为表彰会。"

"有会议通知书吗？"保安推了推鼻梁上的墨镜。

"没有。"程二朵摇摇头。

"谁通知你的？"保安一副很尽职的样子。

程二朵怯怯地说："我们单位的张总。"

"哪个单位的张总？"看来这个保安非要打破砂锅问到底。

"快递公司的。"程二朵没想到进市政府这么难，感觉像做了坏事被审问一样。

"快递公司的？有证件吗？"年轻保安用怀疑的口气问。

"没有。"程二朵焦急地摇摇头。

"没有证件，我不能放你进去。"保安斩钉截铁地说。

程二朵跺着脚，急得团团转。

这时，一辆警用面包车"嘎吱"一声停到程二朵身旁，有人喊他的名字。程二朵回头一看是马小坤。

"怎么还不进去？"马小坤探出车窗问。

"他们不让进。"程二朵像见了救星。

"谁不让进？快上车，会议时间快到了。"马小坤拉开车门催促道。

程二朵感激地看了马小坤一眼，一骨碌钻进了警车。

市政府会议中心庄严气派，红底白字的"古弦市见义勇为表彰大会"的横幅悬挂在主席台上方中央。

程二朵第一回走进这样的会场，一下子热血沸腾起来。他抬头仰望着会议大厅高大明亮的穹顶，感觉自己渺小又伟岸。

工作人员带着程二朵走到主席台下面前排的位置，将印有"见义勇为先进个人"的红绶带斜套在程二朵的肩上，又给他胸前戴上了一朵大红花。

程二朵见马小坤没坐到他身边，而是坐在后排靠边的位置上，就招手示意他过来。

马小坤走过来问："二朵，什么事？"

程二朵反问道："马大哥，您怎么不坐到前排来？"

马小坤说："前排都是你们受表彰的人坐的。"

"您不也是受表彰的吗？"

"我不是呀。"

"怎么不是，我们不是一起救的人吗？"程二朵瞪大了眼睛，疑惑地看着马小坤。

"我是警察，救人是我们应尽的职责和义务，不符合见义勇为的表彰范围，要奖励也是单位给奖励。"马小坤解释道。

"怎么这样啊？"程二朵有些想不通。

"快坐吧，会议马上开始了。"马小坤说完就往后面走。

程二朵望了一眼马小坤的背影，只得快快地坐下来。

表彰会简短而隆重。主持人读完表彰决定就开始颁奖。

在节奏明快、激情澎湃的《豪勇七蛟龙》的音乐声中,程二朵心情激动地走上主席台接受领导颁发的荣誉证书和奖金。

他站在台上试图寻找马小坤的身影,但被台下的镁光灯闪得有些眼花,找了半天都没找到。

表彰会刚刚开始,马小坤就被所长叫了回去,说他辖区里发现一具裸体女尸。

马小坤赶回所里,才知道是一场虚惊。不知哪个家伙把一具高仿真的充气娃娃丢弃在垃圾箱里了。

程二朵自从拿到了见义勇为的奖金后,就想请马小坤吃个饭,但一直没有合适的机会。

快递工作很辛苦。每天吃过早饭后,七点半之前就要到公司打卡,之后便开始一天忙碌的工作,一直要忙到晚上八点半左右才能喘口气,才有时间吃上一顿晚饭。不过,尽管每天工作的时间长,强度大,承受的压力也很大,没有接受过太多教育和培训的程二朵,依然干得很卖力。

今晚,程二朵知道马小坤在派出所加班,两个人相约晚上九点等马小坤加班结束后一起吃个晚饭。说是晚饭,其实已到了夜宵时间了。

程二朵送完了最后几件快递,骑着电瓶三轮车来到城中派出所门口,等马小坤下班。

两个人来到步行街上的夜排档,拣了一处相对安静的摊位。要了一碟花生米、两只烤鸡翅、一盆辣椒土豆丝和两瓶青岛纯生啤酒,边吃边聊。

"不好意思,一直没机会请您。"程二朵给马小坤的酒杯里斟满了酒。

"哪跟哪啊，我们是兄弟，一家人怎么说两家话。"马小坤看着程二朵说。

程二朵给自己的杯里也斟满了酒，举起酒杯说："来，干！"

"干！"马小坤也举起酒杯跟程二朵碰了一下，一饮而尽。

程二朵拿起筷子招呼道："吃菜，吃菜。"

马小坤放下酒杯关切地问："二朵，工作还行吧？"

"还行，就是没个正点时间吃饭。"程二朵夹了一筷子辣椒土豆丝说。

"现在做什么工作都很辛苦。"马小坤开导说，"你看我们做警察的，加班加点是常事，有时还要冒着生命危险。其实危险并不可怕，最怕的是有时花力气做了工作，群众不理解。"

程二朵接过话说："是啊，我们做快递的也常常会遇到一些斤斤计较的客户，外包装破损了也要投诉你，不要说里面的东西破损了。有时还要'哑巴吃黄连'，比如有的包裹送到后先拆封再签字，如果遇到里面的物品坏了、收件人又不愿意退回发件人的情况，那么即使是发件时物品就已破损，我们快递员也只能自己赔，不然客户投诉到公司，赔的钱可能更多。"

"还有这种事？"马小坤惊讶道。

程二朵说："不过，快递的活再累也比那个建筑工地强。如果干得好，提成比工资还多。"

马小坤又举杯与程二朵碰了一下："好好干，找个媳妇，早点成家。"

"我的梦想是，等赚够了钱，娶个老婆，一起周游世界。"程二朵说着把杯里的酒一饮而尽。

"对了，上次你要找的那个叫姚什么英的女朋友，现在怎么样了？"马小坤放下酒杯问。

"一直没找到，估计嫁人了。"程二朵说得有些伤感。

"再找找，估计在某个地方等着你呢。"马小坤半开玩笑地说。

"我不想找她了，强扭的瓜不甜。"程二朵苦笑了一下。

"当初是你打了她，她才走的。你怎么就不负责呢。"马小坤责备道，然后又问，"你还爱她吗？"

"怎么说呢,以前很爱。这么长时间不在一起了,也就淡了。"程二朵淡淡地说。

这时,过来两位侏儒歌手,男的手里拿着话筒,女的推一辆土制的音响车。两个人走到马小坤和程二朵跟前,拿话筒的男子问:"大哥,要不要点歌?"

程二朵问:"你会唱什么歌?"

对方说:"流行歌曲都会唱。"

"《真心英雄》会唱吗?"

"会。"

"那就来一首。"程二朵说。

别看侏儒男子人小个矮,嗓门一拉出来还真有点李宗盛的味道。

在我心中曾经有一个梦
要用歌声让你忘了所有的痛……

程二朵听着听着就跟了节奏哼唱起来,显然这是一首他喜欢的歌。

是啊,每个人的心中都曾经有一个梦,只是,不是所有的梦都能实现的,或者说,不是一帆风顺就能实现的。

马小坤看了一眼摇头晃脑沉浸在歌声里的程二朵,与他相比,自己是多么幸运:有一份稳定的工作,一个漂亮的老婆,还有像龙叔叔、徐妈妈这么多关心和帮助他的人,而且自己正一步一步地朝着梦想的方向前行。

徐仁芳从失去儿子的阴影中走出来后,也在为自己新的梦想而努力。虽然孤单一人,但几乎没寂寞过,自从参加了社区志愿者服务队就一直没闲着。特别是推出了"徐阿姨送餐点"的服务项目后,更是忙得不亦乐乎。

徐仁芳组织了五位社区志愿者,通过了解老人们的口味、喜好、忌口,制定合适的营养食谱,为社区里的高龄和生活不便的老年人"烹制"幸福的晚年。这种贴心照顾到每位老人个性需求的送餐服务,赢得了老人们的赞誉。

目前，已有十六位社区老人成为"徐阿姨送餐点"的固定服务对象。用社区领导的话说："社区的志愿服务对象应该针对老年人和残疾人，送餐点的设立不仅解决了老人们的养老需求，使他们足不出户就能享受到便捷、优良的服务，而且有效降低了社会养老成本，也改善了养老对象的生活质量。通过社区志愿者服务队对老人的服务，希望能带动全社会的力量都来关爱老人、孝敬老人。"

除了为老人提供送餐服务，徐仁芳还参加了社区扶贫帮困志愿者服务队。家住向阳巷的董阿姨原本生活很困难，仅靠每个月遗属的五百元补助度日，女儿离异后与她同住，由于女儿患慢性乙肝，半工半休，药费花销较大，母女俩的生活更为艰难，精神状态也每况愈下。徐仁芳了解到这一情况后，把董阿姨列入了她的扶贫帮困名单。

榜样的力量是无穷的，后来董阿姨也加入了社区志愿者服务队，经常给社区里的孤寡老人打扫卫生、洗衣晾被，从一名被服务者转变为志愿者、服务者。如今的董阿姨，笑声不断，似乎有说不完的话。她常挂在嘴边的一句话是："帮助别人，快乐自己。"

每天，董阿姨还要去社区残疾人康复中心打扫卫生，几乎每次都能碰到古弦福利印刷厂的老总张国华。她知道张国华自从未婚妻救人离世后，一直单身着，很想把自己的女儿托付给他。但张国华始终没有走出失去马小芩的阴影，婉言谢绝了。

社区里的残疾人康复中心是由张国华全额出资的，面积达五十多平方米的康复室，配备了价值三万元的康复器材，供社区残疾人免费使用。康复室配备的坐式踏步机、上肢悬吊训练器、功率自行车、哑铃、木插板等训练器材，根据不同残疾人的特点配置，使每位残疾人都能得到有效训练。有时，张国华还聘请专业的康复指导志愿者来康复中心指导，让社区里的残疾人实现了"康复就在家门口"的梦想。如今，康复室不只针对残疾人，对老人也免费开放，老人们如感到身体不适，也可以到康复室锻炼身体。

最近一段时间，龙海峰也忙得不亦乐乎，一会儿城里，一会儿乡下，走访慰问了多个贫困家庭。

一天，他去近郊的朱泾小区走访，看到一处临时搭建的民房，里面有一个小女孩正在昏暗的光线下写字。龙海峰走进去才发现，小女孩身材瘦削，头发稀疏，说话口齿不清，无法站立。她见到有人进来，几次想站起来，都失败了，但那张稚嫩的脸上始终保持着微笑。

龙海峰问了身旁的社区干部，才知道小女孩今年十三岁，患有先天性脊柱裂，是一种先天性神经管畸形。小女孩的父亲已去世，母亲是下岗工人，家人为她治病已经花掉了几十万，债台高筑，连原来居住的房子也卖掉了。

龙海峰见到小女孩忍受着病痛还认真学习，她对学习的无限渴望和顽强的拼搏精神，让龙海峰非常感动，他立即从身上掏出一千元钱，塞到孩子母亲的手中："这是我的一点小小心意，请收下，让孩子坚持治疗，我们会号召全社会的力量来帮助你们！"小女孩的母亲紧紧握着龙海峰的手，感动得说不出话来，只是一个劲地连声说："谢谢！"

在龙海峰的笔记本上，密密麻麻记载着一个个流泪的名字。如今大部分人的生活越来越富裕了，但不能忘记，还有那些生活依然艰难而需要帮扶的家庭。

家住西张镇双浜村的刘老伯，几年前因一起意外事故受了重伤卧床不起，家中唯一的儿子又患有帕金森综合征，无法劳动，儿媳也因此不辞而别，留下了一个仅三岁的小孩，祖孙三代全靠六十多岁的老伴照顾，生活特别困难。

逢年过节，龙海峰每次都要带着大米、油盐和慰问金去他家探望，了解其生活情况，鼓励他们克服困难，坚定生活信心。

一天，马小坤刚上班，一对夫妇来派出所求助。女的叫苏美娟，今年四十三岁，和丈夫专程从湖南岳阳来古弦，想寻找她的亲生父母。马小坤热情接待了他们。

苏美娟含泪讲述了她的故事。

原来，苏美娟并不知道与自己生活了四十多年的亲人只是她的养父母。在她的心目中父母对她疼爱有加，结婚后有了一对双胞胎女儿，也是由两位老人悉心照料，一家人过着平静和美的生活。然而去年年底年迈的父亲因病离开了人世，母亲也因此患上了老年痴呆症。正当一家人伤心不已的时候，苏美娟的姑妈突然对她讲述了一个尘封了四十三年的秘密，苏美娟不是苏家的亲生骨肉，是从古弦儿童福利院领养的。

苏美娟的养父是岳阳纺织厂的供销员。1971年秋天，他出差来到古弦，因膝下无子女，便到当地的古弦儿童福利院领养了刚出生不久的苏美娟。为了让这个小女孩不受委屈，老两口对苏美娟视如己出，疼爱有加，从未向她透露这个秘密。如今，姑妈不忍心看到苏美娟沉浸在失去亲人的悲痛之中，便说出这个令她既惊喜又惊讶的消息。苏美娟听了姑妈的讲述，内心再也无法平静：自己是从千里之外的古弦抱养的，那自己的亲生父母是谁？他们现在生活得怎么样呢？自己还有兄弟姐妹吗？一连串的疑问搅乱了她的思绪，令她萌生了一种强烈的愿望：一定要找到亲生父母！

夫妇俩来到古弦，唯一的线索是古弦儿童福利院。他们在福利院工作人员的帮助下找到了当年领养的原始档案资料，从中得知了苏美娟当时是被古弦子游巷一个叫赵根法的人送来的。兴许只有这个赵根法才能解开她的身世之谜，于是他们来到了城中派出所请求帮助。

马小坤查调了子游巷的人口信息，但查无此人。他又扩大了查调范围，全市六十岁以上的赵根法有一百二十二个，光城区就有三十多个，根本无法确认是哪一个送苏美娟去的儿童福利院。

马小坤灵机一动，看来只能从派出所的老户籍档案中查找线索。于是，他爬进了阁楼，从那些封存已久的泛黄的档案中寻找当年居住在古弦子游巷的赵根法。

过去的户籍档案，没有电脑存储，都是装订成册过几年更换一次的纸质材料，只能靠一本本翻阅的办法，看看能否顺藤摸瓜查找到赵根法现在的户籍所在地。

在20世纪70年代的一本户籍档案中,马小坤惊喜地发现了居住在子游巷23号的赵根法,但查阅了以后的几本户籍档案,发现赵根法已经搬家,而且不在城中派出所的辖区内,线索从此中断,如果要继续查找的话,只能通过别的派出所再顺藤摸瓜查下去。

马小坤从阁楼里爬下来,本想让这对夫妇去另外一家派出所继续查找,但看到苏美娟疲惫而期盼的眼神,突然灵光一闪,何不依据户籍档案中赵根法的出生年月,从电脑的人口信息库中直接找到此人。信息的选项越多,查找的准确率就越高,很快苏美娟要找的赵根法终于找到了。此人目前居住在月季花园二区12幢303室。

马小坤决定陪他俩一起去见赵根法。

月季花园是一个向中低收入家庭出售的经济适用房小区,坐落在新城区和古城区之间。

马小坤和苏美娟夫妇俩去的时候,赵根法刚好去超市买东西回家。

"你们找谁?"赵根法拎了两个大袋子,发现有人敲他的家门便问道。

"您就是赵根法吧。"马小坤上下打量了一下眼前这位古稀老人。

"是啊,你们找我?"赵根法惊讶地问。

马小坤赶忙介绍说:"我是城中派出所的马小坤,这两位是外地来古弦寻亲的,想跟您打听点事。"

"哦。"赵根法开了门,热情地招呼道,"进屋说。"

赵根法回忆起了四十三年前捡孩子的经历。

那是国庆前夕的一天,他去了乡下亲戚家准备坐轮船回城。在轮船码头上看到围着一群人。他上前一看,地上的一只竹篮子里放着一个幼小的婴儿。从婴儿小衣裳里的一张纸上知道,这孩子刚出生三天。赵根法见无人认领,觉得孩子可怜,就把她带回城里,送到了儿童福利院。

看来赵根法也不知道苏美娟的生身父母是谁。

线索断了。苏美娟夫妇俩由于要赶时间回湖南岳阳工作，只能带着遗憾离开了古弦。临走时，马小坤要了苏美娟的联系方式，安慰她说会继续想办法帮她找。

马小坤看着苏美娟夫妇俩渐渐远去的背影，忽然又想起了那个寻找儿子整整六年的安徽男子苏奎平，不知他的儿子找到了没有。

马小坤参加了由古弦团市委组织的古弦义工团。

秋季开学前夕的一天，他跟随义工团"爱心之旅"小组去了地处大别山腹地的霍山县，向那里的贫困学生送去了生活费、衣物和书包、铅笔、作业簿等学习用品。

霍山县不就是苏奎平的家乡吗？马小坤决定借此机会去探望一下这位执着的老人。

苏奎平的家在霍山县落儿岭镇古桥畈村，离县城十多公里。

马小坤按照苏奎平提供的地址很快找到了他家，泥墙草屋，十分简陋。

不巧的是，苏奎平不在家，原本提供的电话也已停机。

马小坤听邻居的一位老大娘说，苏奎平今年春节回过家一次，后来又出门了就一直没回来过。马小坤问老大娘，他家还有没有别人。老大娘说，他家里有两个女儿都已经出嫁，儿子跑掉的第二年老伴就生病去世了。

这是一个不幸的家庭，因为儿子的出走，弄得家破人亡。

马小坤摸了摸口袋里那份送不掉的钱款，回望了一眼苏奎平的家，只得无奈地离去。

马小坤怀着遗憾的心情回到了古弦。他在为苏奎平默默祝福的同时，又想起了苏美娟。

在去大别山之前，马小坤就去了一次古弦电视台和广播电台，希望通过媒体的力量，一起帮助苏美娟找到她的亲生父母。但寻亲启事播出好几天了，始终没有消息。

马小坤决定自己掏钱把苏美娟的寻亲启事让电视台和广播电台再播一次。

或许马小坤的义举感动了上苍，也或许冥冥之中上苍也有意要圆苏美娟的寻亲梦。这次寻亲启事播出的第二天，就有人打电话给电视台要求认亲。

为了慎重起见，马小坤没有把这个消息告诉远在湖南岳阳的苏美娟，而是在电视台的小会议室里先约见了对方。

自称苏美娟亲生父母的是一对头发花白的老人，男的叫张三保，女的叫黄月鹰。那天张三保吃过晚饭无意中打开电视看到了这条寻亲启事，当时老两口激动得不能自持，觉得像做梦一样。

马小坤坐在张三保和黄月鹰的对面，认真听着两位老人的讲述，并不时地记录着。

原来在四十三年前，离国庆节还有五天，张三保的妻子黄月鹰生下了一个健康的女儿。当时正值计划经济物质贫乏的年代，靠工分领口粮的农村多一口人就多一份负担，女儿的降生并没有给这个家庭带来喜悦，而更多的是惆怅。已有两个儿子的张三保感到日子愈加艰难，无奈之下，就瞒着黄月鹰将刚出生三天的婴儿装在一只篮子里放到了通往城里的轮船码头，希望让城里的富裕人家收养。

孩子是娘的心头肉，当黄月鹰得知还未看上几眼的女儿被抱走后，伤心得泣不成声。张三保看到妻子这么伤心欲绝，又急忙赶到轮船码头想抱回孩子，可码头上的孩子已经不见，一问才知道被一个三十来岁的陌生男子乘船抱走了。从此这对母女天各一方。

思女心切的黄月鹰第二年又生了一个小女儿。尽管黄月鹰的子女现在都已成家立业，可在她的内心深处还是时时牵挂着那个被家人遗弃的大女儿。

对于这个大女儿，张三保更有一份愧疚。也许，眼前这个突如其来的消息能弥补自己这份失去多年又重新回归的父爱。

马小坤对比着之前赵根法和现在这对夫妻讲述的内容，基本可以认定苏美娟就是被张三保遗弃的女儿。为了进一步确认，马小坤来到古弦儿童福利院，亲自核实了相关资料，查证了当年由赵根法送来的弃儿只有一位女孩，而这一年从福利院领养走的女孩也只有苏美娟一人的情况。毋庸置疑，苏美娟就是张三保和黄月鹰的亲生女儿。马小坤立即把这一喜讯告诉了苏美娟。

世上最难割舍的莫过于父母与子女之间的感情，那血浓于水的亲情是人间最美好的东西，而亲人之间的意外团聚都是那么感人。

团聚那刻，马小坤见证了那个感人的场面。

苏美娟见到了既陌生又亲切的亲生父母时，终于抑制不住眼中的泪水，紧紧抱住黄月鹰说："妈妈，我回来了。"

张三保也上前抱住女儿，泣不成声。

三个人哭作一团。

那日，张三保家张灯结彩，大摆酒席，一派喜气洋洋。张家的亲朋好友、左邻右舍也纷纷赶来庆贺他们骨肉团聚。

马小坤在一旁也露出了欣慰的微笑。

正当马小坤如鱼得水地在派出所干得正欢的时候，接到了一纸让他既高兴又难舍的调令。下周一，他将调动到市局刑警大队二中队工作。

梦想照进现实。本该激动的他似乎显得有些平静，或许经历了太多的调动，角色的多次转换让他有了处变不惊的定力。不过，从内心里，他还是很高兴去刑警大队工作，因为那里才是他发挥专业特长的舞台。

马小坤归理着自己办公桌上的东西，忽然发现对面办公桌上那张陶春生的照片。平时司空见惯的东西，唯有到了分别时，才觉得弥足珍贵。

马小坤走过去，拿起桌上的相框，用手抹了抹师傅脸上的灰尘，端详着……

或许是因为他俩相处的时间不长，换在平时，马小坤这么近距离地面对陶春生一定会有些拘谨，但今天可以肆无忌惮地观察他了。以往，在马小坤的脑海里，陶春生只是一个瘦弱的形象，眼睛也是散淡无光，而照片上的师傅露着一张胖乎乎、笑眯眯的脸蛋，一双浓眉下的大眼炯炯有神。是摄影师的拍摄技术好，还是师傅本来就这个模样。

想起师傅病痛的样子，马小坤那只拿相框的手微微颤抖了一下。可怕的病魔，夺走了多少英雄好汉的豪情壮志和容颜。

下了班，马小坤拎着一篮水果去探望病休在家的陶春生。

陶春生的家坐落在城西老城墙旁的一条小巷里，是一幢祖传的老房子，面积不小，但已经很破旧。翠绿的枫藤爬满了斑驳陆离的山墙，青色的苔藓散发着风烛残年的气息，仿佛让人走进了一张泛黄的老照片里。

陶春生今年五十不到，但已经像个小老头。马小坤见到他时，戴着一顶鸭舌帽，一双枯萎的眼睛深嵌在瘦削的脸上，越加显得枯槁憔悴。

"师傅好！"马小坤微笑着招呼。

"哟，是小马啊！"陶春生那双枯萎的眼睛绽放出奇异的光芒，"请进，请进。"

"阿姨好！"马小坤上回去医院探望陶春生时见过他的妻子，也算熟悉了。

"你好，你好！"陶春生妻子虽然记性不好，但听丈夫多次说起过马小坤这个人。

"师傅，不知道您可以吃什么，随便买了点水果。"马小坤有些不好意思地说。

"小马，不要买什么东西，你能来看我，我就很开心了。"陶春生说的是心里话。对于一个病人来说，不再是渴望物质的满足，更多的是需要精神的抚慰。所以马小坤能来看他，确实让陶春生很高兴。

"快请坐！"陶春生招呼道。

"师傅，您坐。"马小坤扶着陶春生一起坐到三人沙发上，"师傅，身体还行吧。"

"化疗了几次，现在还算稳定。"陶春生说得轻描淡写。

"师傅，多注意休息，身体会一天比一天好的。"马小坤安慰道。

"生了这种病，不指望什么了，只求离开人世时少点痛苦。"陶春生悲观地说。

"师傅，您可不能悲观，生病的人心态很重要，除了配合医生积极治疗，良好的心态也是战胜病魔的一剂良药。"

马小坤想起龙叔叔跟他讲过一位抗癌英雄的故事。那位抗癌英雄是龙叔叔的老同学，也是一位警察，叫杨万年，原本在省公安厅工作，后来生了病只能回家休养。十年前因患十二指肠腺癌动了好几次手术，医生为他切除了胆囊、胆管和十二指肠，还有二分之一的脾脏和胰脏、三分之一的小肠、五分之一的肝和胃。几乎把身体里的内脏拿掉了一半，但他依然坚强地活着，最大的秘诀恐怕就是开朗的性格和健康的心态。什么时候带师傅去会会那位抗癌英雄，或许对他有所激励和帮助。

陶春生看了一眼马小坤，转了话题："小马，在派出所工作还适应吧。"

马小坤说："我现在到哪里都适应，在派出所让我看到了一个色彩斑斓的世界，学到许多过去没有学到的东西，只是这次又要调动去新的岗位了。"

"又要去哪儿了？"

"刑警大队二中队。"

"很好啊，恭喜！恭喜！"陶春生脸上露出了微笑，"什么时候去那边上班？"

"下周一。"马小坤望着陶春生说，"所以我来跟您告别。"

"告什么别，等我走了那天再告也不迟。"陶春生半开玩笑地说。

"师傅,我不是那个意思。"马小坤意识到刚才的话有些歧义,"我是说以后我们不在一起共事了。"

"警察分工不分家,你去了刑大,还是古弦公安的人嘛。"陶春生用手捶了捶腰背,略显伤感地说,"我这身体暂时也上不了班,你不走,我们也不能一起共事啊。"

陶春生妻子端了一盆刚洗干净的葡萄放到马小坤面前,招呼道:"吃点葡萄。"

"谢谢阿姨。"马小坤欠了欠身子礼貌地说。

第二天,马小坤通过龙海峰联系上了正在第一人民医院治疗的杨万年。乘着陶春生也是去那家医院化疗的机会,马小坤安排他俩见了一次面。

那天马小坤和陶春生来到杨万年的病房,见护士正在艰难地给他寻找一处可以扎针的地方。那位年轻护士为其扎了好几处地方都没有成功,似乎有些缩手缩脚了。

杨万年微笑着鼓励扎针的护士:"大胆一点,不要怕,多扎几处总能行。我刀都挨了好几回了,这针头就跟挠痒痒一样。"

由于长期的放疗,杨万年的全身到处是焦灼的疤痕,犹如经历了一场大地震而留下的满目疮痍。全身的血管几乎全是瘀青,护士无从下手,最后只能勉强扎到脚上。这下倒好了,反而"解放"了他,本来右胳膊术后打着绷带无法动弹,只能左手打吊针,现在换到了脚上,就可以用左手接打电话了。

杨万年躺在病床上都闲不住,护士刚刚在他那块贫瘠的土地上艰难地打下一口井,他就忙碌起来了。一会儿打电话给女儿,叫她认真上班别来陪他;一会儿又遥控指挥抗癌俱乐部的工作。军人出身的他与病魔抗争的同时,还自发组织了一个叫"夕阳红"的抗癌俱乐部,带领病友一起抗癌,抱团取暖。

杨万年打完电话才发现病房里站着两个陌生人。马小坤上前先做了自我介绍,然后把陶春生介绍给他。

"欢迎加入'夕阳红'抗癌俱乐部!"杨万年见有病友来访,竟先做起了"广告"。

"一定,一定。"陶春生握住了他的左手,像找到了失散多年的组织那样激动。

"我们都是警察,其实我们工作的危险程度有时不比癌症低,所以癌症并不可怕,怕的是不能战胜自己。"杨万年说话低沉而有力。

"您什么时候从警的?"陶春生问杨万年。

"从警校毕业一晃三十年了。"杨万年感慨道。他问陶春生,"你呢?"

"也快三十年了,看来我俩的年龄差不多。"陶春生感觉两个人的共同语言又多了一点,"我属马,您属什么?"

"属龙。"杨万年说。

"一个龙,一个马,咱俩合起来,不就是'龙马精神'吗。"陶春生哈哈笑了起来。

"师傅,'龙马精神'的龙马不是龙和马的合称,而是古代传说中一种特别的神兽。"马小坤终于逮到了一次插话的机会。

陶春生反驳道:"不管是龙,还是马,还是龙马,都是缘分啊。儒家经典《周礼》有这样的说法,马八尺之上即为龙。《山海经》里讲,'马实龙精',就是说,龙成了精就是马。《西游记》里那匹白龙马,原本也是一条龙嘛。你说的神兽'龙马',不也是古人描述的一种'马身龙首'或是'马身龙鳞'的动物吗。反正三者都有关系。"

杨万年接话说:"关于龙、马,自古就有'天上为龙,地上为马'的说法,不管是龙也好,马也罢,还是传说中的龙马也好,在人们的心目中都代表着一种积极向上、昂扬进取的精神,因此你俩的说法都没有错。依我看啊,龙马精神,可以理解为'龙马'的精神,也可以理解为'龙和马'的精神,都是中华民族自古以来所崇尚的一种自强不息、进取向上、奋斗不止的民族精神。"

马小坤想不到眼前这两位大专生说得头头是道,水平不比他这个本科生逊色,便拿过一张《姑苏晚报》看了起来,不再与他俩争辩。

陶春生与杨万年之前是不认识的战友，如今成了难兄难弟的病友。两个人聊得很投机，话题从当警察一直聊到了各自的病情，聊到了难忘的警营生活，聊到了对生死的看法，聊到了生命的终极意义。

从杨万年身上看不到丝毫悲悲戚戚、凄凄惨惨的情绪，只看到一种旺盛的生命力和强劲的感染力。

之前，已听马小坤介绍过他的事迹，今天又看到了真人，又聊了这么多。让陶春生敬佩的是，即便死神一次又一次地向这位抗癌英雄"招手"，可他整个人的"精气神"依然那么生龙活虎，气壮山河。人是要有点精神的，这种"精神"是一种超凡脱俗的境界，一种战胜自我的超越，一种不甘屈从、敢于面对和战胜困难的勇气。

马小坤坐在一边听他俩肆无忌惮地聊天，虽然没能插上几句话，但已明显感觉到他的师傅被杨万年的气场所感染。他放下报纸，看到了一个焕然一新的陶春生。

第十六章

马小坤一早就醒了。

今天,将是他去刑警大队二中队上班的第一个工作日,心中自然多了一些期许,毕竟这是他的一个梦想,如今真的实现了。说不激动就显得有些矫情,只是他现在变得更加成熟内敛,不像以前那么张扬罢了。

他早早来到刑警大队,在二中队办公室的走廊里遇到了中队长季盈洁。

那天城中派出所所长送他到刑警大队报到时,他俩已见过一面。只是没想到领导他的是一位美女队长。这位看上去秀外慧中的超级警花,一颦一笑都是那么妩媚迷人。第一次碰面还以为是哪家模特经纪公司来拍形象广告片的职业"麻豆",或是来公安局体验生活的电影演员。

其实她也是从公安大学毕业的,因此也可以说是马小坤的师姐。论年纪,季盈洁读大学的时候,马小坤可能才刚刚上小学。

"小马,来啦。"季盈洁热情地招呼道。

"嗯。季队长早!"马小坤欣赏地看着对方。

"待会儿上了班,要开个中队会,你一起参加啊。"季盈洁俨然像一位邻家大姐。

"嗯。"马小坤点头应诺。

马小坤走进中队会议室,发现一面墙上挂满了先进集体、荣誉证书的奖牌和镜框;另一面墙上是中队的工作职责、规章制度和学习园地。

刑警大队二中队,是一个相对专业的刑事技术部门,也就是传说中立下赫赫战功的刑事科学技术室。其工作职责简单来说,主要负责管辖区内的刑事案件现场勘验检查和与案件、事件等有关的常规检验鉴定工作。

马小坤已利用正式上班之前的双休日,拿出在大学里学过的犯罪现场勘查、手印检验、足迹检验、刑事图像技术等课程的书籍,进行了一次恶补。为他到新岗位工作增加一点底气。

中队为马小坤举行了一个简短的欢迎会。没有鲜花,也没有水果,只有战友们热烈的掌声和领导的殷切希望。

为他安排的师傅是一位荣立过两次三等功的帅哥,叫浦新杰,毕业于中国刑事警察学院。马小坤走过去跟浦新杰握了下手,算是完成了拜师仪式。

他跟师傅回到办公室,办公桌上的电话机就响了。

浦新杰抓起电话一听,是城北派出所打来的,说他们辖区里的红木家具厂发生了一起撬盗保险箱案。

问清了家具厂的具体地点,浦新杰提上一只银色勘查箱,就和马小坤一起赶赴案发现场。

红木家具厂坐落在城市的北郊,周边都是一些待拆的房屋,有几处道路被残砖碎瓦和破旧的门窗霸占,环境十分杂乱。浦新杰驾驶的警车像参加一次障碍挑战赛,左冲右突艰难地穿过几片废墟,才摸到了红木家具厂的大门。

案发现场一片狼藉。被撬的保险箱像一只开膛破肚的怪物,悲惨地横卧在地上。除了保险箱里三万元现金和两根金条被盗外,一些票据、字条、证件和资料散落一地。

家具厂厂长为了图方便,把保险箱放在自己办公室里供个人使用,但未按安全要求与墙面或地面固定,因此给了犯罪分子可乘之机。公安机关之所以三令五申一定要将保险箱固定好,就是为了防止撬窃被盗。根据杠杆原理,只要有一个合适的支点,哪怕施予很轻的力就可以撬动很重的东西。古希腊科学家阿基米德不是有过这样一句名言:"给我一个支点,我就能撬起地球。"聪明的盗贼正是利用这一本来用于造福人类的科学原理,将保险箱倾倒后,找到了一个撬动的支点,然后用铁棒硬生生地撬开了保险箱的铁门。

浦新杰和马小坤用勘查灯仔细观察着保险箱上的每一个部位,试图找到犯罪分子可能遗留的指纹痕迹,但狡猾的盗贼很可能戴手套作案,保险箱上未留下任何有价值的痕迹。

他们决定在别处寻找遗留物。根据现场判断分析,盗贼是从楼下车棚的雨篷上翻窗进入二楼厂长办公室的,但内侧的窗户上也无有价值的痕迹。

"师傅,当心!"马小坤见师傅像猴子一样利索地爬出窗外,站到车棚的雨篷上,便叫道。

他有些不好意思,也想从窗户里爬出去,被浦新杰叫住:"小马,你别出来,我一个人可以了。"

马小坤看着师傅十分敬业的样子,想起大学老师对他们刑事技术专业的学生说过的一句话:"我们这个专业,不光是一项技术活、智力活,也是一项细致活、体力活。"之前他不太理解,今天总算有了初次体会。

刚才在来的路上,师傅已经跟马小坤打过"预防针",告诉他:"干我们这一行的,要学会翻窗爬墙、飞檐走壁,要具备三功:站功、蹲功、趴功,要闻得了臭味、吃得了苦头、耐得了寂寞,还要有一双敏锐的眼睛。而且时间没个准,有案情就得在第一时间出现场,无论白天还是夜晚、无论刮风还是下雨、无论吃饭还是睡觉、无论周末还是假日,必须二十四小时随时待命。"

不过,马小坤经过这么两年摸爬滚打的锻炼,对师傅的"恐吓"似乎有了毫不畏惧的抵抗力。

浦新杰终于在一处不起眼的雨篷上寻觅到了一枚新鲜指纹,极有可能就是犯罪分子留下的。马小坤看到师傅动作熟练而又小心翼翼地将指纹采集下来。他心里也很想亲手采集一枚，但这次师傅没给他机会。

师傅采集的那枚指纹，很快发挥了作用。警方经过昼夜奋战，第二天就抓获了盗窃保险箱财物的犯罪嫌疑人。起初，那人死活不承认。正是那枚比对成功的指纹，让办案警察有了足够的信心，最终撬开了他的嘴。三万元现金和两根金条完璧归赵，同时还连带破了另外两起盗窃案。

正当马小坤心里埋怨师傅不给他机会的时候，机会却不打招呼地来了。

这天早上，天刚蒙蒙亮，还在睡梦中的马小坤被床头柜上的手机铃声闹醒。他一看来电显示，是师傅打来的，便赶紧接听。

"小马，服装批发城发生凶杀案了，马上来中队。"电话那头的声音很急促。

"好的，师傅。"马小坤赶紧从床上坐起来。他看了一眼身旁的妻子，就蹑手蹑脚地下了床。

睡在一旁的李佳佳被惊醒了："小坤，谁这么早来电话？"

"师傅打来的，发生凶杀案了。"马小坤边穿衣边下床。

"那你快去吧。"李佳佳揉了揉惺忪的眼睛。

"佳佳，你再睡一会儿，我先走了。"马小坤说着侧身走出卧室，拉上了房门。

马小坤刚出家门，天空就下起了滂沱大雨。一道闪电从天而降，巨大的雷声重重地砸向地面，发出震耳欲聋的闷嚎。

马小坤冒雨赶到中队，浦新杰已经提了勘查箱，等在警车旁。中队所有的警车都闪着刺眼的警灯待命出发。队长季盈洁也匆匆钻进了她那辆桑塔纳警车。二中队全体人员倾巢出动。

案发现场是一家游戏机房。几个小时前，这里发生了一起惊心动魄的凶杀案，犯罪分子凶残地将三名熟睡的女员工杀害后逃离了现场。

等马小坤他们赶到时，先期到场的警察已经拉起了警戒带。

偌大的游戏机房里阴森恐怖，那些平时发着狂欢般尖叫声的游戏机，此时像一个个幽灵，沉默寡言地站在两旁。

中心现场是在游戏机房大厅一侧的房间里，三具女尸以不同的姿势横卧在血流成河的地上。

马小坤跟着师傅和其他技术人员立即开始了紧张的勘查工作。

面对游戏机房这个特殊的环境，现场勘验的难度很大。作为一名刑事技术队伍中的新兵，马小坤第一次见到如此惨烈而复杂的场面，几乎感到束手无策。他闻着阵阵血腥，打开勘查箱开始工作。好在旁边有师傅在，为他壮了不少胆。

这是一次挑战，也是一次机会。马小坤在心里默默为自己打气。

发生凶杀案的游戏机房地处古弦市服装批发城，外来人口多，流动性大。侦查人员经过几天的摸排走访未发现任何可疑线索。加上案发当天早上下了一场大雨，把现场周围可能留下作案人蛛丝马迹的痕迹冲刷得一干二净，以至于连警犬都伸长了舌头，无奈地在原地打转。

案件一度陷入了僵局。

市局抽调了大量警力对周边地区的成年男性进行了提取指纹掌纹的工作，但必须要从现场提取到有价值的指纹掌纹等痕迹物证后，才有可能找到突破口。因此，破案的重任全都落到了二中队全体技术人员身上。

马小坤想起了报到那天，中队长季盈洁对他说过的话："我们刑事技术部门的人看似默默无闻，不如那些天天在外面跑的刑警来得风光，其实我们这个部门很重要，能到这儿来的人个个都是技术过硬的精兵强将。我一直记着当年来这个中队师傅跟我说的一句话，'刑事科学技术就是破案力，别看我们面对的只是一枚不起眼的指纹,一滴小小的血迹,一根细细的毛发,它可是破案的关键。'小马,好好干,来我们这儿工作大有可为。"

由于案发现场范围大,马小坤他们的勘查取证工作持续了整整四天。一贯严谨认真、踏实细心的师傅对此更是慎之又慎、细之又细,依据现场刻画的犯罪分子作案轨迹进行了一次又一次勘查,但取证工作依然毫无进展。

面对这样的局面,参与现场勘查的人都有点灰心了,中队长季盈洁的额头上也打起了眉结。她沉思了片刻说:"扩大勘查范围,不能放过任何一个死角死面。"

新一轮的地毯式勘查再次展开。马小坤拖着疲惫的身子像蚂蚁啃骨头那样,缓慢地一步一步往前移动。当他绕过几台横七竖八废弃的游戏机,勘查到一处灰暗的二楼楼梯转角平台时,发现已经到头了。原本通往二楼的楼梯已被木板封死,形成了一个死角。马小坤想起了中队长季盈洁的话,每一个死角死面都不能放过。于是他对这个看似没戏的死角,又从上到下仔细勘查了一遍。

"师傅,这里好像有一枚掌纹。"马小坤拿着勘查灯照在二楼楼梯转角处的墙面说。

浦新杰立即上前,眯着眼睛,变换了几个角度,仔细观察起来。

"师傅,有价值吗?"马小坤拉了拉嘴上的口罩问。

浦新杰没有说话,露出了一丝不易觉察的微笑。他竖起大拇指朝马小坤做了一个肯定的手势。

那枚掌纹很快被取了下来。

为了尽快侦破案件,刑事技术室迅速建立了一个数千份的临时掌纹库。季盈洁带领同事们一起不分昼夜地对现场提取的掌纹与库内信息进行比对。

掌纹比对是中队长季盈洁的强项,但这是一项考验人的细心、耐心、恒心和意志力的工作。由于负责指纹比对的人手少,马小坤也被临时抽调过来配合工作。他坐在美女队长的身旁，认真盯着电脑屏幕。虽然有"男女搭配，干活不累"的说法，但他比对了大半天，眼睛就酸得有点受不了。

季盈洁转头看了一眼马小坤，递上一瓶眼药水说："小马，眼酸了吧，滴点眼药水休息一会儿。"

"谢谢季队！"马小坤感激地看了季盈洁一眼，心想，领导真会体贴人！

功夫不负有心人。参与比对的全体技术人员经历了单调、枯燥、寂寞、乏味、迷茫，甚至痛苦的数十个小时的奋战，终于成功锁定了一名犯罪嫌疑人。

马小坤激动得差点从凳上跌到地上，仿佛一位久坐在大海边的钓鱼翁钓到了一条大鱼那样兴奋不已。

已经逃到甘肃的凶手很快被警方抓获。

据他交代，因为每次去游戏机房玩游戏都输，跟老板娘吵过几次，但玩上了瘾无法自拔，所以怀恨在心，动了杀念。

当晚他先躲藏在那个楼梯的死角里，等游戏机房关了门，老板娘睡着了才开始动手。当初只是想用电线电死老板娘一个人，想不到非但老板娘没电死，反而惊动了同住一室的另外两名女服务员。三个女人突然看到一个杀气腾腾的男人，惊慌失措，乱作一团。于是他一不做二不休，拿出随身携带的一把匕首，在三个女人的尖叫声中，把她们都杀了。

这起特大命案在古弦警方的全力侦破下，终于尘埃落定。马小坤被省公安厅荣记个人二等功一次。

那天，古弦市委、市政府在国际饭店会议中心隆重召开庆功表彰大会。

马小坤戴着大红花走上主席台从领导手中接过奖章、证书和奖金的时候，心情无比激动。他向颁奖领导敬了一个礼，然后又向台下的战友们敬了一个礼。

无声的敬礼！马小坤心中充满了无限的感慨和感激。

天上的月亮越来越圆润,再过几天就是中秋。气象专家预测说,今年的月亮特别大,也特别圆。

马小坤枕着梦中皎洁的月亮,美美地睡了一觉。最近这段时间,他太累了。

等他醒来时,天已大亮。好在今天休息,他伸了个懒腰,发现妻子已经起床。

马小坤扣好睡衣上的扣子走到窗前,拉开遮光窗帘,发现外面的天空已是阳光灿烂。他推开乳白色的塑钢窗户,做了一个深呼吸,一缕清幽的芳香扑鼻而来。马小坤朝楼下一看,惊喜地发现小区花圃里的桂花已经开了。

在百花中,桂花的香总是浓淡相宜,给人一种舒心的感觉。远远飘来,清淡文雅;走近闻闻,浓郁不腻。如果把某位姑娘比作飘然而至的桂花,那她一定是一位美丽却不妖艳、高雅而又平和的女子。马小坤很喜欢这种散发着清新幽雅之香的桂花,因为她还有着吉祥之意和成功之兆,古时候仕途得志、中榜登科被称为"折桂",对胜利者或杰出的人授予最高的荣誉称号叫作"桂冠"。可见,自古以来人们对桂花的美好寓意的喜爱程度不言而喻。

马小坤乘着休息,和李佳佳到超市买了些月饼和苹果,就赶着去了龙叔叔和徐妈妈家拜访。

两个人先来到龙海峰家。龙海峰一家子都在,女儿女婿也在,龙海峰妻子金菊花正逗着咿呀学语的小外孙在玩。

"龙叔叔!金阿姨好!"马小坤跟一屋子的人打招呼。

龙海峰见马小坤和李佳佳手里拎了好多东西就嗔怪说:"怎么又拿了这么多东西!"

"中秋快到了,来看看你们,总不能让我们空着手来吧。"马小坤说着大实话。

"那也不能拿双份东西来啊。"龙海峰看着两个人手上提的物品说。

马小坤笑着说:"不全是给您的,等会儿还要去徐妈妈家呢。"

"哦，哦，看我自作多情了。"龙海峰说着也笑了起来。

"你们快坐啊。"金菊花抱着小外孙走过来对马小坤和李佳佳说。

李佳佳拉着小男孩肉嘟嘟的小手，欢喜地说："好可爱啊！"

"你也快的。"金菊花问李佳佳，"有了吗？"

李佳佳看了金菊花一眼，羞涩地红起了脸。

金菊花看着李佳佳一脸幸福的样子就猜到了几分："是不是有了？"

李佳佳低低地说："这个月'那个'没来。"

"那一定有了！"金菊花惊喜道。

很快，说话的圈子分成了两拨，一拨是龙海峰和马小坤，另一拨是几个叽叽喳喳的女人，而龙海峰的女婿一个人躲在厨房里埋头干活。

龙海峰问马小坤："刑警大队那边还适应吧？"

"嗯，还行。"马小坤说，"就是枯燥了点，以前都是跟人打交道，现在跟不说话的勘查箱为伴。"

龙海峰说："那天，跟你们市局的王政委一起开会，中午吃饭的时候也聊到了你现在的工作，他告诉我，刑事技术工作是整个破案和打击犯罪的基础和关键，如果没有你们提供必要的痕迹物证，好多案件破不了，即使明确了犯罪嫌疑人，也因为没有足够的证据而无法量刑。而有了足够的证据，即使犯罪嫌疑人不承认，也可以'零口供'定罪量刑。所以你现在的工作很重要啊。"

"龙叔叔，您了解的真多，以后可以当我们公安局领导了。"马小坤开玩笑地说。

龙海峰爽朗地笑道："一点皮毛而已，说得不对请批评指正。"

"龙叔叔，有个事想跟您商量。"马小坤一副很诚恳的样子。

"什么事？"龙海峰问。

"我想利用国庆长假，选几位受到过古弦爱心人士帮助的山花学生，来古弦开展一次感恩之旅活动，顺便让他们看看古弦的美丽风光。"

"这主意不错。"龙海峰很赞成,但又说,"不过,需要很多费用啊。"

"费用嘛,我来出。"马小坤一副财大气粗的口气。

"你刚买房贷了款,哪来的钱啊?"龙海峰惊讶地看着马小坤。

"省厅刚发了我一笔奖金。"马小坤微笑道。

"什么奖金?"龙海峰问。

"服装批发城那起凶杀案破了,我立了个二等功。"马小坤喜形于色。

"小坤,不错啊。"龙海峰也露出惊喜的神色。

马小坤看着龙海峰说:"我想把奖金全部贡献出来。"

"怎么可以用你的奖金呢?"龙海峰收住笑容。

"怎么不可以,我希望拿这笔奖金做一件有意义的事。"马小坤很诚恳地说。

"你这笔奖金估计也就几千块钱吧,不够啊。"龙海峰想了想说:"要不这样,我来跟市里领导商量一下,看看能否以原援建组的名义邀请他们。"

"行。但我还是要花掉这笔奖金。"马小坤固执地说。

"到时你可以给孩子们买点学习用品或别的什么纪念品。"龙海峰建议道。

"嗯。"马小坤觉得龙海峰的建议不错。

"你准备请哪些人?"龙海峰问。

"还没定,就想听听您的意见,我想来的人要符合三个条件:一是山花人,二是受过古弦人士资助的,三是学习成绩优异的。"马小坤有备而来地说。

"根据这些条件,可以让山花镇领导和中小学老师推荐一下。"龙海峰问,"时间上来得及吗?"

马小坤胸有成竹地说:"现在离国庆还有二十多天,应该没问题。"

"那好。具体人选,你负责跟山花那边商定,这边的费用我来想办法解决。"

"龙叔叔,太难为您了。"马小坤不好意思地微笑道。

"应该的,你想了我们还没想到的事,是难为你了。"龙海峰客气地说。

马小坤觉得聊得差不多了,就叫上李佳佳,与龙海峰全家人告别。

两个人来到徐仁芳家时，大门紧闭。敲了好长一会儿，她才来开门。

"徐妈妈，您好！"马小坤和李佳佳异口同声地说。

"哦，是小坤和佳佳啊，快进来。"徐仁芳强打起笑容。

马小坤见徐仁芳眼睛红红的，像刚刚哭过的样子，就关切地问："徐妈妈您怎么啦？"

"没什么，刚才跟儿子说了一会儿话。"徐仁芳声音有些沙哑。

"又想徐凯了。"马小坤很同情地看着徐仁芳说，"本想早点来看您，但最近工作有点忙，所以拖到今天。"

"没事，我当了这么多年警察的家属，早就习惯了。"

"再不来，中秋都要过了。"马小坤随手把一盒月饼和一箱苹果放到茶几上。

"小坤，你怎么又买东西来。"徐仁芳看着茶几上的月饼和苹果说，"我一个人吃不了这么多。"

"就一点点，不成敬意。"马小坤客气地说。

"谁有了你这样的孝顺儿子真有福气。"徐仁芳话里有话。

"徐妈妈，徐凯是我的兄弟，他走了，我就是您的儿子啊。"马小坤真诚地看着对方说。

"嗯。"徐仁芳也深情地看着他。

"徐妈妈，我又调动了。"马小坤告诉徐仁芳。

"又去哪儿了？"徐仁芳微笑着问道。

"刑警大队。"

"哦，那就更辛苦了，要经常出差吧。"徐仁芳体贴地看着马小坤。

"不出差，我在技术室工作，专门负责现场勘查。"

"哦。"徐仁芳舒了一口气说，"当技术员了。"

"徐妈妈，我也想跟徐凯说几句话。"马小坤边说边往徐凯的房间走。

他推门而入，看到摆放在徐凯遗像前香炉里的几炷清香正慢慢燃烧着，缕缕青烟,缠绵缭绕,仿佛在诉说着什么。

马小坤缓缓走到徐凯的遗像前,双手合十,默默对视。他心里在跟徐凯说:"兄弟,你在那边过得还好吧。我这边请放心,你的母亲就是我的母亲,我会照顾好她的。"

马小坤带着淡淡的忧伤离开了徐仁芳家。不知不觉走过了程二朵的快递公司,便想起好久没联系他了。

马小坤打了个电话给程二朵,对方手机却已停机。

走进快递公司一问,里面的工作人员说程二朵已经好几天没来上班了,谁也不知道他去了哪里。

马小坤心头一惊,突然有了一种不祥的预感。

第二天下午,马小坤趁着去东郊勘查一个案件现场,顺便来到程二朵的租住处。

房东说,程二朵昨天搬走了,具体搬哪里去了不清楚。

马小坤听了一愣,顿时忐忑不安起来。

第十七章

程二朵逃跑了。

几天前,程二朵遭到了一起"哑巴吃黄连"的投诉。

一位叫王天成的客户向快递公司投诉,称他在网上订购的羽绒服被送件人误送了他人,自己没收到,要求赔偿。

公司领导马上叫来程二朵询问事情经过。

程二朵说:"那天送货,王先生不在家,就在门口给他打了个电话,他说改日他自己到快递公司取,我正想将快件带回,遇到了他妻子,就把快件让他妻子签收了。"

王天成瞪着眼睛说:"我跟那个女人早就离婚了。"

"我怎么知道你跟妻子离婚了?"程二朵说,"货单上写的'服装',我还以为你给老婆买的呢。"

"给她买,放屁!这婊子除了孩子不要,其他什么都要,正跟我抢家产呢。你倒好,直接把我的东西给她了。"王天成骂骂咧咧。

"小程,是你不对,怎么可以把货物给收件人以外的陌生人呢。"公司领导也开始责备程二朵。

程二朵辩解道:"当时那个女的就在他家门口,还推了一下门,摸了摸口袋说，怎么忘带钥匙了。我问她是谁？她说是王天成的老婆。我听她这么说，就让她签收了。"

"哦，她说是我老婆你就把东西给她，我说你是我儿子你怎么不叫我一声爹？"王天成挥动着刺着一条大青龙的手臂。

公司领导一看架势不对，马上打圆场，又是说自己没管教好员工，又是替程二朵承认错误。

其实，错的是王天成的前妻，不应该冒领。但程二朵确实也有过错，不该偏听偏信，应该把货物交给收件人本人。至于他们夫妻之间的恩恩怨怨别人就不必去过问了。

最后快递公司跟王天成达成协议：两千八百元货款先由快递公司垫付，日后再从程二朵工资中扣，同时公司对程二朵做出了扣除当月提成的处罚。

程二朵对快递公司的"霸王"决定很不满，但又没别的办法。晚上回到租住屋，一个人喝起了闷酒。

刚喝几口，与他同住一屋的四川老乡卢小柯带了一个陌生人回来了。

卢小柯向程二朵介绍说："这位是我的老乡，叫赵阿康。"

"叫我阿康好了。"对方大方地握住程二朵的手说。

卢小柯又说："你睡的床就是他的。"

程二朵听卢小柯这么一说，就知道这个阿康就是偷东西吃了官司刚从监狱里放出来的。他看了阿康一眼说："那我今天就搬走。"

"兄弟不用搬，有福同享有难同当，要搬咱们一起搬。"阿康很有风度地拍了拍程二朵的肩膀。

程二朵感激地看了一眼阿康，拿过两只空碗，斟满了酒说："来，一起干！"

"你不是戒酒了吗，怎么又喝起酒来了？"卢小柯奇怪地看着程二朵。

程二朵借着酒劲，一五一十地把客户投诉、被公司处罚的事说了。

卢小柯和阿康听了都为他打抱不平。

"那不是一个月白干了？"卢小柯愤愤不平地说。

阿康问程二朵："那个叫王什么的住哪儿？"

"嘉和花园。"程二朵说。

"那儿是个别墅区啊。"阿康喜形于色，像是曾去那儿踩过点的。

"你去过？"程二朵瞪大了眼睛问。

阿康没有正面回答，端起酒碗喝了一口说："兄弟，这事我来帮你摆平。"

"怎么摆平？"程二朵怯怯地问。

阿康转动着小眼珠说："你应该有他的电话吧。"

"有啊，我给他打过电话。"程二朵说着拿出手机翻查起来。

"你把他的手机号码给我，明天带我去他住的地方看一下。"阿康嘴上这么说着，心里肯定在酝酿着什么。

卢小柯看了阿康一眼问："是不是又有什么鬼主意了？"

阿康举起酒碗，朝卢小柯使了个鬼魅的眼神："你懂的。"

"我才不懂呢。"卢小柯白了阿康一眼，举起酒碗说，"来，喝酒。"

"来，干杯！"阿康也举起碗。

程二朵也举起碗说："干！"

三人的酒碗碰在一起，发出了清脆的声音。

王天成接到阿康的电话时，刚从赌场里出来。

虽然早上的太阳不是那么毒辣，但还是刺得他张不开眼睛。王天成眯着眼，一看是个陌生电话，不想接，但最终还是接了。

"喂，谁啊？"王天成打了个哈欠。

"别问我是谁，你想不想要你儿子？"对方很平静地说。

"你是谁？"王天成立即警觉起来。

"我是谁不重要，重要的是跟你谈一笔生意。"对方依然心平气和地说。

"你什么意思？"王天成紧张起来。

"你儿子在我手上。"对方一字一句地说。

"不许伤害我儿子！"王天成额头上冒出了冷汗，他明白了一切，"你想要多少钱？"

"不多，我看你儿子差不多五六岁的样子，就六十万吧。"

"能不能少一点？"王天成讨价还价。

"你放高利贷的时候，能不能也少一点呢？"看来对方对他很了解。

"怎么给你？"王天成问。

"到时再给你电话，不许报警！"对方说。

"我不报，我不报。"王天成挂了电话就赶紧往家赶。

王天成回到嘉和花园的家，见父母半躺在沙发上。看来两位老人一夜没合眼。

"你怎么现在才回来？宝宝不见了。"王天成母亲见儿子回来，哭诉道。

"我知道了。"王天成责备说，"你们怎么看管的？"

王天成父亲说："打你电话打了一个晚上都不通。"

"什么时候不见的？"王天成问。

"昨天下午从幼儿园接他回家，路过一个公共厕所，我进去方便了一下，宝宝就不见了，真的就一会儿工夫呀。"王天成母亲说着又哭了起来。

王天成问："报警了吗？"

"去城中派出所报了。"王天成父亲说。

"报什么报，还没搞清楚怎么回事就瞎报。"王天成说着就上了火气，弄得两位老人不知所措。

王天成对父母说："宝宝在别人手上，你们别再去派出所说什么了。这事我来处理。"

"在谁手上啊？"王天成母亲焦急地问。

"现在我也不清楚，但宝宝很快会回来的。"

两位老人听了儿子的话，面面相觑。

中午，阿康的电话又来了。王天成看到这个心惊肉跳的电话，期许又忐忑。

"喂，王兄，钱备好了吗？"对方的语气很温和。

王天成连忙说："备好了，六十万，一分不少。"

"下午一点，你把钱送到烈士陵园停车场。"

"是不是一手交钱，一手交我儿子？"王天成急促地问。

"不，你先交钱，然后再告诉你你儿子在哪儿。"对方慢条斯理地说。

"不行，我给了你钱，我儿子有问题怎么办？"王天成有些激动。

"你只能这样，别跟我讨价还价。"

"我要听我儿子的声音。"王天成声嘶力竭。

"听声音可以，但必须按我说的做。"

"我要听！"王天成狂叫着，有点控制不住自己。

"王兄，别激动，这样对你儿子不利。"对方依然慢条斯理。

一会儿，电话那头传来了王天成儿子的呼叫声："爸爸，快来救我啊！"

"儿子，你还好吧，爸爸马上去救你！"王天成大声说。

王天成还没听到儿子的回答，对方就抢过电话说："这下你放心了吧。"

"到时我把钱放在停车场什么地方？"王天成问。

"那儿有一辆报废的面包车，你把钱装在拉杆箱里放在它的边上就可以了。"

"什么时候能见到我儿子？"王天成迫不及待。

"等我拿到了钱，就告诉你你儿子在什么地方。"

"你这样做很不公平。"王天成愤愤不平。

"公平，怎么跟我说起公平来了，你做的事公平过吗？"对方冷笑道，"你要儿子，我要钱，不是很公平吗。"

王天成按照对方约定的时间，开了他那辆奔驰车来到烈士陵园停车场，果然看到停车场边上有一辆四个轮胎都瘪掉的报废面包车。他刚从车里拿下拉杆箱，对方就来电话了。

"王兄，算你配合。"

"兄弟，这下可以把儿子还我了吧。"王天成尽量压住胸中的怒气。

"你把车先开走，一直往南开，等我验了货，半个小时后再告诉你。"

"快点啊。"王天成嘴上这么说，心里却骂道：这帮绑匪简直不是人。

王天成等待了漫长的半小时，几乎是窒息的半小时，终于等到了电话。对方说："你现在可以去南三环路加油站往西一百米路边的窨井里看看。"

"畜生！"王天成大骂一声，猛踩油门，直奔南三环路。

等王天成见到儿子时，嘴巴上粘着塑料胶布、手脚被绑的小男孩已奄奄一息。其实绑匪当天晚上乘着夜色早就把王天成的儿子丢在窨井里了，已经饿了一天一夜。他儿子在电话里的呼救声是绑匪预先录的音。

王天成把儿子抱进车里，连闯几个红灯，快速送到了第一人民医院。

闻讯赶到医院的王天成父母，见到躺在病床上正打着点滴的孙子，激动得泣不成声。

王天成见儿子转危为安，又开始心疼起他的六十万，于是就报了警。

警方立即介入了这起绑架案的侦破。

马小坤从王天成丢弃在窨井里那块封嘴的塑料胶布上提取到了一枚犯罪嫌疑人的指纹。经比对，这枚指纹是一个刚从监狱里刑满释放的叫赵阿康的留下的。

大案中队的侦察员和城中派出所民警通过走访和查看沿途监控录像，很快明确了三名犯罪嫌疑人，其中一人是赵阿康，另外两个人就是程二朵和卢小柯。但目前三人均已逃离古弦，不知去向。

马小坤怎么也想不明白，好端端在快递公司工作的程二朵怎么会参与绑架呢？

他下班回到家，见了满桌可口的菜肴也没胃口。

"小坤，你怎么啦？"李佳佳关切地问。

"唉。"马小坤叹了一口气说，"二朵参与绑架逃跑了。"

"什么？"李佳佳很惊讶，"这么老实的人怎么会呢？"

"绑架可是死罪啊。"马小坤说，"好在受害人还活着，否则真的无法挽救了。"

李佳佳皱起眉说："能不能救救他？"

"人都跑掉了，怎么救？"马小坤想了想说，"只有在没抓到之前规劝他投案自首，或许还能轻判几年。"

"能联系上他吗？"李佳佳在一旁干着急。

"上次不是和你一起去过他租住的地方吗，打他电话也停机了。"马小坤看了一眼李佳佳说，"我想回一趟绵竹。"

"回绵竹干吗？"李佳佳问。

马小坤心里没有底气地说："看看能否找到二朵。"

"走得开吗？你又不负责这起案件的侦破。"李佳佳说。

马小坤说："我又不是去办案，而是以私人名义规劝程二朵投案自首。"

李佳佳看着马小坤问："你劝得了他吗？况且他有没有回家你都不知道。"

"试试吧。我已向领导请了假，准备明天就走。"马小坤说，"顺便去一趟山花，跟镇领导和学校落实来古弦参加'感恩之旅'活动的人员名单。"

天高云淡，秋果飘香。

马小坤又一次回到了绵竹，回到了家乡。他欣喜地看到家乡这片热土上日新月异的变化。

在汉旺镇新开村，马小坤见到程二朵的哥哥程大朵，他正在自家经营的"农家乐"里忙着招待客人。

马小坤掏出证件，向程大朵自我介绍了一番，说明了来意。

"二朵最近回来过吗？"马小坤问。

程大朵说："回来过一次，但住了一晚就走了。"

"去哪儿了？"马小坤迫不及待地问。

"不知道。"

"有他的联系电话吗？"马小坤又问。

"没有。"程大朵说完又去招待进门的客人了。

马小坤长叹一口气，呆在那儿，感到很无望。

程大朵妻子拿了两个梨走过来塞到马小坤手上："小兄弟，吃梨。"

"哦，谢谢！"马小坤从呆想中回过神来。

"不用谢，自家种的。"程大朵妻子笑眯眯地说。

马小坤把梨放到桌上，从包里掏出纸和笔，伏案写了起来。

二朵：你好！

我是你的马大哥，因联系不上你，只能在你哥哥的农家乐里给你写信。

你的事我已经知道了。或许你有你的理由，也或许你无知，但不管怎样，你已触犯了法律，而且很严重。唯一能减轻罪责的是尽快向公安机关投案自首，揭发同伙罪行，配合警方抓获在逃的其他人员。

逃亡的日子，是不好过的。俗话说："躲得了一时，躲不了一世。"很多逃跑的人被抓获后都说过这样的话："每次听到警笛就提心吊胆，看到警车就担惊受怕。"想必，如果你继续逃亡的话也会体会到。

跌倒了不可怕，可怕的是跌倒了不爬起来。是男人就应该勇于承认错误，勇于担当。苦海无边，回头是岸。但愿你幡然醒悟，重新做人。你不是说，等赚够了钱，娶个老婆，还要去周游世界吗？

希望你看到这封信后尽快与我联系。我的手机还是那个号码，二十四小时开机，随时可打给我。

马小坤写好落款，把信纸对折了两下塞进那个印有"古弦市公安局"的信封里，又在信封上写了"程二朵收"四个字。

马小坤将信交给程大朵说："等二朵回来，务必交给他。"

"好的，马警官，谢谢您对二朵的关心！"程大朵接过信。

马小坤又写了一张字条递给程大朵："这是我的手机号码，如有二朵的消息，及时跟我联系。"

马小坤告别了程大朵，就马不停蹄地赶到山花镇。见到了新上任的镇党委书记虞仲良和山花中学的陈校长及山花小学的沈校长，把参加"感恩之旅"的人员名单落实下来。

本来，马小坤要赶着回一趟麓棠老家，去父母和姐姐的坟上烧炷香。但虞仲良一定要请他吃了晚饭再走。

虞仲良说："难得请到你这个高才生，上次你和龙大爷来山花，我刚好去省党校培训，已经错过了一次机会，这次你总得给我一个面子吧。"

马小坤知道虞仲良跟龙海峰关系很好，当初龙海峰来山花援建时，虞仲良是新乐村的村书记，后来一步一个脚印，从村书记、到副镇长、到镇长，一直干到现在的镇党委书记。这次"感恩之旅"名单中就有一位当年古弦援建组全力资助的新乐村村民金红珍的女儿陶心如。

马小坤拱手道："虞书记，您这么说，让我一个小警察受宠若惊啊。"

当天晚上，虞仲良自掏腰包，叫上了山花中学的陈校长和山花小学的沈校长，请马小坤在山花镇上的一家小饭馆里喝了酒。

马小坤自从当了警察，很少喝酒，因此被虞书记、陈校长和沈校长三番五次的轮流轰炸，好几杯52°剑南春下肚，很快不胜酒力，当场就"清点了胃里的菜"。

晚上，马小坤就住在虞书记家。第二天醒来时，头还有点疼。看来，只要不经常锻炼就会退步，喝酒是这样，别的事情恐怕也是如此。

马小坤回到麓棠,联系上了已是竹编工艺合作社社长的赵巧妹和他的同学、玫瑰开发公司山花种植基地技术总监唐春光,想邀请他俩作为特邀嘉宾一同参加这次"感恩之旅"。

两个人不但欣然答应,还提出要出资赞助这次活动。这让他很感动。

马小坤去坟上拜见了父母和姐姐后,就打算到绵竹市区,然后去成都赶火车。

刚到绵竹市区,马小坤就接到了程大朵的电话:"马警官啊,昨天你前脚走,二朵后脚就回了。他看了你的信,思想斗争了一夜,想通了,但不知道该去哪里投案?"

"他真的愿意投案自首了?"马小坤欣喜地问。

程大朵说:"真的,二朵没脸打您电话,所以叫我打的。"

"好!你让他待在家里,我马上去。"马小坤挂了电话,拦了一辆出租车就直奔汉旺新开村。

马小坤见到程二朵时,发现对方已经变了一个人,头发蓬松,目光呆滞,人也瘦了一大圈。

"二朵!"马小坤看到程二朵坐在墙根处,就上前先打招呼。

程二朵抬起头,面露愧色:"马大哥。"

"想好了?"马小坤直截了当地问。

程二朵低下头说:"想好了。"

"好样的,男人就该有这样的勇气。"马小坤拍了拍程二朵的肩膀鼓励道。

程大朵在一旁焦虑地问道:"马警官,您看该去哪里投案啊?这事您得给二朵做主了。"

马小坤说:"在这边派出所投案也可以,跟我回古弦投案也可以。但在这边投案的话,最终也要去古弦那边处理。"

"嗯,最好直接去你们那边投案。"程大朵这么说着,但转而又担心,"可我怕二朵还没投案半路上就被警察抓了。"

"哦，这个没关系。"马小坤说，"法律有规定，在投案途中被公安机关捕获的，也算自动投案。放心，我陪二朵一起回古弦。"

"马警官，二朵的事全拜托您了。"程大朵感激道。

"嗯。"马小坤掏出手机说，"我打个电话给办案民警，先挂个号，这样就更放心了。"

"谢谢！谢谢！"程大朵连连作揖。

马小坤和程二朵又一次踏上了成都开往上海的K1158次列车。

同样的车次，同样的人，同样的风景，同样的站点，但两个人的心情已完全不同。

"二朵，你跟我说实话，到底怎么回事？"马小坤上了火车才开口问这个已经压抑了很久的问题。

程二朵看了马小坤一眼，就开始细细道来："那天，因为一个快件误给了客户的前妻，那人就来公司投诉我，让我一下子损失了好几千元。后来，跟我一起住的那个四川老乡的同乡正好刚从监狱里出来，听了为我打抱不平，问我要了那个客户的电话和地址。想不到他把那人的儿子骗了来，当初我不知道，后来等我回来，我们三个就把那个小孩绑起来藏到了一个窨井里，然后商量敲诈了六十万。我说我是为了出口气，不要钱。那个叫阿康的硬塞了我五万元。"

"那给你的钱呢？花了吗？"马小坤问。

"一分都没花，藏在家里的床底下。"程二朵说。

马小坤说："这个钱要拿出来。"

"哦。"

"你有银行卡吗？"

"有。"

"让你哥哥把钱打到你卡上，然后上缴。"马小坤说。

"唉。"程二朵连连摇头说,"马大哥,我真是一时糊涂。"

"你是糊涂,怎么可以干这种事呢,你知不知道要这样的?"马小坤做了个杀头的手势。

程二朵张大眼睛,紧张地问:"真这么严重?"

"幸好那个小孩没死,否则谁也救不了你。"马小坤说,"我看你最后还算清醒,到了古弦你要老实跟办案民警说清楚,争取立功赎罪、宽大处理。"

"我现在投案了,会判几年?"程二朵关切地问。

"这个现在还很难说,不过,我会帮你请一个古弦最好的律师为你辩护。"

"嗯。"程二朵感激地看着马小坤。

马小坤带着程二朵下了火车,刑警大队的办案民警已经等候在车站的出口处。

程二朵上了警车,不敢正视车里的人,只是用乞求的目光看了马小坤一眼,脸色沉重地低下了头。

在城中派出所的审讯室里,程二朵交代了参与绑架敲诈的犯罪事实,并供出了两名同伙新的联系电话和可能的落脚点。

古弦警方在四川泸州警方的大力配合下,很快将逃亡到老家丛林深处的赵阿康、卢小柯抓捕归案。

金秋十月,菊香蟹肥。这是古弦一年四季中最美的季节。

由马小坤发起的"携手古弦,为爱追梦"感恩之旅活动,如期进行。

山花镇党委书记虞仲良和山花中学陈校长、山花小学沈校长率领山花籍中小学生七人,以及特邀嘉宾赵巧妹、唐春光等一行十二人,终于踏上了"感恩之旅"的路途。

他们一到古弦就马不停蹄地分头行动。

唐春光去了古弦地方税务局二分局。当年地税二分局全体干部纷纷慷慨解囊,很快筹集了三万多元,资助他和另外一位伤残同学完成了高中及大学的全部学业，让他渡过了难关，重新扬起了生命的风帆，所以这次能有机会来也是了却了他一个感恩的心愿。唐春光带着他们公司最新研制的玫瑰精油，赠送给了二分局的工作人员。

赵巧妹带着女儿陈怡去了陈一凡家，恩人相见，分外亲切。陈一凡一定要留母女俩在他家吃饭。

令赵巧妹想不到的是，刚与陈一凡告别回到入住的酒店，就有人上门来找她。她开门一看，是一位瘦弱的女士，并不认识。对方自我介绍说明了来意才让赵巧妹醒悟过来。原来，那位女士就是她丈夫捐献眼角膜的直接受益者，从电视新闻里看到了相关报道，就慕名而来。

受惠女士叫曹梅琴，土生土长的古弦人。双方一见如故，拉起了家常，一聊才知道两个人的年纪竟然相同，生日仅差一天。

曹梅琴是个下岗女工，家庭比较困难，患有"角膜变性"眼疾多年。几年前，右眼经过手术视力有所好转，但左眼视力几乎为零，蒙上右眼后，她连一米内的丈夫都看不清楚。由于视力不好，找不到工作，只能和丈夫一起在小区开了个书报亭维持生计。而且随着时间的推移，左眼又影响到了另外一只视力较好的右眼，如果再得不到医治，就有可能双目失明，因此急需通过角膜移植手术进行治疗。

如今她找到了一份工作，能够自食其力了。所以她心里一直惦念着，如果有一天能够与捐献者的家属见面，一定要好好感谢他们。想不到六年之后的今天，机会来了。

马小坤找到了当年参加江苏省第一批援川警队的古弦大队大队长、现为市公安局战训基地教导员的黄保国，落实参观战训基地实战模拟训练场和观摩特警队员的表演等。

然后又和龙海峰一起去了市少年宫，落实少年宫与古弦小朋友开展联欢活动的事宜。

在公安局战训基地，布有街道、商店、邮局、医院、车站等场景的室内实战模拟训练场，几位同学玩起了捉迷藏。

孩子们最感兴趣的是二楼的无线激光靶场。这个激光靶场与真实靶场一样，完全模拟实弹射击，从瞄准、击发，到产生的光弹和同步声效、后坐力，甚至在靶上能够看到子弹击中目标的效果，都与实弹射击一样，极富震撼力。因此，连虞书记、陈校长、沈校长他们几个大人也饶有兴趣地试了几把。

在市少年宫的联谊活动中，从小爱好画画的陈怡，与古弦少年宫绘画班的同学，共同创作完成了一幅"携手古弦，为爱追梦"的水粉画，画面上两只紧握在一起的大手显得特别有力。

最后的重头戏，"古弦山花手拉手联欢会"在少年宫报告大厅举行。参演的节目丰富多样，精彩纷呈，有古弦小朋友新创作的儿歌《欢迎您到古弦来》，有山花小朋友演唱的江苏民歌《茉莉花》，有少年宫老师表演的古琴独奏《流水》，有山花中学生的诗朗诵《生命赞歌》，还有少年宫武术班同学们高超的武术表演。

特邀嘉宾唐春光拄着双拐也上台献歌一曲，唱了一首李宗盛的经典老歌《真心英雄》：

> 在我心中曾经有一个梦
> 要用歌声让你忘了所有的痛
> 灿烂星空谁是真的英雄
> 平凡的人们给我最多感动
> ……
> 把握生命里每一次感动
> 和心爱的朋友热情相拥
> 让真心的话和开心的泪
> 在你我的心里流动

马小坤坐在台下听着唐春光声情并茂的演唱,抑制不住内心的情感,眼睛一下子湿了。他想到了程二朵,顿然泛起一阵说不出的酸楚。

歌声的余音在空中回荡,报告大厅里响起了经久不息的掌声。

马小坤从赞美的掌声里抽身出来,默默走出报告大厅,站在过道里的落地窗前,久久凝视着远方。

后 记

2013年10月，我有幸参加鲁迅文学院公安作家研修班的学习。记得那天在开学典礼上，中国作协领导透露了一个信息，说鲁迅文学院为一个行业开办作家研修班，公安是第一家，而且到目前为止是唯一的一家。其他行业很羡慕，他们也想办这样的班，但迟迟得不到批准。是什么打动了中国作协领导的心让他们情有独钟地偏爱公安呢？答案竟是因为公安部领导说了一个很简单的数字，但这个看似简单的数字却是我们的警察兄弟用鲜血和生命书写的。公安每年都要牺牲四百多人，这是在和平时期一个比军队牺牲人数还要多的数字，是别的任何行业都不会有的数字。所以中国作协党组书记说了这样一番话："为公安办班是应该的。当年抗美援朝的时候写出过一个《谁是最可爱的人》，如果现在要写一个《谁是和平时期最可爱的人》，我觉得可以说，我们的公安战士应该就是我们和平时期最可爱的人。"当我听到这番话的时候，所有的责任感、使命感和紧迫感一下子都涌上了心头。也就是从那天起，我播下了这部小说的种子。

其实很早以前在我心里就有这样一颗种子，想写一部关乎警察成长的长篇小说，一部在刀光剑影下依然有着温暖的小说。但要实现这样的目标，让这颗种子生根、发芽、开花、结果，不是一件容易的事。在鲁院四个月的学习中，除了聆听和消化老师的讲课内容，我花了很多精力和时间构思和搜集整理相关资料。可当真正动笔的时候，却发现自己像一个装备不全的登山运动员那样仍只能徘徊在山脚下而无法向上攀登。

结业前夕的一天，在北京一家小饭馆里，一位朋友说起了他当年去四川地震灾区做志愿者的经历，这让我想起2010年初春，我闻着油菜花和梨花的芳香去四川绵竹灾区采访那些可歌可泣的人和事。那天晚上，我枕着昆玉河畔的夜色，做了一个奇异的梦：在公安大学校园门口那棵枝繁叶茂的银杏树下，我与一位身高马大的学生撞了个满怀，他腼腆地看着我，跟我说了对不起的话，后来我俩就聊了起来，他告诉我他的老家在四川绵竹，明年就要面临毕业，还没想好毕业后回四川老家还是去沿海城市发展，这时有同学喊他的名字。这一喊，梦就醒了。我忘了他在梦里的模样，却记住了他的名字——马小坤。

龙海峰是一个有原型的人物，有关他和援建组赴四川绵竹灾区对口援建的故事一直感动着我。为此，我写过一篇《大爱无疆》的文章，开首的一句话是这样写的："人间只要有爱，世界就会变得更加美好。"

于是，马小坤和龙海峰手拉手，怀揣着各自的梦想和爱从混沌的远方向我走来，渐渐地越来越清晰。

于是，我期待。

于是，我们一起走在梦想和爱的路上。

潘 吉

2015·北京